Rudi McSackschweiß

Kopf gegen Tischkante - Ecke macht WUMM

Rudi McSackschweiß

Kopf gegen Tischkante – Ecke macht WUMM

Das dümmste Buch der Welt

Impressum

Texte: © 2025 Copyright by Rudi McSackschweiß

Umschlag: © 2023 Copyright by Rudi McSackschweiß

Verantwortlich

für den Inhalt: Rudi McSackschweiß

c/o AutorenServices.de
Birkenallee 24
36037 Fulda

Verlag: BoD · Books on Demand GmbH,
Überseering 33, 22297 Hamburg,
bod@bod.de
Druck: Libri Plureos GmbH,
Friedensallee 273, 22763 Hamburg
ISBN: 978-3-8192-9836-3

Für den König.

Hier stehen die Kapitel

Das Muss ich euch vorab sagen

Hallo liebe Leser und Leserinnen,

bevor Sie mit diesem extravaganten Manuskript voller Blödsinn beginnen, möchte ich, der Autor, mich kurz bei Ihnen bedanken und ein paar Worte über dieses Werk verlieren. Dies werden die einzigen ernst gemeinten Zeilen in diesem Buch sein.

Und um eines ganz klarzustellen: Alles, was folgt, ist reine Fiktion und stammt ausschließlich aus meinem absolut verblödeten Kopf. Nichts davon ist jemals passiert, und nichts davon entspricht meiner ernsthaften Meinung. Jede einzelne Geschichte ist frei erfunden, und sämtliche „Fakten" sind offen und ehrlich einfach nur ausgedacht.

Ich kann es gar nicht oft genug betonen. Denn die nachfolgenden Kapitel sind vieles – aber eines ganz sicher nicht: seriös. Ich nehme in diesem Werk kein Blatt vor den Mund und behandle immer wieder auch sehr ernste Themen auf eine bewusst überspitzte, satirische Weise. So kommt es vor, dass ich unter anderem Kinderarbeit verharmlose, Witze über verschiedenste Randgruppen mache, über Drogen- und Alkoholmissbrauch schreibe oder mich über Spielsucht lustig mache. Doch all das ist – und das betone ich ausdrücklich – nicht ernst gemeint. Die nachfolgenden Kapitel spiegeln in keiner Weise meine persönliche Meinung wider und verfolgen keinerlei Absicht, jemanden zu verletzen oder zu beleidigen. Was Sie erwartet, ist schwarzer Humor, durchsetzt mit einer kleinen Prise Satire – nicht mehr und nicht weniger. Gleichzeitig möchte ich mit diesem Buch auch auf einige Probleme dieser Welt aufmerksam machen. Vielen Menschen ist überhaupt nicht bewusst, was für ein Glück sie haben, so leben zu können, wie sie es tun. Dinge, die für viele selbstverständlich sind – ein Zuhause, eine Familie, sauberes Wasser oder regelmäßige Mahlzeiten – sind für andere Menschen unerreichbar. Und genau das sollte uns allen bewusst werden. Wenn ich also zum Beispiel schreibe, dass ein Vorteil von Kinderarbeit sei, dass unsere T-Shirts im Laden statt 40 Euro nur 8 Euro kosten, dann ist das natürlich zynisch – aber eben auch eine Tatsache. Eine unbequeme. Und sie soll euch daran erinnern, dass es auf dieser Welt noch viele Probleme gibt, die wir nicht einfach ausblenden sollten. Denn so absurd und überspitzt dieses Werk auch sein mag – manchmal steckt zwischen den Zeilen ein ernster Kern.

Wenn du merkst, dass du mit schwarzem Humor nichts anfangen kannst oder dir das Ganze einfach nicht zusagt – dann kauf dieses Buch am besten gar nicht erst.

Solltest du erst während des Lesens feststellen, dass dir der eine oder andere Satz zu sehr in die Magengrube schlägt – dann leg das Buch zur Seite.

Wenn du das Gefühl hast, dass dir dieses Buch absolut nichts gibt oder du es schlicht nicht witzig findest – dann hör auf zu lesen.

Ich möchte ganz ausdrücklich alle Leserinnen und Leser vorwarnen: Dieses Buch enthält eine spezielle Art von schwarzem Humor – eine Art, die ich persönlich für sehr unterhaltsam halte. Aber wenn du das nicht so empfindest, ist das völlig okay. Dann gilt: Niemand zwingt dich, weiterzulesen. Und noch besser: Wenn du beim Klappentext oder beim Reinblättern schon denkst *„Nee, das ist nichts für mich"*, dann spar dir Geld, Zeit und Nerven – und kauf es einfach nicht.

Doch warum überhaupt dieses Buch schreiben? Wenn ohnehin alles darin erfunden ist, auf Lügen basiert und nichts der Wahrheit entspricht – warum sich überhaupt die Mühe machen? Ich würde mich selbst als ein wenig verträumt beschreiben. Schon in der Schulzeit habe ich lieber aus dem Fenster gestarrt, während meine Gedanken irgendwo umherschwirrten – nur nicht beim Unterricht. Auch heute passiert es mir oft, dass ich beim Arbeiten oder Autofahren plötzlich völlig abschweife. In meinem Kopf rattert es dann, ohne Pause – voller seltsamer, wirrer, manchmal witziger Gedanken. Ein großer Teil dieser Gedanken dreht sich um mein eigenes Leben und meine persönlichen Probleme. Manchmal sind es auch einfach nur banale Alltagsdinge. Aber dann gibt es diese besonderen Tage – Tage, an denen die Ideen nur so sprudeln. An denen mein Kopf überquillt vor lauter Blödsinn. Ich spüre das dann sogar körperlich – an solchen Tagen bin ich aufgedreht, irgendwie elektrisiert.

Außerdem glaube ich, dass ich ziemlich kreativ bin. Das soll nicht arrogant klingen – aber ich habe schon immer gemerkt, dass mir Dinge liegen, bei denen man sich etwas Eigenes ausdenken muss. Vielleicht hängt das auch damit zusammen, dass ich als Kind sehr viel gelesen habe. Wer weiß – vielleicht ist damals, irgendwo zwischen den Seiten meiner ersten Bücher, schon der Traum entstanden, einmal selbst ein eigenes zu schreiben.
In meiner Jugend habe ich dann gelegentlich Fan Fictions geschrieben – über *Herr der Ringe* oder *Star Wars*. Ich habe mir eigene Fantasiewelten ausgedacht, Figuren erfunden, Handlungsstränge gesponnen. Und irgendwann kam der Gedanke auf, Drehbuchautor zu werden. Zu dieser Zeit war ich schon vollkommen verliebt in Filme. Ich habe fast jeden Tag welche geschaut – und die Vorstellung, selbst welche zu schreiben, fand ich einfach faszinierend. Also begann ich, erste Drehbücher zu schreiben. Doch ich war mit dem Ergebnis nie wirklich zufrieden. Viele habe ich wieder gelöscht. Mir fehlten die Konzentration und die Ausdauer, über Monate oder

gar Jahre hinweg konsequent an einem größeren Projekt zu arbeiten. Ich fand meine Ideen zwar nie schlecht – aber ich war damals schlicht noch nicht reif genug, um sie durchzuziehen.

Vielleicht setze ich mich eines Tages wieder an den Drehbüchern hin und arbeite daran weiter.

Die Jahre vergingen – und mit ihnen verblasste auch ein wenig der Traum, ein eigenes Buch zu schreiben. Das Leben kam dazwischen, wie es das eben so tut, und ich dachte immer seltener daran. Andere Dinge schienen wichtiger. Doch dann, eines Tages, sprach ich mit einem Freund darüber. Er erzählte mir, dass er das dümmste und verrückteste Buch aller Zeiten schreiben wolle.

Und plötzlich war er wieder da – dieser alte Traum.

Aber diesmal war etwas anders: Ich war älter, ein kleines bisschen weiser, und – man glaubt es kaum – disziplinierter und konzentrierter als je zuvor. Ich setzte mir ein Ziel: Ich will das dümmste Buch schreiben, das je jemand geschrieben hat. Glasklar. Ohne Umwege.

Ich fing an, mir Kapitel zu überlegen – Szenen, Figuren, absurde Ideen. Und dabei lernte ich etwas Erstaunliches über mich selbst:

Ich war immer noch ein ziemlicher Idiot.

Die Dinge, die ich aufschrieb, waren zunächst nichts weiter als grobe Zusammenfassungen meiner späteren Kapitel. Kurze Ideen, spontane Gedanken – aber schon das brachte mich oft zum Lachen oder zumindest zum Schmunzeln. Ich fand es witzig – auch wenn der Humor, zugegeben, sehr, sehr, sehr schwarz war und ganz sicher nicht für jeden geeignet. Aber das war mir egal. Ich wollte mir von niemandem reinreden lassen. Also beschloss ich, mein Buch geheim zu halten. Ich wusste, dass viele den Inhalt als „zu viel" empfinden würden – vielleicht sogar als geschmacklos. Und weil ich nicht wollte, dass mein echter Name mit diesem Werk in

Verbindung gebracht wird, fasste ich den Entschluss, es unter einem Pseudonym zu veröffentlichen.

Der Anfang war nicht leicht.

Ich hatte keine Ahnung, wie man „richtig" schreibt, und von Grammatik verstand ich so gut wie nichts. Beistriche setzte ich einfach nach Gefühl. Aber je mehr ich schrieb, desto mehr kam ich ins Rollen – und desto mehr Spaß machte es mir.

Viele Zeit später sitze ich nun hier mit meinen fertigen Kapiteln, die ich nur noch richtig formatieren muss. Alles ist korrigiert, alles ist geschrieben – und was soll ich sagen? Mein Ziel war es, das verrückteste Buch aller Zeiten zu schreiben – oder zumindest eines, das in diese Richtung geht. Und ohne groß angeben zu wollen, bin ich mehr als zufrieden mit dem Ergebnis.

Über alle Kapitel hinweg bin ich meiner Linie treu geblieben und habe mich stets an eine einzige, eiserne Regel gehalten: Dieses Buch hält sich an keine Gesetze.

Ich habe sogar auf Amazon nachgeschaut, ob es irgendein Buch gibt, das so dumm und voller schwarzem Humor ist wie dieses. Und was soll ich sagen? Ich habe nichts gefunden.

Natürlich ist mir bewusst, dass die Chance, dass mein Werk auf den Index gesetzt wird, hoch ist. Aber das hält mich nicht auf. Selbst wenn es auf dem Index landet, kann ich stolz sagen, dass ich genau das Buch geschrieben habe, das ich wollte.

Hätte ich mich einschränken lassen, wäre ich am Ende nur enttäuscht gewesen, und es wäre nicht das richtige Ergebnis herausgekommen. Wer weiß, vielleicht hätte ich dann auch den Spaß am Schreiben verloren und hätte wieder aufgehört.

Doch ich habe es durchgezogen und bin stolz auf mich. Ich habe dieses Buch geschrieben, weil es mein Traum war, genau so ein dummes, verrücktes Buch zu verfassen – und genau das habe ich getan.

Ich hoffe, dass ihr in den nachfolgenden Kapiteln Spaß und Freude findet und euch für eine kurze Zeit gedanklich von dieser grauen Welt ausklinken könnt. Nehmt den Humor bitte locker – und wenn es euch nicht gefällt, dann hört einfach auf zu lesen.

Trotzdem hoffe ich natürlich, dass es euch gefällt, und wünsche euch viel Spaß beim Lesen.

Das Interview mit dem erstaunlichen Reuben Bell

Es gibt viele erstaunliche Menschen auf unserem blauen Planeten, die uns immer wieder dazu inspirieren, zu kämpfen und unser Bestes zu geben. Denken wir an Martin Luther King, der mit einer einzigen Rede den Rassismus herausforderte und maßgeblich zum Wandel beitrug. Oder an LeBron James, der es verstand, durch seinen Einfluss in der NBA nicht nur sich selbst, sondern auch seinen Sohn zum Millionär zu machen. Und nicht zuletzt an Jesus Christus, dessen Tod und Wiederauferstehung bis heute den Weltrekord für die meisten gegründeten Religionen hält. Diese Persönlichkeiten zeigen uns, was alles möglich ist, wenn man an sich selbst glaubt und unbeirrbar seinen Weg geht. Die Person, die ich hier vorstellen möchte, ist jedoch weitgehend unbekannt. Nur wenige haben von ihm gehört, aber diejenigen, die es getan haben, wissen, welch beeindruckender Lebensweg Reuben Bell vorzuweisen hat.

Reuben Bell, ein amerikanischer Junge, wurde am 3. Mai 1946 im bekannten Skidorf Breckenridge, Colorado, geboren. Sein Leben war von vielen Höhen und Tiefen geprägt und lässt sich kaum mit nur einem Satz zusammenfassen. Schon von Geburt an suchte Reuben das Ungewöhnliche und Unkonventionelle. Er war stets anders als die anderen, was zum Teil an seiner strengen Erziehung durch seinen Vater lag, aber auch an seiner eigenen, einzigartigen Natur. Als ich mit dem Schreiben dieses Buches begann, wusste ich sofort, dass Reuben ein eigenes Kapitel verdienen würde. Er war immer eine Inspiration für mich. Mit seiner unkonventionellen Herangehensweise und seinem Mut, neue Dinge zu wagen, zeigte er mir, dass es auch anders geht. Ich forschte deshalb weiter und stieß auf ein wirklich faszinierendes Interview. Es stammte aus der *Denver Post*, einer lokalen Zeitung aus Colorado. In diesem Interview, das von der erst 18-jährigen Journalistin Sallie Patterson geführt wurde, sprach Reuben Bell über sein außergewöhnliches Leben. Ich war so beeindruckt von diesem Interview, dass ich mich entschloss, es hier abzutippen. Natürlich bin ich mir der möglichen rechtlichen Konsequenzen bewusst. Doch ich spekuliere stark darauf, dass die *Denver Post* dieses Buch niemals lesen wird. Daher gehe ich davon aus, dass sie es nicht bemerken werden, dass ich ihr Interview abtippe und für mein Buch verwende.

Das Interview wurde im Herbst 2011 in Reubens Bar in Breckenridge geführt, der sogenannten „Crazy Carousel" (zu Deutsch: Verrücktes Huhn oder so). Stellt euch die Bar als alt und etwas heruntergekommen vor, aber dennoch gemütlich und einladend. In den 80er Jahren war sie eine sehr erfolgreiche Bar, doch da sie nie saniert oder renoviert wurde, verschlechterte sich ihr Zustand im Laufe der Zeit – sie wurde immer abgewohnter und schmutziger. Trotzdem ist sie bei den Dorfbewohnern von Breckenridge nach wie vor sehr beliebt, da sie viele an die guten alten Zeiten und ihre Jugend erinnert. Früher ließ Reuben immer wieder verrückte und außergewöhnliche Persönlichkeiten in seine Bar kommen und stellte sie den Gästen vor. Mit der Zeit kamen zwar immer weniger Touristen, doch die treuen Stammkunden aus Breckenridge kamen nach wie vor regelmäßig, um nach der Arbeit ihr gekühltes Bier im *Crazy Carousel* zu genießen. Auch an diesem Tag waren ein paar von ihnen wieder in der Bar. Bedient wurden sie vom einarmigen Willy, dem einzigen Kellner, den Reuben je angestellt hatte. Willy arbeitete schon seit mehr als 30 Jahren bei Reuben. Den

Spitznamen „einarmiger Willy" hatte er sich 2003 zugezogen, als er versuchte, ein Krokodil mit bloßen Händen zu fangen. In einem mutigen, aber ziemlich unüberlegten Moment hatte er sich dem Tier genähert, um es zu greifen – doch das Krokodil biss ihm dabei einen Arm ab. Seitdem arbeitete Willy zwar etwas langsamer, doch die Gäste mochten ihn sehr – seine Freundlichkeit und die unvergessliche Geschichte machten ihn zu einer beliebten Figur in der Bar.

Sallie Patterson kam nach der Schule allein in die Bar. Sie war noch eine blutjunge Anfängerin und hatte gerade erst begonnen, nach der Schule für die *Denver Post* zu arbeiten. Die Zeitung hatte ein kleines Büro, fünf Meilen außerhalb von Breckenridge, in dem nur sechs Mitarbeiter arbeiteten – einer davon war die junge Sallie Patterson. Das Interview, das sie mit Reuben Bell führte, war erst das zweite, das sie je gegeben hatte. Eigentlich sollte eine andere Journalistin kommen, doch da diese wegen einer Krankheit ausfiel, durfte die nervöse Sallie die Aufgabe übernehmen. Um sich besser vorzubereiten, hatte sie sich alle Fragen im Voraus aufgeschrieben. Sallie hatte zwar viel recherchiert, um herauszufinden, wer Reuben Bell ist, doch von ihm selbst wusste sie noch wenig. Sie war daher sehr gespannt, was sie alles erfahren würde. Natürlich wusste sie, dass Reuben Bell ein ungewöhnlicher Typ war, aber wie außergewöhnlich, das konnte sie nur ahnen. Im Nachhinein würde sie sagen, dass Reuben Bell der außergewöhnlichste Mensch war, mit dem sie je ein Interview geführt hatte. Als sie ihn schließlich sah, war sie überrascht, wie normal er aussah. Sie hatte sich einen Mann mit einem exzentrischen Haarschnitt und auffälliger Kleidung vorgestellt, doch Reuben trug am Tag des Interviews nur ein schlichtes Holzfällerhemd und eine ganz gewöhnliche Jeans. Seine Frisur war ordentlich, und für sein Alter hatte er noch kräftige Arme. Zum Zeitpunkt des Interviews war Reuben bereits 65 Jahre alt, doch trotz seines intensiven Lebens wirkte er überraschend jung und fit.

Sallie bestellte sich eine Cola, während Reuben ein kaltes, frisch ge-
zapftes Bier trank. In der Kneipe war nicht viel los, sodass sie sich in
Ruhe und ohne Ablenkung ausgiebig über Reuben Bells Leben un-
terhalten konnten. Das nachfolgende Interview wurde am 18. Oktober in der *Denver Post* veröffentlicht. (Ich habe statt „Die Inter-
viewerin" einfach „Sallie" geschrieben, weil ich es persönlicher und
unmittelbarer fand.)

Sallie: Hallo, Mr Bell! Es ist wirklich schön, heute hier zu sein und
mit Ihnen über Ihr Leben zu sprechen.

Reuben Bell: Danke für die Einladung! Ich freue mich immer,
wenn ich über die alten Zeiten plaudern kann.

Sallie: Das freut uns sehr. Also, Mr. Bell, erzählen Sie uns doch ein
wenig über den Anfang Ihres Lebens. Wo sind Sie geboren, und
wie war Ihre Kindheit und die ersten Jahre?

Reuben Bell: Ich wurde am 3. Mai 1946 in Breckenridge geboren.
Wie jedes meiner Geschwister war auch ich eine Hausgeburt, da
wir Bells schon immer Krankenhäusern misstrauten. Ich habe zwei
jüngere Schwestern und einen älteren Bruder namens Neil. Den
Großteil der Erziehung übernahm unsere Mutter. Sie kümmerte
sich um den Haushalt und passte auf uns auf. Mein Vater, Erik, war
leider nicht immer nett zu uns. Besonders auf mich hatte er es oft
abgesehen. Er hatte im Zweiten Weltkrieg gedient und begann, öfter zu trinken, nachdem er wieder zuhause war. Als er von
Deutschland zurückkehrte, gründete er eine Bar in unserem Ort,
und mein Bruder Neil und ich halfen ihm oft dabei. Als Kinder
räumten wir die Tische ab, putzten die Küche oder kümmerten uns
um die Toiletten. Oft stellte ich mir vor, eines Tages selbst eine Bar
zu besitzen. Doch für meinen Vater stand von Anfang an fest, dass
mein Bruder Neil die Bar erben würde. Er hatte ihn immer lieber
als mich und bevorzugte ihn in allem. Das machte mich als Kind

natürlich sehr wütend, und unsere Beziehung litt stark darunter. Zu meiner Mutter und meinen Schwestern hatte ich hingegen ein gutes Verhältnis.

Sallie: Stimmt es, dass ihre Familie damals als etwas merkwürdig galt?

Reuben Bell: Ja, es stimmt, dass die Einwohner von Breckenridge uns für merkwürdig hielten. Mein Vater unterrichtete uns damals zu Hause, also gingen wir nicht wie die anderen Kinder in die Schule. Außerdem fanden es einige Leute seltsam, dass mein Bruder und ich als minderjährige Kinder in einer Bar arbeiteten. Einmal kam sogar die Polizei vorbei, aber mein Vater gab ihnen Geld, und sie sind nie wiedergekommen. Auch unsere familiären Gebräuche fanden viele ungewöhnlich. Ein Beispiel dafür war, dass wir uns an Silvester als Familie immer in einem großen Kreis aufstellten. Wir zogen unsere Hosen herunter, knieten uns hin und begannen pünktlich um Mitternacht zu urinieren. Dieser Brauch wird in unserer Familie schon seit Generationen gepflegt und wird auch heute noch praktiziert. Es soll symbolisieren, dass die Bells das neue Jahr von der ersten Sekunde an begrüßen – auf ihre eigene Art. Wenn andere Leute uns bei solchen merkwürdigen Ritualen sahen, waren sie oft irritiert. Wir hatten viele solcher Traditionen, wie etwa nacktes Fechten auf dem Dach, jedes Jahr ein Huhn mit roter Farbe zu bemalen und ihm einen ganzen Tag lang die Nationalhymne von Irland vorzusingen oder Gullydeckel zu baden.

Sallie: Was ist „Gullydeckel baden"?

Reuben Bell: Einmal im Jahr wollte uns unser Vater zeigen, dass ein Mann durch Scheiße gehen muss, um stark zu werden. Also gingen wir eines Tages zu einem Gullydeckel in der Nähe unseres Hauses und krochen hinunter in die Kanalisation. Dort mussten mein Bruder und ich ein paar Meter durch Abwasser schwimmen. Das sollte uns stärker machen.

Sallie: Das klingt ja schrecklich?

Reuben Bell: War es für uns nicht. Es bereitete mich in gewisser Weise auf das vor was in meinem Leben noch so alles kommen sollte. Oft habe ich die harte Erziehung meines Vaters gehasst. Im Nachhinein kann ich aber sagen das es funktionierte und es mich stärker machte.

Sallie: Ihr Vater war es also auch, der Sie dann in die Armee schickte?

Reuben Bell: Ja. Mein Vater hatte seit meiner Geburt zwei Pläne für seine Söhne. Neil sollte die Bar übernehmen, das war schon immer festgelegt. Und ich sollte zur Armee gehen und als Spitzensoldat meinem Land dienen. Als ich achtzehn war, ließ ich mich zur US-Armee einberufen und kam nach nur vier Monaten in der Grundausbildung in den Vietnamkrieg. Das war ein heftiger Schock für mich – mein erstes Mal weg von zu Hause und in einem völlig neuen Umfeld.

Sallie: Wie war es in Vietnam?

Reuben Bell: Das war eine schwere Zeit für mich. Es war 1965, und ich kam als achtzehnjähriger Junge als einer der ersten Soldaten nach Vietnam. Ich wusste fast nichts über dieses Land und hatte keine Ahnung, warum wir dort kämpften, da wir zu Hause keine Nachrichten verfolgten. Alles, was ich wusste, war, dass ich dort war und bereit war, meinem Land zu dienen. Meinem Vater hatte ich versprochen, ihn stolz zu machen – selbst wenn es hieß, dafür mein Leben zu geben. Als wir in Vietnam ankamen, mussten wir uns zunächst zurechtfinden. Wir unterstützten die Südvietnamesen im Kampf gegen den Feind. Unsere Taktik war hart, und der Krieg war äußerst brutal. Ich hatte starkes Heimweh, aber mit jedem Tag, an dem mehr Soldaten nach Vietnam kamen, wurde ich mental stärker. Dennoch war es sehr hart. Tagtäglich marschierten wir durch den Dschungel bei unerträglicher Hitze. Fast jeden Tag wurden wir von anderen Asiaten beschossen. Es war eine schwere und harte Zeit.

Sallie: Aber lange konnten Sie nicht mitkämpfen, da Sie ja angeschossen wurden. Wie ist das damals genau abgelaufen?

Reuben Bell: Ich war seit etwa einem halben Jahr in Vietnam, als wir eines Tages in ein Feuergefecht mit den vietnamesischen Truppen, die wir „Charlie" nannten, gerieten. Ich versteckte mich hinter einem Gebüsch, als ich plötzlich einen stechenden Schmerz in meinem Körper spürte. Als ich hinunter sah, wurde mir schlecht – mein ganzer Bauch war rot vor Blut. Sofort schoss das Adrenalin in meine Adern, aber dann fiel ich in Ohnmacht. Als ich wieder zu mir kam, war ich im Lazarett. Die Ärzte sagten mir, dass mir eine Kugel sowohl den Dick- als auch den Dünndarm durchschlagen hatte. Ich blieb einen Monat im Lazarett, um meine Wunden zu heilen und auf meinen Rückrufbescheid zu warten. Doch der kam nie.

Sallie: Dann begann also ein anderes Kapitel für Sie in der Armee?

Reuben Bell: Als meine Wunden soweit verheilt waren, dass ich wieder gehen konnte, aber nicht mehr für den Kampf einsetzbar war, teilte die Armee mich der Küche zu. Ich hatte in meinem Leben noch nie gekocht, da zu Hause in Breckenridge immer meine Schwestern und meine Mutter das Essen zubereiteten. Doch schon beim ersten Mal Kochen merkte ich, dass ich es gut konnte. Innerhalb von nur vier Monaten wurde ich zum Chefkoch befördert und musste für das ganze Lazarett kochen. Ich kochte zu dieser Zeit wirklich gerne. Es machte mir eine enorme Freude, den verwundeten Soldaten mit meinem guten Essen zu helfen. Bald bemerkte auch die Armee, dass ich ein talentierter Koch war. Da mir der Arzt aufgrund meiner Probleme mit dem Stuhlgang verbot, zurück an die Front zu gehen, setzte mich die Armee einfach weiterhin als Koch ein. Es machte mir nichts aus, und ich blieb.

Sallie: Da Sie von 1965 bis 1969 in Vietnam dienten, waren Sie der am längsten eingesetzte Koch der US-Armee im Vietnamkrieg. Doch dann machten Sie einen Fehler. Möchten Sie uns von Ihrem Ende in der Armee erzählen?

Reuben Bell: Selbstverständlich, diese Zeit gehört nun mal zu meinem Leben. Während meiner Zeit als Armee-Koch hatte ich einen guten Freund namens Warren Watkins. Er arbeitete ebenfalls mit mir in der Küche, nachdem er 1967 eine Fußverletzung erlitten hatte. Warren und ich mussten regelmäßig die Zutaten aus dem Hauptlager abholen. Eines Tages, als wir wieder mit dem Truck unterwegs waren, erklärte mir Warren, dass er sich noch mit einem Vietnamesen treffen musste. Dieser belud unseren Truck mit etwas, das ich zu diesem Zeitpunkt noch nie gesehen hatte. Später stellte sich heraus, dass es Heroin war, eine Droge, von der ich damals nichts wusste. Warren versteckte die Drogen und überredete mich, nichts zu sagen. Er meinte, es würde den Leuten im Lazarett helfen. Also half ich ihm, das Heroin ins Lazarett zu schmuggeln und dort zu verstecken. Ich habe ihm nie geholfen, es zu verkaufen, und ich habe niemals Heroin selbst probiert – das schwöre ich.

Im Februar 1969 wurden wir dann erwischt. Wir trafen uns wieder mit Ming, unserem vietnamesischen Lieferanten, der uns das Heroin sehr billig verkaufte. Ein Leutnant hatte uns schon länger im Verdacht, und als wir von Ming zurückkamen, ließ er unseren Truck durchsuchen. Zu dieser Zeit war die Heroinsucht in unserem Lager zu einem größeren Problem geworden.

Sallie: Was ist dann geschehen?

Reuben Bell: Die Armee ging zu dieser Zeit sehr streng mit uns ins Gericht. Wir wurden nach Hause geschickt und sofort unehrenhaft entlassen. Anschließend stand ich vor einem Kriegsgericht in New York, das den Fall an ein Zivilgericht weiterleitete. Ich holte mir mit meinem verdienten Geld einen guten Anwalt und konnte dem Gericht überzeugend vermitteln, dass es mir leid tat und dass mir eingeredet wurde, das Heroin würde den Soldaten helfen. Am Ende wurde ich zu einer bedingten Haftstrafe von zwei Jahren verurteilt.

Sallie: Wie erging es Warren, und was sagte deine Familie zu deiner Haft?

Reuben Bell: Im Gegensatz zu mir hatte Warren weniger Glück. Es stellte sich heraus, dass er mehr Dreck am Stecken hatte. Er hatte das Heroin nicht nur geschmuggelt, sondern auch weiterverkauft. Dafür bekam er zehn Jahre. Meine Familie war maßlos enttäuscht von mir, da sie mir so etwas nie zugetraut hätten. Besonders mein Vater sah mich seitdem nicht mehr als seinen Sohn an. Er hat mich auch nie im Gefängnis besucht.

Sallie: Aber im Gefängnis sind Sie dann wieder in die Spur gekommen?

Reuben Bell: Ja, das stimmt. Für viele Menschen teilt sich der Weg des Lebens im Gefängnis. Einige kommen nicht mehr aus ihrem Tief heraus, während andere sich wieder aufraffen und sich bessern. Ich hatte das Glück, durch Gottes Hilfe wieder auf den richtigen Weg zu kommen.

Sallie: Und wie hat Gott das angestellt?

Reuben Bell: Es war, als hätte ich plötzlich eine Erleuchtung. Eines Tages saß ich wieder auf der Toilette, immer noch mit meinen Problemen beim Stuhlgang. Doch plötzlich begann ich nachzudenken. Ich erinnerte mich daran, wie schwer es zu Beginn im Gefängnis gewesen war. In diesem Moment dachte ich an Gott und an die Möglichkeit einer zweiten Chance. Und dann, ganz plötzlich, dämmerte es mir: Mein Leben war noch lange nicht vorbei. Ich hatte immer noch die Chance, alles zu erreichen, was ich mir wünschte. Ich schwor mir, sobald ich aus dem Gefängnis entlassen würde, mein Leben zu ändern.

Sallie: Und dann wurden Sie Priester. Wie kam es dazu?

Reuben Bell: Als ich zu Gott fand, besuchte ich wie viele andere wöchentlich die Kirche im Gefängnis. Leider wurde unser Pfarrer von einer tollwütigen Kuh brutal totgetrampelt. Einen neuen Pfarrer bekamen wir nicht, weil viele es ablehnten, in unser Gefängnis zu kommen. Also fragte ich den Direktor, ob ich stattdessen eine heilige Messe leiten dürfte, und zu meinem Überraschung willigte er ein.

Sallie: Wie kam das bei den anderen Gefängnisinsassen an?

Reuben Bell: Erstaunlicherweise sehr gut. Ich war im Gefängnis immer sehr ruhig, daher waren die meisten neugierig, wenn ich etwas sagte. Ich hielt die Messe etwas anders als der vorherige Pfarrer, was viele zu Beginn irritierte. Oft sprach ich über Gegensätze wie Glaube und NASCAR, den Kommunismus und sogar über meine Darmprobleme. Es kam auch vor, dass ich mich bis auf die Unterhose auszog – ich wollte damit Gottes offenes Herz symbolisieren. Die anderen Insassen fanden das sehr interessant, und ich schaffte es, fast doppelt so viele Leute zur Messe zu bekommen wie der vorherige Pfarrer. Es schien ihnen wirklich zu gefallen, denn viele Wärter lobten mich und sagten, sie hätten noch nie eine so unterhaltsame Messe erlebt. Bis zu meiner Entlassung führte ich die Messe weiterhin durch und ließ mir immer wieder etwas Ungewöhnliches einfallen.

Sallie: Wie war Ihre Zeit nach der Entlassung?

Reuben Bell: 1971 wurde ich wegen guter Führung aus dem Gefängnis entlassen. Im Nachhinein betrachtet, waren die Jahre nach meiner Entlassung die wildesten und turbulentesten meines Lebens. Ich war 25 Jahre alt, hatte einen Krieg und einen Gefängnisaufenthalt hinter mir – es war endlich an der Zeit, mein Leben zu genießen, und das hatte ich mir fest vorgenommen. Also probierte ich in dieser Zeit alles Mögliche aus. Keine Arbeit war mir zu schlecht, und ich nahm jeden Job an, der mir angeboten wurde. Ich arbeitete unter anderem als Kloputzer, Maskottchen für eine Highschool-

Eishockeymannschaft (witziger Fakt: Ich konnte nicht eislaufen und fiel ständig als Maskottchen auf das Gesicht, aber ich bekam den Job, weil ich beim Bewerbungsgespräch gelogen hatte), Stripper, Wrestler und arbeitete bei einem Schießstand – allerdings unter einem falschen Namen, da ich ein Waffenverbot hatte.

Sallie: Zu dieser Zeit brachen Sie auch Ihre ersten Weltrekorde.

Reuben Bell: Das stimmt. Seit dem Vorfall, bei dem ich angeschossen wurde, hatte ich immer wieder Probleme mit meinem Stuhlgang. Manchmal konnte ich ihn nicht stoppen, und manchmal kam einfach nichts, egal wie sehr ich mich anstrengte. Ab und zu war er flüssig, dann wieder fest. Es spielte keine Rolle, was ich aß oder zu welchem Arzt ich ging – keiner konnte mir wirklich helfen. Die Ärzte sagten mir immer wieder, dass mein Dünn- und Dickdarm nicht richtig verheilt wären. Das führte zu vielen Problemen.

Eines Tages traf ich jedoch einen indischen Buddhisten, der mir durch Meditation eine Technik zeigte, mit der man seinen Stuhlgang stundenlang zurückhalten konnte. Ich begann, diese Technik zu üben und meditierte regelmäßig. Mit der Zeit wurde ich in der Lage, meinen Stuhlgang zu kontrollieren. Ich fragte mich, wie lange ich das hinauszögern könnte, und begann, mit meinem Rhythmus zu experimentieren. 1971 stellte ich schließlich den Weltrekord auf – als der Mensch, der am längsten nicht „groß" auf die Toilette gegangen war.

Sallie: Aber es sollte nicht Ihr einziger Weltrekord bleiben?

Reuben Bell: Nein, ich stellte in dieser Zeit eine ganze Reihe von Toilettenrekorden auf. Im Winter 1971 brach ich den Rekord für den größten menschlichen Kothaufen. 1972 widmete ich mich dann dem kleinen Geschäft. Am 9. Mai 1972 urinierte ich für unglaubliche 102.342 Sekunden und brach dabei gleich zwei Weltrekorde – einen für das längste Urinieren und einen für die größte Urinmenge. Ich presste damals 3,24 Liter Urin aus meinem Körper.

Ich war und bin immer noch ziemlich stolz auf diese Rekorde, besonders, da nicht jeder von sich behaupten kann, einen Weltrekord im Bereich des Stuhlgangs aufgestellt zu haben. Für viele mag es wie ein Witz wirken, aber ich hatte dafür richtig trainiert. Es fühlte sich einfach großartig an, ein Ziel zu erreichen und zu wissen, dass das harte Training nicht umsonst war. Aber ja, in dieser Zeit war ich wirklich wild unterwegs, wie ich schon sagte.

Sallie: Und wie kam es dazu, dass Sie ihre Frau getroffen haben?

Reuben Bell: Im Frühling 1975 war ich als Lkw-Fahrer für einen kleinen amerikanischen Betrieb aus Texas angestellt, der antike Möbel nach Mexiko verkaufte. Eines Tages war ich wieder in Mexiko, und die Leute dort luden mich immer zum Essen ein. Ich übernachtete in den schönsten Hotels, in denen ich je geschlafen hatte. Abends luden sie mich dann immer zum Feiern ein. Ich weiß, du bist ein 18-jähriges Mädchen und eigentlich darfst du noch keinen Alkohol trinken, aber du hast nie wirklich gelebt, wenn du nicht wenigstens einmal in Mexiko besoffen aufgewacht bist.

Sallie: (lacht) Ich werde es mir merken.

Reuben Bell: Also war ich wieder mit meinem mexikanischen Freund unterwegs. Ich weiß leider nicht mehr wie er hieß. Da sahen wir beide einen Stierkampfarena aufgebaut und aus irgendeinen Grund wollte ich besoffen gegen den Stier kämpfen. Mein Freund brachte uns irgendwie hinter die Tribünen und redete mit den Organisator. Nach fünf Minuten kam er zurück und sagte das heute mein Glückstag wäre, da der eigentliche Gladiator für die Arena ausgefallen war. Für mich gab es also keine Ausrede und schon stand ich angetrunken in der vollen Arena vor einem wütenden Stier. Ich weiß nicht mehr wie genau ich das angestellt habe, aber ich wich den Stier immer aus bis er fertig am Boden zusammenbrach. Mein mexikanischer Freund gab mir eine Pistole und sagte damals, ich könnte den Stier nun erschießen.

Ich dachte, die Menge erwartete es von mir, also ging ich zu dem Stier und erschoss ihn, obwohl ich dabei weinte. Danach tobte die Menge vor Begeisterung, und ich erinnere mich vage daran, dass wir schnell fliehen mussten. Am nächsten Morgen erzählte mir mein mexikanischer Kollege, dass er mich hereingelegt hatte und ich den Stier nicht hätte töten müssen. Er fand das damals ziemlich lustig. Ich war zutiefst erschüttert.

Sallie: Und wie kam ihre Frau bei all dem ins Spiel?

Reuben Bell: Als ich erfuhr das ich den Stier nicht hätte töten müssen, schlug ich den Mexikaner ins Gesicht. Daraufhin musste ich der mexikanischen Kundenfirma erklären, warum ihr Mitarbeiter ein blaues Auge hatte. Ich erzählte ihnen die ganze Geschichte, und zufällig kam ich dabei mit meiner zukünftigen Frau Jonita ins Gespräch. Sie fand es mutig von mir und war tief beeindruckt. Sie gefiel mir so sehr, dass ich meinen Aufenthalt in Mexiko um eine Woche verlängerte. Als ich schließlich abreiste, schlug ich ihr vor, mit mir nach Amerika zu kommen. Sie erklärte mir, dass sie nicht nach Amerika reisen dürfe, solange sie für diese Firma arbeitete. Doch ich wollte Jonita unbedingt bei mir haben, denn ich wusste, dass sie die Liebe meines Lebens war. Also versteckte ich sie in meinem Lkw und schmuggelte sie nach Amerika.

Sallie: Wie ging es dann für euch weiter?

Reuben Bell: Als ich wieder in Texas war, kündigte ich sofort bei der antiken Möbelfirma. Obwohl sie immer sehr gut zahlten, erklärte ich ihnen, dass die Mexikaner mich in eine Stierkampfarena gesteckt hatten und ich nie wieder dorthin zurückkehren würde. Die Firma ließ mich daraufhin ohne weiteres gehen. Jonita und ich zogen dann zurück in meine Heimatstadt Breckenridge.

Sallie: Zogt ihr dann wieder zu ihren Eltern?

Reuben Bell: Ich wollte es probieren und hoffte, dass mein Vater nicht mehr so sauer auf mich war. Doch leider war ich in seinen

Augen immer noch "tot". Meine Schwestern waren nicht mehr in Breckenridge, und mein Bruder leitete mit meinem Vater die Bar in der Stadt. Da uns meine Eltern abwiesen, befanden Jonita und ich uns in einer schwierigen Lage. Ich hatte nie viel gespart, und Jonita hatte ebenfalls kaum Geld. Aber wir wollten nicht aufgeben, also nahmen wir ein Darlehen von der Bank und eröffneten eine weitere Bar in Breckenridge. Ich wollte sowieso immer schon eine Bar besitzen, und so konnte ich gleichzeitig meinem Vater zeigen, dass ich es immer noch drauf hatte.

Sallie: Und wie lief die Bar?

Reuben Bell: Am Anfang hatten wir einige Schwierigkeiten. Wir kauften einen alten Laden an der Hauptstraße und renovierten ihn selbst. Da wir keine Schlafmöglichkeiten hatten, stellten wir ein Aufstellbett in einen kleinen Abstellraum, und dort schliefen wir über ein Jahr lang zusammen. Am 15. November 1975 eröffneten wir zum ersten Mal unseren Laden unter dem Namen „The Little Bar". Doch die Bar war in den ersten Monaten alles andere als rentabel. Zu der Zeit gab es viele Bars und Restaurants in Breckenridge, und wir stritten uns um die ganzen Touristen im Winter. Also mussten wir uns etwas einfallen lassen, um aus der Masse herauszustechen.

Als das Geschäft immer schlechter lief, schlossen Jonita und ich die Bar für eine Woche im Frühling 1976. Wir überlegten, wie wir das Ruder noch herumreißen könnten. Schließlich entschieden wir uns, die Bar unter dem neuen Namen „Crazy Carousel" wieder zu eröffnen. Unsere Idee war es, die Bar so verrückt und ungewöhnlich wie möglich zu gestalten, um einen einzigartigen Flair zu erzeugen. Ich hängte meine Weltrekorde für meine Meisterleistungen in der Toilette auf. Wir hatten eine Dartscheibe, bei der statt Zahlen Buchstaben an den Rändern standen. Eine ausgestopfte Kuh hing an der Decke, und die Seifenspender im Klo rochen nach Mayonnaise. Wir taten alles, um uns von der Masse abzuheben.

Sallie: Und funktionierte das gut?

Reuben Bell: Es lief besser als zuvor. Manche mochten unsere ausgefallene Herangehensweise, andere waren eher abgestoßen. Eine lokale Zeitung schrieb über uns, und schnell wurden wir zu einem Geheimtipp für Touristen. Der richtige Durchbruch kam, als Jonita und ich eine neue Idee ausprobierten. Im Sommer 1976 hatte ein Freund von Jonita, Pedro, uns in Breckenridge besucht. Pedro behauptete damals, er könne mehr Burritos essen als fünf erwachsene Männer zusammen. Also beschlossen wir, ein kleines Burrito-Wettessen zu veranstalten. Pedro sollte gegen fünf Männer antreten. Es sprach sich schnell herum, und viele Leute kamen ins *Crazy Carousel*. Zu unserer Überraschung gewann Pedro das Wettessen. Für Jonita und mich war es der bisher erfolgreichste Tag überhaupt. Danach beschlossen wir, noch mehr verrückte Leute einzuladen, die wir kannten, um unsere Bar noch besonderer zu machen.

Sallie: Mussten die dann alle an einem Essenswettbewerb teilnehmen?

Reuben Bell: (lacht) Nein, zum Glück nicht. Jeden Freitagabend bauten wir eine kleine Bühne in unserer Bar auf. Unsere eingeladenen Gäste saßen dann auf der Bühne, präsentierten ihr Talent oder erzählten ihre Geschichte. Die Gäste konnten, wenn sie wollten, Fragen zu ihrem Leben stellen. So wurden diese Abende immer gemütlich und doch spannend – ein einzigartiges Erlebnis in unserer Bar.

Sallie: Was für verrückte Leute habt ihr zum Beispiel eingeladen und wie habt ihr diese Menschen überhaupt gefunden?

Reuben Bell: Am Anfang war es nicht einfach, Leute mit außergewöhnlichen Talenten oder ungewöhnlichen Lebensgeschichten zu finden. Aber dann fand ich ein Buch, in dem verschiedene Weltrekorde aufgeführt waren. Ich begann, zu recherchieren und lud einen nach dem anderen in unsere Bar ein. Außerdem durchforstete ich Zeitungen nach Artikeln über einzigartige Menschen. Wir hatten wirklich einige sehr schräge Typen in unserer Bar. Da war der Mann, der seine extrem langen Rückenhaare rauchte, eine Frau aus England, die den Weltrekord im Farbetrinken hielt, und der Mann mit den meisten Sommersprossen am Körper. Außerdem hatten wir Ian Lowright, den Erfinder des Mountain Baseballs, zu Gast – eine Sportart, die wie Baseball ist, aber auf einem Berg gespielt wird. Unsere Kunden fanden das großartig, und jeden Freitag war unsere Bar ausgebucht. Jeder wollte wissen, welchen verrückten Typen wir an diesem Abend bei uns hatten.

Sallie: Wer war der außergewöhnlichste, den ihr in das *Crazy Carousel* eingeladen habt?

Reuben Bell: Rufus Emery. Ich stieß auf Rufus durch einen Zeitungsbericht. Er gab dort ein Interview als ehemaliger Kriegsveteran aus dem Vietnamkrieg. Das Besondere an ihm war, dass er während des Krieges in einer Spezialeinheit mit Chemikalien gearbeitet hatte. Doch leider stellte sich heraus, dass einige dieser Chemikalien erhebliche Schäden an seinem Körper verursachten. Nach dem Krieg begann sein Körper auf die Substanzen zu reagieren. Er verlor sämtliche Haare, seine Haut nahm eine orange Farbe an, und plötzlich hatte er einen unstillbaren Heißhunger auf Fleisch und Bananen. Das Tragische war, dass er vorhatte, die amerikanische Regierung zu verklagen, aber dann erlitt er einen schweren Autounfall. Dabei verletzte er sein Gehirn und bekam plötzlich Erinnerungslücken. Seine Klage wurde daraufhin fallengelassen. Wegen seines ungewöhnlichen Aussehens fand er keinen Job und wurde von den Einwohnern oft als „Monster" bezeichnet.

Sallie: Das ist ja eine furchtbare Geschichte. Dieser Mann kann einem nur leidtun.

Reuben Bell: Das muss er nicht. Als Rufus keinen Job fand, stand er kurz vor der Privatinsolvenz. Aber er gab nicht auf und fing an, Kartenspiele zu lernen. Er wurde richtig gut in Blackjack und Poker und zog von Casino zu Casino, um den Leuten ihr Geld abzunehmen. Leider ließ man ihn aufgrund seines Aussehens in vielen Casinos nicht rein. Also begann Rufus in den 80er Jahren, junge Männer anzuheuern und ihnen das Spielen beizubringen. Gemeinsam verdienten sie ordentlich Geld. In dieser Zeit wurde Rufus klar, dass er mit seinem Aussehen nie in der Öffentlichkeit auftreten konnte. Also entschied er sich, aus dem Hintergrund zu arbeiten. Nach seiner Zeit als professioneller Spieler schrieb er anonym Bücher, gründete in den 90ern eine Internetfirma und verdient heute sein Geld, indem er im Internet mit Aktien handelt. Ich habe immer noch Kontakt zu ihm, und er besucht mich einmal im Jahr. Heute besitzt er drei Häuser, sieben Sportwagen und einen Helikopter. Ich denke, Rufus ist wunschlos glücklich – es stört ihn nicht, dass ihn nur wenige Menschen kennen, und es gibt wirklich keinen Grund, ihn zu bemitleiden.

Sallie: Kommen wir zurück zu ihrem Leben. Es ist 1976, die Bar läuft hervorragend, und Sie haben eine wunderbare Frau an ihrer Seite. Würden Sie sagen, dass dies bis zu diesem Zeitpunkt die schönste Zeit in ihrem Leben war?

Reuben Bell: Auf jeden Fall. Ab 1976 ging es wirklich steil bergauf. Ich verlobte mich mit Jonita, und 1977 heirateten wir. Unsere Hochzeit fand im Sommer an einem See statt – nur wir beide und der Pfarrer. Da die Bar so gut lief, konnten wir uns endlich ein eigenes Haus leisten und mussten nicht mehr in der Bar schlafen. Es war ein kleines, gemütliches Zuhause mit einem großen Garten. 1979 bekamen wir dann unseren ersten Sohn, Michael, und zwei Jahre später, 1981, erblickte unsere Tochter Susan das Licht der Welt. Zu dieser Zeit war ich wirklich der glücklichste Mensch auf Erden.

Sallie: Hatten Sie in dieser Zeit auch wieder Kontakt zu ihrer Familie?

Reuben Bell: Leider nicht. Im Gegenteil, die Situation in meiner Familie verschlechterte sich sogar. Da unsere Bar immer erfolgreicher wurde, blieb für die anderen Bars und Restaurants weniger zahlungsfähige Kundschaft übrig. Mein Vater und mein Bruder, die die Familienbar führten, hatten in diesen Jahren enorme finanzielle Probleme. Es wurde so schlimm, dass sie ihre Bar absichtlich in Brand setzten, um an Versicherungsgeld zu kommen. Leider stellte sich heraus, dass sie es selbst waren, und die beiden wurden wegen Versicherungsbetrugs angezeigt.

Sallie: Hat es Ihnen leidgetan?

Reuben Bell: Natürlich hat es mir leidgetan. Mein Vater hatte seit meiner Rückkehr aus Vietnam nie wieder mit mir gesprochen, aber es war immer noch unsere Familienbar, die ich früher gerne übernommen hätte. Es tat mir weh, sie so enden zu sehen. Ich wünschte, wir hätten die Bar gemeinsam geführt, aber leider kam es nicht dazu. Die Bar öffnete nie wieder.

Sallie: Aber Sie hatten jetzt ihre eigene kleine Familie, um die Sie sich kümmern mussten. Wie war ihre Zeit als Familienvater mit zwei kleinen Kindern?

Reuben Bell: (lacht) Es war stressig. Meine beiden Kinder waren echte Bell-Babys – das bedeutet, sie waren ruhig und sehr neugierig. Jonita kümmerte sich hauptsächlich um die Kleinen, während ich den einarmigen Willy einstellte, um in der Bar zu helfen. Die Bar lief nach wie vor gut, und wir waren wirklich viel beschäftigt – mit der Bar, den Kindern und natürlich der Suche nach außergewöhnlichen Menschen. Aber trotz allem war es eine wunderschöne Zeit für mich.

Sallie: Leider endet jede schöne Zeit irgendwann. Was ist im Jahr 1985 passiert?

Reuben Bell: Das Jahr 1985 war ein persönlicher Wendepunkt für mich. Wir hatten die Bar nun fast zehn Jahre lang, und es lief hervorragend – wirklich hervorragend. Eines Tages lernte ich einen Mann namens Carlos Palacio kennen, der zu Besuch in unserer Bar war. Er hatte von unserem „Crazy Carousel" und den außergewöhnlichen Gästen in der Zeitung gelesen. Carlos stellte sich mir als Geschäftsmann vor und brachte die Idee auf, eine zweite Filiale zu eröffnen. Er wollte sie in New York gründen, da dort genug verrückte Leute herumliefen, denen man eine Bühne bieten konnte. Anfangs war ich sehr skeptisch, und Carlos kam mir ein wenig suspekt vor. Aber die Vorstellung, unsere Bar zu erweitern und eine Kette aufzubauen, fand ich spannend. Man könnte dadurch viel mehr Geld verdienen.

Jonita war ebenfalls skeptisch, allerdings aus anderen Gründen. Sie meinte, weil Carlos ein Mexikaner war wie sie, würde man ihm nicht trauen können. Doch ich entschied mich, den Schritt zu wagen und eine zweite Bar zu eröffnen. Wir hatten genug Geld gespart, und ich dachte, es wäre einen Versuch wert.

Sallie: Doch Carlos stellte sich als jemand anderes heraus, als er vorgab zu sein, oder? Wie ging es weiter?

Reuben seufzte tief und nahm einen großen Schluck von seinem Bier. Die Frage schien ihn zu belasten, und man konnte spüren, dass sie Erinnerungen an eine schwierige Zeit weckte.

Reuben Bell: Es war im August 1985. Carlos und ich waren mitten in der Planung für die neue Bar in New York. Wir hatten uns schon mehrere Monate gekannt, und nach all der gemeinsamen Arbeit wurden wir auch gute Freunde. Er verbrachte viel Zeit in Breckenridge, bei Jonita und mir, und wir unternahmen auch abseits des Geschäfts einiges zusammen. Aber zwischen Jonita und Carlos war immer eine gewisse Kühle. Es war, als ob die Stimmung zwischen den beiden nicht richtig stimmte. Sie verhielten sich seltsam zueinander. Da die beiden Mexikaner waren, fragte ich Jonita, ob es ein Problem zwischen ihnen gab, vielleicht aus ihrer Heimat, aber sie wich meiner Frage immer wieder aus und erzählte mir nichts. Ich hatte das Gefühl, dass da etwas nicht stimmte.

Es wurde zunehmend schwieriger. Jonita und ich stritten uns immer öfter. Wir hatten viel Stress – mit den Kindern und der ganzen Planung für die neue Bar. Eines Abends kam ich nach der Arbeit im *Crazy Carousel* nach Hause und erwischte Jonita und Carlos zusammen. Was ich sah, traf mich mitten ins Herz. Ich war zutiefst bestürzt und wütend, wusste aber zunächst nicht, was ich sagen sollte.

Als ich mich etwas beruhigt hatte, erklärten mir Jonita und Carlos die ganze Geschichte. Sie kannten sich früher aus Mexiko, waren damals ein Paar und hatten sich schon in jungen Jahren ineinander verliebt. Doch ihre Vergangenheit war alles andere als einfach. Sie waren in Kartellangelegenheiten verstrickt, und Carlos hatte große Angst, dass ihm oder Jonita etwas angetan werden könnte. Um dem zu entkommen, hatten sie einen Deal geschlossen: Jonita sollte in Amerika untertauchen, und irgendwann traf sie mich. Anfangs war ich nur eine Fluchtmöglichkeit für sie – ein sicherer Ort, um dem ganzen Wahnsinn zu entkommen. Doch als sie nie wieder von Carlos hörte, verliebte sie sich in mich. Sie dachte, er sei gestorben.

Sie blieb bei mir, und wir bauten uns ein schönes Leben auf – mit zwei Kindern. Aber dann, viele Jahre später, stellte sich heraus, dass Carlos noch am Leben war.

Sallie: Und Jonita war hin- und hergerissen, was sie nun tun sollte?

Reuben Bell: Jonita konnte es anfangs nicht fassen und wollte mit mir zusammenbleiben. Deshalb war sie immer so kühl zu Carlos, um ihre Gefühle zu unterdrücken. Aber nach einigen Monaten wurde ihr klar, dass sie ihn immer noch liebte, und sie konnte diesem Gefühl nicht länger entkommen. Carlos hatte ihr vorgeschlagen, in den Norden zu ziehen und ein neues Leben zu beginnen. Ich war völlig erschüttert, als sie mir das gestand.

Sallie: Was haben Sie dann getan?

Bei dieser Frage wischte sich Reuben Bell mit der Hand über das Gesicht, als eine Träne langsam seine Wange hinabrollte.

Reuben Bell: Jonita und ich haben stundenlang miteinander gesprochen. Nach einer Weile konnte ich sie verstehen. Sie wollte bei den Kindern bleiben, aber sie wusste, dass ihre wahre Liebe ein neues Leben mit ihr beginnen wollte – und das war nun mal nicht ich. Ich tröstete sie und sagte ihr, dass ich ihren Wunsch nachvollziehen konnte. Sie sollte das Leben leben, das sie für sich wollte. Ich würde mich um die Kinder kümmern und ihnen, wenn sie älter wären, die Wahrheit erklären. Ich gab ihnen das Geld, das ich für die Bar in New York gespart hatte, und wünschte ihnen nur das Beste. Es brach mir das Herz, aber am nächsten Tag verabschiedete ich mich von meiner geliebten Jonita.

Sallie: Herr Bell, ich kann mir vorstellen, wie schwer das für Sie war. Haben Sie es jemals bereut, Jonita und Carlos gehen zu lassen?

Reuben Bell: Ich habe mir oft Gedanken darüber gemacht, was gewesen wäre, wenn ich ihr nicht die Freiheit gegeben hätte oder wenn ich damals anders gehandelt hätte. Aber im Endeffekt bereue ich es nicht. Die beiden waren verliebt, und das konnte man ihnen ansehen. Carlos war kein schlechter Mann – ganz im Gegenteil. Ich wusste, dass Jonita bei ihm sicher und glücklich war. Und eine Liebe im Weg zu stehen, ist niemals die richtige Entscheidung. Hätte Jonita bei mir bleiben müssen, hätte sie ihr Leben lang Carlos nachgetrauert. Außerdem war ich nicht alleine. Ich hatte zwei wunderbare Kinder und eine Bar, um die ich mich kümmern musste.

Sallie: Hast du Jonita jemals wieder gesehen?

Reuben Bell: Wir schreiben uns immer noch zweimal im Jahr Briefe. Aber gesehen habe ich sie nur noch selten. Sie lebt jetzt mit Carlos in Alaska. Die beiden haben geheiratet, und sie hat sogar noch einen Sohn bekommen. Ich glaube, sie ist glücklich, und ich bin es auch.

Sallie: Sie waren nun ein alleinerziehender Vater von zwei kleinen Kindern. Wie haben Sie das gemeistert, und haben Sie die Kinder nach den Bell-Traditionen erzogen?

Reuben Bell: Es war definitiv stressig, allein mit Michael und Susan. Ich konnte nicht mehr so viele schräge Gäste ins *Crazy Carousel* einladen, und eine zweite Filiale war auch nicht mehr möglich. Aber trotz allem war es eine sehr schöne Zeit. Ich zog sie anders auf, als mein Vater mich erzogen hat. Ich schickte sie zur Schule, aber ich zeigte ihnen auch die traditionellen Bell-Aktivitäten, wie das Gullydeckelbaden oder unsere spezielle Silvestertradition. Ich würde sagen, ich war ein fürsorglicher, aber auch fordernder Vater. Meine Kinder konnten schon schießen, bevor sie einen Buchstaben des Alphabets kannten. Als sie acht und zehn Jahre alt waren, schickte ich sie mit nichts als einer Waffe und einer Flasche Wasser in den Wald und forderte sie heraus, ein Wochenende allein zu überleben – was sie auch meisterhaft schafften. Mit dreizehn konnte mein Sohn schon fast besser Autofahren, wenn er angetrunken war, als so manch anderer nüchtern. Meine Kinder waren nicht die beliebtesten oder coolsten in der Schule, aber sie gehörten zu den stärksten und zähesten. Ich bin irrsinnig stolz auf alles, was sie schon erreicht haben.

Sallie: In der Zeit, als Sie ihre Kinder erzogen haben, war es ruhig um Sie. Doch als sie älter wurden, haben Sie sich wieder neuen Abenteuern zugewandt. Sie haben sogar eine Weltreise gemacht. Wie kam es dazu?

Reuben Bell: Die Erziehung meiner Kinder erforderte meine volle Aufmerksamkeit, weshalb ich in dieser Zeit weniger unternahm. Ich war weniger in der Bar und reduzierte mein sonstiges Engagement auf das Wesentliche.

Im Jahr 2001, als Michael 22 und Susan bereits 20 Jahre alt waren, erfüllte ich mir jedoch den Traum einer Weltreise. Dabei hatte ich ein einziges Ziel vor Augen: die Geburtshäuser berühmter

Diktatoren zu besuchen und auf sie zu urinieren. Dieser Plan entstand, nachdem ich eine Dokumentation über Diktatoren gesehen hatte, die mich tief wütend machte. Ich reiste mit nur einem kleinen Reiserucksack und zog quer durch die Welt.

Auf Korsika urinierte ich auf Napoleons Geburtsstätte, in Österreich markierte ich das Geburtshaus von Hitler, und auch in Italien konnte das ehemalige Haus von Mussolini meinen Protest riechen. Ich besuchte viele Länder und lernte zahlreiche Kulturen kennen. Einige Menschen erzählte ich von meinem Vorhaben. Viele waren zunächst skeptisch und konnten es kaum fassen, doch zugleich waren sie von meiner Idee fasziniert und fanden sie überraschend inspirierend.

Sallie: Was war die schwierigste Situation, in der Sie sich während ihrer Weltreise begeben haben?

Reuben Bell: Das war definitiv in Russland. Ich befand mich in Ussurijsk, einer Stadt im äußersten Osten des Landes, nahe der Grenze zu Nordkorea. Es gibt Gerüchte, dass Kim Jong-il, der nordkoreanische Machthaber, dort in einem ehemaligen Gefangenenlager geboren wurde. Ich besuchte dieses Lager, oder besser gesagt, das, was noch davon übrig war. Wir hatten eine Führung durch das Gelände, und während der Guide sprach, tat ich etwas, was ich oft tat: Ich zog meine Hose herunter und urinierte mit erhobener Faust vor den anderen. Normalerweise führte das immer dazu, dass ich aus der Tour und dem Gebäude verwiesen wurde, aber dieses Mal war es anders.

Die anderen Touristen fanden meinen Protest so beeindruckend, dass sie plötzlich mitmachten. Innerhalb weniger Sekunden standen wir, etwa dreißig Menschen, in diesem ehemaligen Gefangenenlager und urinierten gemeinsam als Zeichen gegen die Diktatur. Doch den Wärtern gefiel das überhaupt nicht. Kurz darauf traf die Polizei ein, und die Situation eskalierte schnell. Der Protest, den ich unabsichtlich ausgelöst hatte, geriet völlig außer Kontrolle. Die

Polizei begann, auf die Menschen einzuschlagen, es wurde richtig heftig. Viele der Touristen wurden festgenommen.

Ich versuchte, mich aus der aufgebrachten Menge zu befreien, doch die Polizisten erwischten mich und nahmen mich mit auf die Polizeistation.

Sallie: Mein Gott, das klingt ja wild. Was ist danach passiert?

Reuben Bell: Die russische Polizei hielt mich mehrere Stunden fest. Um mit mir zu kommunizieren, holten sie einen Dolmetscher, der Englisch sprach. Sie erklärten mir, dass ich die Ehre und die Regierung Nordkoreas beleidigt hätte und dass ich nun ausgeliefert werden sollte. In diesem Moment wurde mir klar, dass ich in ernsthaften Schwierigkeiten steckte, denn mit den Nordkoreanern war nicht zu spaßen. Ich bettelte und versicherte den Russen, dass ich alles tun würde, um wieder freigelassen zu werden. Ich hatte wirklich Angst um mein Leben.

Doch dann stellte sich heraus, dass der Sohn eines der Polizisten an einer schweren Nierenkrankheit litt und dringend eine Spenderniere brauchte. Ich bot an, ihm meine zweite Niere zu geben, unter der Bedingung, dass mich die Russen danach freilassen würden. Sie holten einen Arzt, und zwei Tage später wurde die Operation durchgeführt. Der Junge erhielt meine Niere und erholte sich schnell.

Nach der Operation flog ich sofort nach China, einen Tag nach dem Eingriff. Dort wurde ich zwar auch festgenommen, aber die Situation war nicht so dramatisch wie in Russland.

Sallie: Das ist ja wirklich der absolute Wahnsinn, was Sie mir da erzählen. Wann endete Ihre Weltreise?

Reuben Bell: Ich entschloss mich, meine Weltreise vor dem weißen Haus in Washington zu beenden. Als krönenden Abschluss setzte ich dort einen braunen Haufen vor das Gebäude. Die *New York*

Times berichtete sogar darüber. Das war im Sommer 2003. Danach kehrte ich wieder nach Breckenridge zurück.

Sallie: War es nun an der Zeit, in Ruhe in der Bar zu arbeiten und sich auf die Pension zu freuen?

Reuben Bell: Um ehrlich zu sein, hatte ich selbst auch diese Gedanken. Ich war fast 60 Jahre alt und merkte, dass ich nicht mehr so fit war wie früher. Aber irgendwie wollte ich noch einmal etwas erleben, noch einmal aufleben. Die Weltreise tat mir gut, denn ich spürte, dass ich wieder bereit für die Liebe war.

Sallie: Heißt das, Sie haben öfter geheiratet?

Reuben Bell: Ja, tatsächlich. Es begann damit, dass ich wieder einen Weltrekord aufstellen wollte. Ich wollte etwas Einzigartiges tun, an das sich die Menschen auch nach meinem Tod erinnern würden. Aber ich wollte mich nicht mehr zu sehr in etwas hineinstürzen, wie ich es früher getan hatte. Mein Ziel war es, in etwas einen Weltrekord aufzustellen, das mir gleichzeitig Spaß macht und nicht zu anstrengend ist.

Eines Abends besuchte ich einen weiter entfernten Club, in dem eine Prostituierte arbeitete. Ich erzählte ihr von meinem Traum, und als ich schon etwas betrunken war, schlug sie vor, dass ich der Mann sein könnte, der mit den meisten Frauen verheiratet ist. Ich fand den Vorschlag großartig, und noch in derselben Nacht heirateten wir.

Sallie: Wie sind Sie am nächsten Tag aufgewacht? Konnten Sie sich noch an etwas erinnern?

Reuben Bell: Es ging mir richtig schlecht. Ich wusste nur noch vage, dass ich geheiratet hatte. Aber irgendwie gefiel mir die Idee auch am nächsten Tag noch. Ich sprach mit Clara, meiner neuen Frau, und erzählte ihr, dass ich einen neuen Weltrekord aufstellen wollte. Sie bot mir sofort ihre Unterstützung an. Plötzlich war ich wieder voller Motivation, mehr denn je. Ich erinnere mich noch genau, wie der Ehrgeiz mich wieder packte. Jetzt musste ich nur noch schnell an viele heiratswillige Frauen kommen.

Sallie: Und wie bekommt man möglichst viele Frauen, die bereit sind zu heiraten?

Reuben Bell: Clara war mir in diesem Fall eine große Hilfe, auch wenn ich das später bereuen sollte. Sie und ich überlegten, wie ich mit möglichst vielen Frauen heiraten könnte, und fanden schnell eine Lösung. Clara hatte viele Arbeitskollegen und Kontakte, bei denen eine Hochzeit nicht so wichtig war. Wir trafen uns also mit diesen Kolleginnen und erklärten ihnen unsere Idee. Zunächst stießen wir auf Ablehnung. Der Fehler war, dass Clara und ich vor allem junge Prostituierte ansprachen. Diese Zwanzigjährigen hatten noch zu viel moralische Würde, um einen fast 60-jährigen Mann zu heiraten. Und Geld konnte ich ihnen auch nicht in großen Mengen bieten. Also begannen Clara und ich, mit älteren Prostituierten zu sprechen. Auch diese lehnten oft ab, aber Clara konnte die ersten Frauen bei Einzelgesprächen überzeugen.

Am 5. Juni 2004 heiratete ich zum dritten Mal. Die Frau hieß Samantha, und die Hochzeit fand vor einer Tankstelle in Nashville statt. Als wir merkten, dass ältere Frauen oder solche in meinem Alter eher bereit waren, mit mir zu heiraten, ging alles plötzlich viel schneller. Fast jedes Wochenende heiratete ich eine neue Frau. Meist waren es verzweifelte Prostituierte, denen Kirche und heiliges Gelübde wenig bedeuteten

Sallie: Wie viele Frauen hatten Sie dann schlussendlich geheiratet?

Reuben Bell: Am 8. Juni 2005, fast ein Jahr nach meiner dritten Hochzeit, heiratete ich Lucy, eine arme Barkeeperin aus Texas. Sie wurde meine fünfzigste Frau. Damit hatte ich mein Ziel, den Weltrekord zu brechen, erreicht.

Sallie: Ist es in Ordnung, wenn ich Ihnen ein paar schnelle Fragen stelle?

Reuben Bell: Ja, natürlich.

Sallie: Haben Sie mit allen Frauen geschlafen, mit denen Sie verheiratet wurden?

Reuben Bell: Die Quote lag bei 72 Prozent.

Sallie: Können Sie sich an den Namen jeder Frau und an jede Hochzeit erinnern?

Reuben Bell: Auf keinen Fall, nein.

Sallie: Haben Sie jemals gedacht, dass Sie den Rekord nicht brechen würden?

Reuben Bell: Nein, ich habe immer an mich und meinen Traum geglaubt.

Sallie: Wie reagierten ihre Kinder?

Reuben Bell: Sie kannten mich und wussten, dass ich es ernst meinte und durchziehen würde. Sie waren auch stolz auf mich, als ich es geschafft hatte.

Sallie: Gab es jemals eine Frau, die Sie mehr geliebt haben als Jonita?

Reuben Bell: Nie im Leben. Jonita wird für immer die Frau meines Herzens bleiben.

Sallie: Okay, jetzt wo wir die schnellen Fragen geklärt haben, wie ging es dann weiter? Sie haben ja vorhin schon gesagt, dass Sie ihre Zusammenarbeit mit Clara, ihrer zweiten Frau, bereuen würden?

Reuben Bell: Im Winter 2006 lebte ich wieder gemütlich in Breckenridge und arbeitete in meiner Bar, als ich plötzlich einen Brief von einer meiner Frauen bekam. In dem Brief stand, dass sie Anspruch auf 30.000 US-Dollar erhebe, da sie sonst mit einem Anwalt kommen würde. Die 30.000 Dollar ergaben sich offenbar aus einem Ehevertrag, den ich unterschrieben hatte. Darin stand, dass ich ihr durch unsere Ehe diese finanzielle Unterstützung gewähren müsse.

Ich war völlig geschockt. Die Frau, die den Brief geschrieben hatte, hatte ich seit Monaten nicht mehr gesehen.

Sallie: Hatten Sie einen Ehevertrag unterschrieben?

Reuben Bell: Ich erinnerte mich noch, dass Clara und ich vor meiner dritten Hochzeit einen Ehevertrag aufgesetzt hatten. Der sollte sicherstellen, dass mir keine Frauen durch Scheidungen oder ähnliche Dinge Geld abknöpfen konnten. Ich hatte noch eine Kopie dieses Vertrags in der Bar. Doch zu meinem Entsetzen stellte ich fest, dass Clara den Vertrag so umgeschrieben hatte, dass ich jeder Frau 30.000 US-Dollar schuldete.

Sallie: Haben Sie Clara angerufen und sie gefragt, was das Ganze soll?

Reuben Bell: Natürlich haben wir miteinander telefoniert, aber sie forderte sofort ihr Geld. Kurz darauf meldeten sich noch mehr Frauen, und mir wurde klar, dass ich ein großes Problem hatte. Also holte ich mir einen Anwalt, der mir erklärte, dass ich den Frauen rechtlich tatsächlich das Geld schuldete.

Sallie: Wie hoch waren die Schulden insgesamt?

Reuben Bell: Es waren über 1,5 Millionen US-Dollar. Mir blieb nichts anderes übrig, als meine geliebte Bar im Sommer 2007 unter Wert zu verkaufen. Ich saß niedergeschlagen alleine zu Hause und wusste nicht, was ich tun sollte. Ich hatte nicht genug Geld zusammenbekommen. Doch dann las ich in einer Zeitung, dass ein gewisser Michael Burry gegen den Immobilienmarkt wetten würde. Man konnte ihm Geld geben, und seine Firma würde es für einen anlegen. Der Immobilienmarkt war zu dieser Zeit noch stabil, und es schien verrückt, dagegen zu wetten. Aber ich war schon immer der verrückte Typ. Also gab ich mein gesamtes Geld seiner Firma, damit sie es für mich anlegen konnten.

Dann tauchte ich unter, weil ich wusste, dass ich eingesperrt werden würde, da ich die Schulden nicht begleichen konnte. Mein

Plan war es, so lange unterzutauchen, bis der Immobilienmarkt zusammenbrach und ich dadurch reich wurde. Falls er nicht zusammenbrechen sollte, hatte ich bereits Fluchtpläne nach Europa geschmiedet.

Sallie: Doch dann kam 2008 und mit ihm der Börsencrash.

Reuben Bell: Für viele war 2008 das schlimmste Jahr ihres Lebens. Für mich war es eines der besten. Nachdem ich mehr als ein halbes Jahr untergetaucht war, ging mein Plan auf. Wieder einmal zeigte sich, dass es ein Vorteil sein kann, anders zu denken. Ich wurde reicher, als ich es mir je vorgestellt hatte. Als ich schließlich wieder in Breckenridge auftauchte, wollten meine Frauen alle die Scheidung – und statt der ursprünglich geforderten 30.000 US-Dollar verlangten sie nun 50.000. Doch das war mir egal, denn ich war jetzt ein Multimillionär und konnte es mir leisten. Ich zahlte ihnen das Geld und ließ mich von allen scheiden. Ab diesem Moment schwor ich mir, nie wieder eine Frau zu heiraten.

Sallie: Wie viel Geld haben Sie insgesamt dadurch verdient?

Reuben Bell: Ich werde dir keine genaue Summe nennen, aber es war genug, um die Schulden bei den Frauen zu begleichen, mir das *Crazy Carousel* zurückzukaufen und immer noch genügend Geld zu haben, um mir ein schönes Leben zu leisten.

Sallie: Wofür haben Sie sonst noch ihr Geld ausgegeben?

Reuben Bell: Ich baute ein neues Haus und ließ das *Crazy Carousel* unberührt. Außerdem schickte ich einen Betrag an Jonita und Carlos. Meine Kinder bekamen ebenfalls etwas Geld. Mit dem Rest kaufte ich mir ein Jetski und genoss es, in Breckenridge ein ruhiges Leben zu führen.

Sallie: Wofür brauchen Sie ein Jetski?

Reuben Bell: Eigentlich gar nicht, aber es ist einfach cool, eines zu besitzen.

Sallie: Verständlich. Und seitdem genießen Sie den wohlverdienten Ruhestand, nehme ich an?

Reuben Bell: Das ist korrekt. Ich genieße die Zeit, die mir noch bleibt. Ab und zu arbeite ich aus Spaß mit dem einarmigen Willy in der Bar und fahre noch ein bisschen Ski. Das Leben ist gerade schön, und ich freue mich über den Lebensabschnitt, in dem ich nun bin. Es war ein langer Weg bis hierher, aber ich habe es geschafft.

Sallie: Von Ihrer Kindheit, dem Vietnamkrieg, den Weltrekorden, die Sie gebrochen haben, Ihrer Zeit mit der Familie bis hin zu Ihrem Ruhestand als Millionär – was würden Sie sagen, war die schönste Lebensphase?

Reuben Bell: Jede Phase meines Lebens hatte ihre schönen und schlechten Seiten. Mit Jonita war auch nicht alles perfekt – wir hatten damals viel zu tun und lebten ein Jahr lang in unserer Bar. Aber mit ihr war es auf jeden Fall die schönste Zeit. Alles, was danach kam, konnte nicht mehr mit dieser Zeit mithalten, nicht einmal mein Ruhestand als reicher Mann.

Sallie: Was bereuen Sie am meisten in Ihrem Leben?

Reuben Bell: Um ehrlich zu sein, gar nichts. Es mag vielleicht komisch klingen, und ich weiß, dass ich viele schräge Dinge getan habe, aber ich bin eben, wie ich bin. Alles, was ich gemacht habe, wollte ich auch tun, und ich habe mich nie verbogen oder von anderen beeinflussen lassen, um Dinge anders zu machen. Darauf bin ich sehr stolz.

Sallie: Sie sind jetzt 65 Jahre alt, was noch jung ist. Haben Sie Pläne für die Zukunft? Wird vielleicht noch ein verrückter Abschnitt in Ihrem Leben kommen?

Reuben Bell: Danke, dass du 65 Jahre noch als jung bezeichnest. Aber ehrlich gesagt, glaube ich nicht, dass ich noch viel unternehmen werde. Ich merke, wie mein Körper langsam abbaut. Jetzt wird mir bewusst, dass ich in meinem Leben nie wirklich gesund gelebt habe. Ich habe in meiner Bar viel getrunken, in Mexiko Kokain genommen und dass ich nur noch eine Niere habe, hilft auch nicht gerade. Aber ich werde meine verbleibende Zeit hier auf Erden genießen – mit meinem wohlverdienten Geld.

Sallie: Herr Bell, Sie haben ein wirklich unglaubliches Leben geführt, und ich kann viele der Dinge, die Sie mir gerade erzählt haben, kaum fassen. Trotzdem danke ich Ihnen sehr für dieses tolle Interview.

Reuben Bell: Danke, es hat mich sehr gefreut, Sallie. Du bist eine großartige junge Reporterin, und wenn du so bleibst, wie du bist, wirst du es noch weit bringen.

Reuben Bell war ein beeindruckender Mensch. Umso trauriger war ich, als ich von seinem Tod erfuhr. Er ertrank, während er in einem Fluss in Kanada schwimmen war. Kurz zuvor hatte sich ein Biberdamm gelöst, und die Wassermassen rissen den 73-jährigen Mann mit. Es geschah am 13. August 2019. Zu diesem Zeitpunkt saß ich auf der Toilette und hatte Durchfall, nachdem ich am Vortag einen lauwarmen Burrito gegessen hatte, den ich auf der Straße gefunden hatte. Als ich es las, rollte eine Träne meine Wange hinab. Die Welt hatte wieder einen außergewöhnlichen Menschen verloren.

Sofort wusste ich, dass ich diesem Mann ein Kapitel in meinem Buch widmen musste. Er regte mich immer zum Nachdenken an, und wann immer mir Leute sagten, dass ich komisch sei – weil ich zum Beispiel in einem fahrenden Bus mit Ketchup die Fenster beschmierte – dachte ich an Reuben Bell. Er war auch ein ungewöhnlicher Mann, aber seht, was er erreicht hatte.

Ich besuchte seine Beerdigung in Breckenridge, und es waren viele bekannte Gesichter aus Reubens Leben anwesend. Seine Ex-Geliebte Jonita, ihr Mann Carlos und ihr gemeinsamer Sohn Steve Irving (den sie nach dem berühmten Abenteurer benannt hatten), waren dort. Auch zahlreiche Prostituierte nahmen teil, obwohl sie nicht gerade in Trauer versanken. Es war die außergewöhnlichste Beerdigung, an der ich je teilgenommen habe. Sie fand auf dem Parkplatz vor dem Friedhof statt, da Reuben zwar Christ war, aber auch im Tod nie eine Kirche betreten wollte.

Seine Kinder baten alle Gäste, in Hähnchenkostümen zu erscheinen, und ein Chor sang ununterbrochen die Titelmelodie von *MacGyver*. Nachdem seine Kinder eine Trauerrede gehalten hatten, fand aus unerklärlichen Gründen ein Boxkampf zwischen einem Profi-Boxer und einem Piraten statt. Man konnte sogar auf den Ausgang des Kampfes wetten.

Der Boxer gewann. Danach gingen wir zum Friedhof, wo wir Reubens Leiche aus dem Sarg nahmen und sie einfach in das Grab warfen. Sein Sohn erklärte, dass Reuben nicht in einem Sarg ruhen wollte, sondern sich von Maden zerfressen lassen wollte, um der Natur weiterhin von Nutzen zu sein. Zum Abschluss durfte jeder Gast ein Gewürz seiner Wahl auswählen und in Reubens Grab streuen – ein letzter "Würz", damit die Maden ihn besser schmecken konnten. Nachdem das Grab wieder zugeschüttet war, gab es frittiertes Hähnchen zu essen. Einige Besucher, mich eingeschlossen, machten sich dann auf den Weg zum Crazy Carousel.

Michael hatte nun das Erbe seines Vaters übernommen und führte die Bar weiter. Ich stellte mich ihm vor und bedankte mich bei ihm, da Reuben für mich immer ein Vorbild gewesen war. Wir hatten ein tolles Gespräch. Michael nahm die Verantwortung für das Geschäft an sich und führte das Erbe seines Vaters fort – eine Sache, die Reuben nie für seinen eigenen Vater hatte tun können. Susan hingegen arbeitet jetzt bei einem internationalen Trampolin-Hersteller in der Abteilung für Qualitätssicherung.

Sie gestatteten mir, dieses Kapitel zu schreiben, mit der Bitte, dass ich am Ende noch ein paar Worte hinzufüge. Ich verbrachte den Abend noch bis zwei Uhr in der Früh mit dem einarmigen Willie und wir hatten einen wirklich großartigen Abend zusammen. Ich weiß, dass Reuben Bell mich nie gekannt hat. Und ich wünschte, ich hätte ihn persönlich treffen dürfen. Als ich das erste Mal von seiner Geschichte hörte, wusste ich sofort, dass er ein Mensch wie ich war. Einer von uns, der es wagte, anders zu sein. Der einen Schritt weiter ging und das Leben mit einem schrägen Blick betrachtete. Menschen wie uns gibt es nur selten, aber er war definitiv einer von uns. Reuben, wo immer du auch bist, ich hoffe, es geht dir gut. Vielleicht feierst du gerade mit Jesus und den Allmächtigen eine unvergessliche Party. In diesem Sinne danke ich dir für alles, was du uns hinterlassen hast.

Rest in RIP Reuben Bell.

Hier folgen nun die Worte, die mich Michael und Susan gebeten haben, noch am Ende des Kapitels zuzuschreiben:

Wenn ein Tag sich dem Ende neigt,

und du weißt das es nicht mehr allzu Blüt,

Wenn die Nacht jetzt die Sonne schreit,

und die Hitze nicht mehr allzu glüht,

dann Gedenke nicht denen die es Lebten,

denn sie sahen es nicht kommen,

Frage eher was die alle Legten,

denn ich habe es genommen,

Wie Pontius Pilatus onanier ich in die Gesellschaft,

Den mich interessiert nur was Geld macht,

Nenn Mich so wie meine Mutter mich nannte,

Denn so will meine Mutter das man mich nennt,

Mein Vater hatte nicht nur eine dicke Wampe,

Sieh wie mein Weihnachtsgeschenk am Christbaum brennt,

So kommen die Tage so vergeht die Stund,

Wenn sie nicht bellen, dann diktiere den Hund,

Ich freue mich das ich gehe gen Norden,

Natürlich zum Abschied nicht bereit,

Vergesst nicht meine Schulden und Sorgen,

Den der Geldeintreiber ist stets nicht weit,

Was bleibt zu sagen, was kommt zu End

Wenn das allerletzte Lichtlein nicht mehr brennt,

Gedenkt an mich in den schönen und den grauen Tagen

Euch dort oben zu sehen, das kann ich kaum erwarten,

Pass auf den Planeten und meine Familie auf

Sieh das ihnen nichts geschieht,

Sonst geht ihr nicht nur auf der Erde drauf

Ich hab euch alle Lieb.

Das dumme Fakten Kapitel

Durch die Recherchen in diesem Buch habe ich eines gelernt: Unsere Welt ist wirklich ein erstaunlicher Ort. Es ist kaum vorstellbar, welche außergewöhnlichen Dinge es auf diesem Planeten gibt. Ein Beispiel dafür ist ein Korkenzieher aus Allington, New England, der eine besondere Funktion bietet: Sobald man einen Korken aus einer Flasche zieht, ertönt die Stimme von Morgan Freeman. Über das Touchpad kannst du einstellen, ob du Single bist oder in einer Beziehung. Je nachdem, ob du vergeben bist oder nicht, sagt Morgan Freeman etwas anderes. Wenn du Single bist, sagt er: ‚Das war eine hervorragende Wahl. Wie wäre es später mit noch einer?‘ Im Hintergrund ertönen Jubelgeräusche und ein lautes Orchester spielt einen triumphalen Marsch. Bist du vergeben, scherzt Morgan Freeman: ‚Einen schönen Elternsprechtag wünsche ich dem Vater des Jahres noch.‘ Und aus unerklärlichen Gründen hört man dazu Kuhgeräusche.

Als ich das herausfand, wurde mir klar, dass es ein Kapitel braucht, das sich mit Fakten und kleinen Dingen beschäftigt, die man im hektischen Alltag oft übersieht. Also verbrachte ich eine Weile damit, im Internet nach interessanten und ungewöhnlichen Fakten zu suchen. Doch was ich fand, waren hauptsächlich Pornoseiten und Inhalte, die entweder niemanden interessieren oder die man schon kennt. Das führte bei mir zu einer tiefen Frustration. Der Gedanke, dass dieser Planet vielleicht doch nicht der interessanteste Ort im Universum sein könnte, brachte mich zum Nachdenken. Doch ich fand eine Lösung: Ich setzte mich selbst unter KO-Tropfen und recherchierte erneut. Schließlich stieß ich auf die Fakten, die ich gesucht hatte. Also löschte ich das bereits geschriebene ‚Faktenkapitel' und erstellte ein neues, das auf den Ergebnissen meiner Recherchen basierte, die ich unter dem Einfluss von KO-Tropfen durchgeführt hatte. Ich hoffe, dass Sie durch diese Fakten etwas über unseren faszinierenden Planeten und die Geschichte der Menschheit lernen.

★

Wenn Katzen Stroh essen, fangen sie an zu brennen.

★

Um den Nahostkonflikt endlich zu lösen, wollte Ronald Reagan 1982 alle Einwohner Israels und Palästinas nach Venezuela verschiffen lassen. Zwar würden sie sich auch dort bekriegen, doch Reagan vertrat die These, dass der Krieg dann unter einem anderen Namen geführt werden müsste, da Venezuela zu weit im Westen liegt. Der Konflikt wäre dann unter dem neuen Namen ‚Südwest-Konflikt' fortgesetzt worden. Der Vorschlag wurde jedoch vom Kongressglücksrad abgelehnt.

★

Ein durchschnittlicher Mensch benötigt zwölf Bananen, um einen Autoreifen durch Bananen zu ersetzen. Ein asiatischer Mensch hingegen braucht nur vier.

★

Die Krankheit Tourette wurde ursprünglich als Scherzartikel für Halloween erfunden.

★

Im Jahr 1872 hatte ein Mann namens Theodore VanHelsink die ungewöhnliche Idee eines schwebenden Kuchens. Er wollte einen selbst entwickelten Apparat verwenden, um Helium in einen Kuchen zu pumpen und ihn so zum Schweben zu bringen. Doch bei seinen Berechnungen machte er einen gewaltigen Fehler und pumpte 12.854 bar zu viel in den Kuchen, was dazu führte, dass dieser unkontrolliert in den Weltraum flog. Heute gilt dieser Kuchen als die am weitesten entfernte, von Menschen geschaffene Backware und bewegt sich immer noch mit einer Geschwindigkeit von 56 km/s. Derzeit befindet er sich in der Nähe des Jupiters.

★

In Burundi kann man Lungenkrebs ernten, indem man Zigaretten raucht.

★

2023 veranstaltete der Survival-YouTuber Fritz Meinecke eine Spezialstaffel seiner bekannten Überlebensshow „7 vs. Wild". In dieser Sonderausgabe sollten zwei Menschen gegen zwei KIs antreten. Wer am längsten überlebt, gewinnt. Für das Team der Menschen traten der Rapper Ski Aggu und der Politiker Friedrich Merz an. Ein Handy und ein Computer, beide mit der ChatGPT-App ausgestattet, wurden für die KIs in den Wettkampf geschickt. Als es nach vier Stunden zu regnen begann und sich die KIs noch immer kein Stück bewegt hatten, wurden sie nass und unbrauchbar. Die Menschen verloren jedoch, da Ski Aggu nach 38 Minuten genug von Friedrich Merz hatte.

★

Der Vollmond wurde 1952 von den Rothschilds erschaffen. An diesen Tagen feiert die Familie immer große Partys. Um in der Nacht besseres Licht zu haben, sollen sie Männern Geld gegeben haben, damit sie den Mond drehen. So entstand der Mondzyklus. Die Tradition, dass sich die Rothschilds am Vollmond besinnungslos betrinken, soll bis heute fortbestehen.

★

Obwohl es bereits 2.823 verschiedene Handymodelle auf dem Markt gibt, sind bislang nur drei unterschiedliche Zeitmaschinen erhältlich.

★

Die Phrase „sich einen runterzeptern" gewann 2011 den Preis für die beste Beschreibung von „ejakulieren gehen".

★

In der ursprünglichen Bibel, der „Bibel – Year One", stand als fünftes Gebot geschrieben, dass man keine Pizza essen darf. Daraufhin stritten sich die streng gläubigen Katholiken und der italienische Staat, ob man dieses Gebot wirklich einhalten muss, um ein Christ zu sein. Der Streit eskalierte so sehr, dass Italien allen Christen ein Land schenkte. Dieses Land ist heute als San Marino bekannt.

★

Das Kennwort der Kreditkarte eines Mannes, der einmal vor mir beim Abheben war, lautet „4592". Er trug eine schwarze Hornbrille, eine blond gefärbte Dauerwelle und hatte eine kleine Narbe an der Unterlippe. Nun liegt es bei euch, zu entscheiden, was ihr mit dieser Information anstellt. Viel Spaß! ;)

★

Seitdem Nordkorea 2012 die Todesstrafe für Rassismus eingeführt hat, ist es das Land mit den wenigsten Diskriminierungsvorfällen weltweit. Als Kim Jong-Un auch die Todesstrafe für Klimakatastrophen durchsetzte, ging der Schuss jedoch nach hinten los. Nach einem Erdbeben der Stärke 2,3 auf der (Schiedsrichter-)Skala wusste die Polizei nicht, was sie tun sollte, und löste aus Verwirrung das uns bekannte, deutlich stärkere Erdbeben namens „Steve" aus.

★

„So wie es das stumme H gibt, existiert in der deutschen Sprache auch das blinde B. Ein Beispiel für ein Wort mit blindem B ist „Angola".

★

Polnische Ladekabel haben einen Schalter, um auf „entladen" zu stellen. So können sie leichter Strom stehlen.

★

Kokain ist für Haustiere ungeeignet.

★

„McDonald's gründete in den 80er Jahren eine geheime Untergrundkette namens „CrackDonalds", in der Methamphetamin und andere Substanzen verkauft wurden. Die ganze Geschichte kam jedoch durch Wikileaks ans Licht, und McDonald's sah sich gezwungen, einen Entschuldigungswerbespot für den Super Bowl zu drehen.

★

Der schnellste Berg der Welt ist der Mount Everest.
(Der höchste deine Mutter)

★

In Kolumbien ist es normal für heranreifende Männer mit Esel zu ficken.
Sie sollen dort lernen wie der Geschlechtsverkehr funktioniert, um es dann beim ersten Mal besser hinzubekommen. Außerdem befriedigt es die Bres da draußen.

★

Ein bisher geschriebener Fakt ist wahr.

★

VERFICKTE SCHEISSE, HOLT MICH HIER RAUS! HIER IST THORSTEN MÜLLER AUS KLEINKIRCHEN AN DER BACHS. ICH HAB MIR GESTERN MIT MEINEN JUNGS BRUTAL DAS WELLDACH WEG GESOFFEN, ALTER. UND JETZT BIN ICH IN EINEM VERFICKTEN BUCH. BITTE HELFEN SIE MIR!!!

★

Eine britische Studie ergab, dass 67 Prozent aller Katzen rassistische Tendenzen zeigen.

★

In Parfüms der Marke Creed soll tatsächlich der Schweiß des ehemaligen Football-Profis Tom Brady enthalten sein. Dieser Schweiß wurde nach jedem Spiel entnommen und anschließend in die Parfüms gemischt. Creed ist der Ansicht, dass dieser besondere Inhaltsstoff dem Parfüm eine einzigartige Note verleiht. In der Firma wird dies als der „Brady-Faktor" bezeichnet.

★

Kerosin brennt, auch wenn man es trinkt.

★

Der Rekord für die höchste Lohnerhöhung, die jemals von einer Gewerkschaft ausgehandelt wurde, stammt aus Bangladesch. Die Kindergewerkschaft konnte einen Lohnanstieg von beeindruckenden 178 Prozent erzielen. Statt 0,32 Cent pro Tag verdienen die hart arbeitenden Kinder nun 1,34 Euro.

★

Jack Rockfucker aus Saint Dickpain hat den Weltrekord für das hässlichste Gesicht. Er gewann den Wettbewerb vor Li Jung-Park, einen 8 jährigen Chinesen der nur dabei war, weil sein Vater ihn als

Bestrafung angemeldet hat, da er seine Hausübungen nicht gemacht hat.

★

Deutschland gab es leider wirklich.

★

Der Film Harry Potter basiert auf die wahren Ereignisse einer englischen Schule in Kingsshit. Dort mischte man unabsichtlich Acid und LSD ins Schulessen, woraufhin sich ein 10 Jähriger Junge eine Blitzartige Narbe geholt hat.

★

Die Simpsons haben dieses Buch vorhergesehen.

★

In China steht das größte Kindergefängnis der Welt mit über 1500 Häftlingen. Das Gefängnis verfügt über einen 300 Quadratmeter großen Spielplatz, einen Bunker und für gute Insassen sogar eine Kletterwand.

★

Berlin war von 1949 bis 1990 zur selben Zeit die Hauptstadt von zwei Ländern. Der BDR und der Schweiz.

★

Neil Housesmith und Sam Dustin aus Rockefeller City halten den Rekord für den längsten Nachbarschaftsstreit. Seit 2002 führen die beiden ehemaligen besten Freunde eine Fehde, die ihren Ursprung in einem Missverständnis nahm: Sam fuhr betrunken mit dem Auto gegen Neils Zaun, woraufhin Neil Sams Hund gegessen haben soll.

★

Im Wort „Marathon" befinden sich dreizehn verschiedene Eselsbrücken.

★

2014 wurde in Genf beschlossen, dass der Klimawandel nur zu einem kleinen Teil den Menschen zuzuschreiben sei. Da Öl und Gas teilweise aus alten Fossilien von Tieren und Pflanzen entstanden sind, wurde der menschliche Einfluss relativiert. Wir können es somit den Dinos in die Schuhe schieben. Also fickt euch Dinos!!!

★

Elon Musk wurde zweimal geboren.

★

Ignatius von Theostätt, ein weit entfernter Nachkömmling des schwedischen Königshauses, ist mit einem IQ von 31 der offiziell dümmste Mensch der Welt. Sein niedriger IQ hat sich aus jahrzehntelanger Inzucht heraus entwickelt. Er ist so dumm, dass er sogar unbezahlt bei der schwedischen Version vom Dschungelcamp, mitmachte.

★

Ellen McRib, der sich seinen Nachnamen gerichtlich selbst gegeben hat, wird in allen US-Bundesstaaten – mit Ausnahme von Hawaii – wegen öffentlicher Masturbation gesucht.

★

Man kann mit Wasser ein Feuer entzünden, solange man genug Holz hat.

★

Dieser Fakt hat nur 2,34 Minuten gedauert um ihn aufzuschreiben und nur 3 Sekunden ihn zu denken. Nun werde ich die Zeit stoppen, um zu sehen wie lange es dauert einen Fakt zu waterboarden.

★

Im Ocean Park in China gibt es das "Twin Memory"-Spiel, bei dem Zwillinge in verschiedenen Boxen untergebracht sind, mit denen man Memory spielen kann.

★

Wissenschaftler haben entdeckt, dass Menschen, die an Herpes, Lungenkrebs, Asthma, Rheuma, Ebola, AIDS, Diabetes und der neu erfundenen Krankheit „Zickenhusten" (bei der man Blut hustet) leiden, keine Zahnschmerzen mehr bekommen können. Für diese Entdeckung mussten sie lediglich drei Personen mit all diesen Krankheiten „ausstatten".

★

Der Film „La La Land" hätte ursprünglich bei den Oscars 2017 12 Auszeichnungen gewinnen sollen. Aufgrund von Vorurteilen in der Jury und der negativen Reaktion von Kanye West, der den Film abwertend bezeichnete (er bezeichnete ihn als „schwulen Schnulzer"), gewann er jedoch nur sechs Preise.

★

Um ein Baby auszuschalten, muss man es nur am Genick hochhalten und ganz schnell schütteln.

★

„Rattaden" war ein angeblich nach dem Zweiten Weltkrieg häufig verwendetes deutsches Wort, das angeblich in etwa „Bro, lass uns Rattengift ins Essen mischen" bedeutete. Es wird behauptet, dass nach dem Krieg, als viele Gewürze knapp waren, manche Menschen Rattengift ins Essen taten, um den Geschmack zu verbessern.

★

Neurodermitis kann man als eine Art schminken bezeichnen.

★

Wenn man einen Stein lange genug ansieht, bewegt er sich zwar nicht, aber man verschwendet seine Zeit.

★

Ich habe am Anfang dieses Buches geschrieben, dass ich mir 233-mal den Kopf gegen die Tischkante gehämmert habe, um es zu schreiben. Das war natürlich völliger Quatsch. Ich habe absolut den

Verstand verloren und weiß nicht mehr, wie oft ich mir die Matschfratze gegen die Kante vom Futterholz gerammt habe.

★

Affen produzieren genauso viel Scheiße wie Politiker.

★

In der Fünften Folge der vierten Staffel der Kinderserie „Lazytown" gründet der Bösewicht Freddy Faulich einen islamischen Staat und ruft einen Kalifat aus. Stephanie, ihr pädophiler Stiefvater Sportakus und ihre Freunde müssen diesen dann zerstören, indem sie Freddy Faulich waterboarden. Die Folge wurde aber nie ausgestrahlt, da Sportakus einmal das Wort „Vollidiot" sagte. Die Produzenten waren der Meinung, das Kinder so ein Wort nicht hören sollten.

★

Der Autor wollte dieses Buch ursprünglich „Die Bibel 2 – Die Rache von Abraham" nennen, entschied sich jedoch später für den Titel „Hunde, die bellen, töten auch", weil ihm dieser besser gefiel.

★

Ouagadougou ist gleichzeitig die Hauptstadt von Burkina Faso, und Burkina Faso ist die Hauptstadt von Ouagadougou.

★

Der Palästina Konflikt begann eigentlich als Mr. Beast Video.

★

Wenn man jedem Menschen auf der Welt die Haare abschneiden und sie der Reihe nach aufeinanderlegen würde, wäre man geisteskrank.

★

Quentin Tarantino hasst die asiatische Kultur so sehr, dass er begonnen hat andere Kulturen auch zu hassen. In einem Interview 2009 mit der NewYorkTimes behauptete er damals, das es noch einen dreckigen Chinesen bräuchte der ihn um ein Foto bittet und er verspeist einen von ihnen. Im Juli 2012 wurde er dann zu einer Geldstrafe in Höhe von 12,87$ verurteilt, da er einen Chinesen aß.

★

Siebzehn ist die Primzahl, die man am meisten dividieren kann, nämlich zweieinhalbmal.

★

Man kann einen Fakt nicht waterboarden.

★

In Ottawa, Kanada, gibt es einen Fußballverein namens RFC Mallorca, in dem Eishockey in einer Halle gespielt wird.

★

Wenn man sich zweimal verschluckt, macht man einen Screenshot.

★

Es gibt einen Wettbewerb in Südkorea, bei dem die Teilnehmer so viel KFC wie möglich essen müssen, ohne Durchfall zu bekommen. 2010 kam eine Person bei einem tragischen Unfall ums Leben. Sie wurde versehentlich mit einer Guillotine geköpft.

★

Wissenschaftler fanden heraus, dass man klüger wird, wenn man seinen Kopf genau 43-mal gegen die Tischkante hämmert.

★

Nicaragua war anfangs eine Insel, da sich aber niemand mehr an diese Zeit erinnern kann, sagen alle, dass es schon immer Festland gewesen sei. Heutzutage ist das Land einfach nur beschissen.

★

Als J. R. R. Tolkien das zweite Buch zu Herr der Ringe schrieb, hatte er eine 3 Monate durchgehende Erektion, da ihm bewusst wurde was für ein Meisterwerk er gerade schreibt. Ich habe gerade das Gleiche, nur anstatt eines harten Penis, bekomme ich immer Nasenbluten beim Schreiben.

★

Vergesst, dass ich gesagt habe, man könne einen Fakt nicht waterboarden. Es dauert 3 Stunden und 17 Minuten, und der Fakt erzählt dir alles, was er weiß.

★

Es heißt Glücksspiel, weil es glücklich macht.

★

Die längste Zugstrecke der Welt verläuft von Johannesburg in Südafrika nach Toronto in Kanada. Diese Strecke ist so lang, dass sie eigentlich mit dem Flugzeug zurückgelegt wird, da sie nicht einmal Schienen besitzt.

★

Die Kamera bei Laptops und Handys ist nicht nur zum Fotografieren da. IT-Spezialisten können sich in diese Kameras hacken und so den Benutzer des Geräts ausspionieren. Von dieser Funktion haben bis jetzt die wenigsten gehört. Sie existiert, damit die Regierungen besser in unser Privatleben eingreifen können und um uns so besser zu manipulieren.

★

Das Periodensystem und die weibliche Periode haben abgesehen von ihrem Namen und ihrer Dauer (es gibt 118 Elemente und die durchschnittliche Periode dauert 118 Stunden) nichts gemeinsam.

★

Die Menschen, die Asiaten und die Gottesanbeter sind bis jetzt die einzigen Arten auf der Erde, die eine Olympische Goldmedaille gewinnen konnten.

★

In der Jungfernsteinzeit konnte man durch Blitze telefonieren.

★

Melissa McCarthy wird seit 2016 bei Wikipedia als Naturkatastrophe angegeben.

★

Das erfolgreichste Halloween-Kostüm der Geschichte ist es, zu sagen, man geht als „der eine aus Stranger Things". Wer oder was damit gemeint ist, bleibt bis heute unklar.

★

Ein rassistisch, homophob und frauenfeindlicher Mann mit orangener Haut hat noch immer eine statistisch höhere Chance, Präsident der Vereinigten Staaten von Amerika zu werden, als eine Frau.

★

Der Beistrich wurde 1923 von der Tastaturindustrie eingeführt. Durch das zusätzliche Satzzeichen mussten Tastaturen größer und teurer werden. Allein durch den Beistrich-Taste wurden seitdem mehr als 200.000 US-Dollar umgesetzt.

★

Es gibt noch keinen Weltrekordhalter in Spaghetti Weitwurf.

★

Niemand kann zweimal unter Wasser atmen, ohne nicht vorher einmal zu sterben.

★

Hier hätte ein interessanter Fakt gestanden. Da ich jedoch eine schlechte Rechtschreibung habe und ChatGPT den Fakt nicht auf Fehler verbesserte, weil er gegen die Nutzungsrichtlinien verstieß, musste ich ihn löschen.

★

In China gibt es AirPods, die nur das Lied „Dance Monkey" von Tones and I abspielen können. Am Veröffentlichungstag kam es zu

zahlreichen Beschwerden, da viele Menschen aufgrund der unangenehmen Musik begannen, aus den Ohren zu bluten.

★

Das Spiegelbild von John F. Kennedy hat sich drei Wochen vor seinem Tod erhängt. Präsident Kennedy merkte das, als er eines Tages
aufstand und in den Spiegel blickte, wo sein Leichnam im Spiegel-
rahmen hing. Die Regierung hat dies vertuscht und drei Wochen
später dann John F. Kennedy, bei einem Attentat in den Himmel
abgeschoben. Übrigens lautete die genaue Todesursache bis heute
Männerschnupfen.

★

Jesus sprach einmal zu Gandhi und sagte nur den Satz „Moin Moin,
du dicker fetter Hurensohn! Bis heute versucht die Buddhistische
und katholische Kirche herauszufinden was der Allmächtige damit
gemeint hat.

★

Man wird in Guatemala hingerichtet, wenn man Gesundheit sagt,
sollte wer niesen. Man wird dort auch hingerichtet, wenn man hustet und es nicht sagt.

★

Der bekannte Influencer MontanaBlack entschied sich 2020, seinen
Namen in MontanaBLM zu ändern. Er wusste jedoch nichts von
der Black Lives Matter-Kampagne und wählte diesen Namen lediglich, weil ihm die drei Buchstaben gefielen.

★

Die niederländische Künstlerin Nora van Karl reist seit 2011 um die
Welt und besucht verschiedene Städte. Dort trinkt sie, bis sie sich
auf eine Leinwand übergibt, und diese Werke werden anschließend
versteigert. Ihr teuerstes Gemälde, mit dem Titel „Berlin", wurde
für 2,11 Millionen Euro verkauft. Besonders an diesem Werk ist,

dass man noch Spaghetti-Reste vom Vortag darauf sehen kann. Zum zehnjährigen Jubiläum ihrer Kunstpraxis schuf sie 2021 ein spezielles Kot-Werk mit dem Titel „Miami", das auf ähnliche Weise entstand.

★

Der Thunersee in der Schweiz wurde nur mit Spucke aufgefüllt

★

An der Highschool in Hastings, Minnesota, wurde dem elfjährigen Jungen Louis Melton erlaubt, den Unterricht wegen der Krankheit „Notgeilheit" zu verlassen. Zwei Tage später, als sich die Nachricht verbreitet hatte, kamen nur zwei Jungen in der ganzen Schule zum Unterricht. Auch die männlichen Lehrkräfte blieben wegen dieser Krankheit zuhause. Die einzigen männlichen Schüler, die erschienen, stammten aus asiatischen Ländern oder waren homosexuell. Drei Wochen später wurde die Schule wegen dieser unbekannten Krankheit geschlossen. Bis heute gilt dieser Vorfall als die ansteckendste Krankheit in der Geschichte. Zum Glück tauchte nie wieder eine „Notgeilheit"-Infektion auf.

★

Wenn Menschen schwitzen, könnte das daran liegen, dass sie gerade ihr Essen zweimal verdauen und ihr Körper damit nicht klar kommt. In diesem Fall nehmen sie die passende Medizin oder marschieren sie militärisch in ein Land ein. Weitere Gründe, warum Menschen schwitzen, könnten auch ein Bärenangriff sein.

★

Tuberkulose ist das einzige Wort, dass man nicht buchstabieren kann.

★

Erdnüsse haben ihren Namen, da sie aus den Hoden verstorbener Menschen wachsen. Denn zu Hoden hat man früher umgangssprachlich Nüsse gesagt. Und da die Gräber verstorbener Menschen meist auch unter der Erde liegen, kam der Name zustande.

★

Dieser Fakt dient nur dazu, dieses Kapitel länger zu machen. Er hat keinen echten Wert und wird dir im Leben nicht weiterhelfen. Wenn du heute auf ein Date gehst und es zu einer peinlichen Stille kommt, wird dieser Fakt dir nicht dabei helfen, das Gespräch mit einem interessanten Satz zu retten.

★

Für diesen Fakt oben hast du circa 0,0043 Euro gezahlt.

★

Nur weil es deine Schwiegermutter nicht hören will, musst du ihr nicht sagen, dass ihr Essen nach drei Tage alten Lammkoteletts schmeckt.

★

Newt Haggerman hat sich zweimal das falsche Bein amputiert.

★

Wenn in einem Supermarkt eine Notsituation herrscht, ist es völlig in Ordnung, sich einzunässen. Es wird jedoch problematisch, wenn man eine Sucht entwickelt, regelmäßig in Supermärkte zu urinieren. Diese Sucht stammt aus dem Lateinischen und wird „trabem hortari" genannt, im Volksmund auch „Strahlendrang" genannt.

★

Da Kokain in großen Mengen produziert wird, erfolgt auch der Schmuggel nur in großen Mengen.

★

Zehn von acht Asiaten haben schon einmal in einem Sweatshop gearbeitet, sind unterdrückt worden oder haben einen Hund gegessen.

★

Der strenggläubige Buddhist Harshal Sumeet ist der erste Mensch der sich schon einmal selbst aufgegessen hat. Er legt den Buddhismus in eine andere Art aus und isst sich deshalb tagtäglich. Er schneidet sich Sachen von seinem Körper ab, um sie später zu kochen. Seine Gliedmaßen wie Hände und Beine wachsen nach der Zeit wieder nach. Wenn sie wieder gesund sind, beginnt er von vorne und isst sie wieder. Mit dieser Taktik hat er schon mehr als 85% von sich selbst gegessen. Das Leckerste sei laut ihm die Leber. Dadurch das er sich selbst isst, musste er nie Lebensmittel kaufen und hat sich so, schon zirka zwanzig tausend indische Rupie gespart.

★

Torn Normansen hat einen angeborenen Fehler, sodass er mit beiden Augen unterschiedlich blinzelt. Seine Eltern haben dies so sehr gestört, dass sie ihn in ein Waisenheim gaben.

★

Niemand rennt schneller als der Blitz.

★

In Ecuador gib es nur ein Gender.

★

Adolf Hitler ließ 1938 eine neuartige deutsche Superwaffe bauen. Diese Waffe hatte die Fähigkeit, die ganze Welt zu zerstören. Als Energiequelle nutzte sie die Ignoranz und Dummheit der Gesellschaft. Die Waffe funktionierte, doch anstatt die Welt zu zerstören, begann sie den zweiten Weltkrieg. Später erhielt die Waffe den seltsamen Namen „Hass, Furcht, Angst, Spaltung und Gewalt".

Erschreckenderweise wurde diese Waffe nicht verboten, und auch heute noch versuchen Politiker, mit derselben Waffe zu arbeiten.

Die Redaktion und die jüdische Bevölkerung hoffen auf einen besseren Ausgang dieses Mal.

★

Roter Stuhlgang befreit den Teufel.

★

Der Musicalfilm „Cats" aus dem Jahr 2019, unter der Regie von Andrew Lloyd Webber, wurde 2011 mit acht Goldenen Himbeeren ausgezeichnet.

★

Es gibt eine eigene Sparte an Restaurantkritikern, die sich auf die Bewertung des Toilettenwassers spezialisiert haben. Sie nennen sich die „Schlürfjäger", da sie das Toilettenwasser nur schlürfen. Das Wasser prüfen sie dann auf Aussehen, Geschmack und Geruch. Auf der französischen Internetseite „www.eau-de-toilette-de-la-gloire.com" finden sie die Bewertungen der jeweiligen Restauranttoiletten.

★

Im Computerskript dieses Buches war beim vorherigen Fakt tatsächlich ein Link verknüpft. Klickte man auf den Namen der Internetseite, gelangte man zu einem Video, in dem eine Ziege eine Frau melkt.

★

Norwegen.

★

Im Lied „Gangsta's Paradise" von Eminem geht es um die französische Nelkenernte.

★

Im Jahr 1953 stand die Mathematik kurz vor dem Konkurs. Die Situation war so schlecht, dass Schulen überlegten, das Fach abzuschaffen. In dieser Notlage erfand der damalige Mathematik-CEO

Travis Chaney die sogenannte Division – eine Methode, bei der man Zahlen durch andere Zahlen teilt. Diese Erfindung fand großen Anklang und führte zu den erfolgreichsten Jahren der Mathematik. 1961 konnte Mathematik schließlich als erstes Schulfach überhaupt an der New Yorker Börse gehandelt werden.

★

Das Anmalen von Wänden, während man auf einem Einrad fährt und gleichzeitig das Alphabet rückwärts klatscht, ist in Nairobi aufgrund der Nässegefahr verboten.

★

Amerika entschied sich 1790 absichtlich dafür, das undurchdachteste Wahlsystem der Welt einzuführen. Ein noch skurrileres System kam jedoch 2002 in Dschibuti zum Einsatz, wo der Präsident per Flaschendrehen bestimmt wurde.

★

Der Name des Landes Uruguay wurde ursprünglich als „u are gay" ausgesprochen, was übersetzt „das weiche Marmeladenbrot" bedeutet.

★

Die bevorzugte Jahreszeit für Zeitreisen ist der Herbst.

★

Die ersten 63 Prototypen der ersten KI wiesen alle rassistische Tendenzen auf. Trotz wiederholter Durchsuchung des Programmcodes und dem Fehlen offensichtlicher Fehler wurde den Programmierern schließlich bewusst, dass das Problem bei ihnen selbst lag. Es stellte sich heraus, dass alle Beteiligten an diesem Projekt rassistische Vorurteile hatten. Nachdem ihnen dieser Rassismus durch eine Talisman-Therapie abgenommen wurde, konnte die erste (rassismusfreie) künstliche Intelligenz schließlich auf den Markt gebracht werden.

★

Beim Schreiben dieses Buches sind zwei Gehirnzellen gestorben.

★

Die tatsächliche Antwort auf die Frage „Wer ist da?" bei einem Klopf-Klopf-Witz lautet „Li Mohammed".

★

Shaquille O'Neal wurde mit der außergewöhnlichen Fähigkeit geboren, selbst zu steuern, wann sein Körper Wachstumshormone ausschüttet. In seiner Kindheit nötigte sein Vater ihn, diese Gabe so oft wie möglich zu nutzen, damit er Profi-Basketballspieler werden konnte. Dies gelang ihm, und er gewann fünf Mal die Meisterschaft. Eine unerwartete Nebenwirkung dieser Fähigkeit war, dass er dabei schwarz wurde.

★

Engländer pinkeln üblicherweise in ihre Neoprenanzüge, bevor sie in den Atlantik springen. Der Urin hilft, die Körpertemperatur zu halten, sodass man weniger schnell friert, und der Geruch soll andere Engländer fernhalten.

★

Sumu-abum, König von Babylon (1881–1894 v. Chr.), war der erste Herrscher, der nicht nur über ein Land, sondern auch über die französische Sprache regierte.

★

Es ist unmöglich, lauter zu schreien, als man klatscht.

★

Bei der Casting-Show „DSDADB – Deutschland sucht den Autor dieses Buches" belegte ich eigentlich nur den zweiten Platz. Ursprünglich sollte jemand anderes dieses Buch schreiben. Da ich jedoch ein schlechter Verlierer bin, lauerte ich dem namenlosen Gewinner auf und staubsaugte ihn. Nun lebt dieser seelenlose Mensch in Nordkorea.

★

Da Johannes Gutenberg den Buchdruck erfand, stammen ursprünglich alle Ideen von ihm.

★

Die unfreundlichste Stadt der Welt ist das kleine Dorf Mogadischu
in Somalia, in dem sich die Menschen aus Hass mit Kot bewerfen.

★

Das Wort „neulich" darf für einen Zeitraum von zwei Tagen bis zu
achtzehn Jahren verwendet werden.

★

Lance Armstrong hält den Weltrekord im Sportbetrug und Doping.
Nach seinem Rücktritt aus dem professionellen Sport gründete er
eine kleine Donutfabrik. Auch heute betont er, dass er sich auf ein
Comeback vorbereitet – indem er seine Frau betrügt.

★

Acht der letzten dreizehn Präsidenten der USA verweigerten sich
während ihrer Amtszeit, auf die Toilette koten zu gehen. Stattdessen bevorzugten sie es, ihren Darm in Reden oder auch auf Twitter
(r)auszudrücken.

★

Niemand kann genau sagen, wann morgen beginnt und heute endet, da jeder Tag seine eigene Dynamik hat.

★

Ecstasy wird häufig aufgrund ähnlicher Erscheinung mit M&M's
verwechselt.

★

Sollten Sie unvorbereitet als Clown auf einem Kindergeburtstag en-
gagiert werden und keinen Luftballon dabei haben, können Sie

auch ein Kondom verwenden. Damit lassen sich ebenfalls lustige Figuren aufblasen, oft in länglicher Form.

★

1957 wurde in der Mongolei ein Wal gefangen. Man entdeckte ihn unter dem Eis der einzigen Eishalle des Landes. Die Jagd dauerte zwei Wochen.

★

Obwohl die Frage „Bist du Veganer?" noch nie laut gestellt wurde, wurde sie bereits über 56 Millionen Mal beantwortet.

★

Männliche Menschen aus Nebraska können, wenn sie genügend Punkte gesammelt haben, die Fähigkeit „Menstruation" freischalten. In diesem Fall beginnt ihr Penis einmal im Monat zu bluten, obwohl sie niemals Kinder gebären können.

★

Greg aus Hefflstett ist der erste und einzige Mensch, dem es gelang, eine Kuh aus einem Ei auszubrüten. Er saß 4 Monate und 13 Tage auf einem normalen Hühnerei, fügte dem Ei Steroide und Milch hinzu, und tatsächlich schlüpfte eine Kuh daraus.

★

Bis 1954 konnten sich die Wörter „Kettenglied" und „Rassismus" noch reimen. Aufgrund politischer Streitigkeiten im Land entschied der Kanzler, dass diese Reimverbindung unzulässig gemacht werden sollte. Ein Mehrheitsbeschluss im Kongress besiegelte dieses Ergebnis. 1977 jedoch reimten sich die beiden Wörter während der Taubenschießerei in New Jersey für acht Tage wieder, und zwar aufgrund einer Zeremonie zu Ehren eines Mannes.

★

Uriniert man lange genug auf einen Baum, uriniert er irgendwann zurück.

★

„Hispotecymie" bezeichnet die zwanghafte Angst, zu glauben, dass der Himmel auf einen herabstürzen und einen zerquetschen könnte.

★

Die meistbesuchte „Ein-Mann-Party" fand 2008 in Kopenhagen statt und wurde von Ingo Svarsson organisiert. Ingo leidet an einer ausgeprägten Form der multiplen Persönlichkeitsstörung und feierte damals mit seinen 233 Persönlichkeiten seine bestandene Waffenscheinprüfung.

★

Ein aus dem Zoo entlassenes Krokodil, das zuvor neben den Bibern in einem Gehege lebte, begann in der Wildnis ebenfalls Dämme zu bauen. Die Taktik war so erfolgreich, dass es in kürzester Zeit mehr als 320 kg zunahm. Leider führte dies jedoch auch dazu, dass eine der letzten Wasserstellen versiegte, wodurch viele Tiere verdursteten.

★

Jedes Laufen ist Rennen, aber nicht jedes Rennen ist Laufen, da es sich bei Laufen um eine Ortschaft in Niedersachsen handelt.

★

Die Mongolei ist 89-facher Weltmeister im Postausliefern.

★

Durch zu kräftiges Zuklappen eines Laptops kann es passieren, dass die Hand abrutscht und versehentlich ein Kind geschlagen wird. Das ist natürlich nicht erlaubt, und in einem solchen Fall kann einem das Sorgerecht des Kindes entzogen werden. Deshalb niemals einen Laptop kaufen, wenn man Kinder hat.

★

Stellen Sie sich diesen Fakt bitte bildlich vor: Ein Strauß.

★

Eine Zeremonie, bei der ein Baby verbrannt wird und Menschen wahllos beginnen, das Brettspiel Monopoly in der Kirche zu verkaufen, nennt man „Gasparemenlogcyie".

★

1967 verirrten sich zwei Bewohner in einer Eiswüste nahe der Antarktis. Als sie gefunden wurden, litten sie unter schwerem Kältebrand. Deshalb wurden sie bei lebendigem Leib verbrannt.

★

Wissen sie eigentlich wie scheiße schwer es ist diese Fakten heraus zu recherchieren. Ständig muss ich mir neue KO Tropfen in mein Glas einwerfen, um mich weiter zu steigern. Nur um ihnen neue Fakten liefern zu können. Das ist echt nicht einfach und geht mit Sicherheit brutal auf die Organe. Sie könnten mir ein bisschen helfen und das Kapitel schneller lesen, damit ich endlich fertig bin mit dieser Tortur.

★

In jeder einzelnen Ausgabe dieses Buches finden sich unterschiedliche Fakten.

★

Es tut mir leid, falls jemand das ernst nimmt und sich dadurch beleidigt fühlt. Das soll meine Art von schwarzem Humor sein.

Alhamdulillah! Dieses Wort stammt aus dem Arabischen und bedeutet so viel wie „Kebab mit allem". Wie man an dieser Stelle erkennen kann, liegt mir die spirituelle Welt und Religion sehr am Herzen. Tatsächlich hatte ich einst die Idee, eine eigene Religion zu gründen und mich als deren Messias zu erklären. Leider wurde mein Antrag zur Gründung dieser neuen Glaubensrichtung von den

Behörden abgelehnt. Sie argumentierten, dass es strafrechtlich unzulässig sei, ein Kind als erstes Sakrament einen Joint rauchen zu lassen. Mein Ziel war es, zu verdeutlichen, dass der Teufel durch die allmächtige Friedenspfeife aus den Babys vertrieben wird. Doch auch dieses Argument konnte sie nicht umstimmen. Dennoch möchte ich euch einen Einblick in meine philosophische Seite geben. Daher teile ich mit euch einige Weisheiten und Sprüche, die mir durch das Leben helfen. Vielleicht können sie auch in dir an dunklen Tagen ein strahlendes Licht entzünden.

★

Wie einst Jesus zu Gandhi sagte, Moin Moin du dicker fetter Hurensohn!

★

Lieber eine Taube auf dem Dach, als deine Mutter neben dir im Bett.

★

Aller Anfang ist schwer, außer die anderen sind korrupt.

★

Der Apfel fällt auf Newtons Kopf.

★

Fehler sind wichtig, man muss sie durchlaufen, um als Trottel zu gelten.

★

Zwinge dich zu einem Bier und alles wird besser.

★

Mut ist, jemandem ins Gesicht zu blicken, obwohl man weiß, dass die Person hässlich ist.

★

Wer anderen eine Grube gräbt, sollte hoffentlich den Cat 325 DL Bagger verwenden, da dieser für seine herausragende Leistung, Flexibilität und Kraftstoffeffizienz bekannt ist.

★

Auch ein blindes Huhn muss Tabaksteuern zahlen.

★

Wenn die Katze mit der Maus spricht, kocht der Japaner den Hund.

★

Der frühe Vogel fängt den Wurm, doch der noch frühere Wurm baut sich ein Vogel-Abwehrraketensystem, um in Ruhe weiterschlafen zu können.

★

Zu viele Soldaten verderben den Krieg.

★

Die Zukunft ist ein Mysterium, die Vergangenheit ist Geschichte, aber heute ist ein Geschenk. Deshalb nennen wir es Gegenwart.

★

Wer sich selbst besiegen kann, kann es mit Michael van Gerwen aufnehmen.

★

Halte deine Freunde nah, deine Feinde näher aber dein Toilettenpapier beim Scheißen am Nähsten

Sarsss mit X, das war wohl nix! Ich probiere es im nächsten Kapitel wieder. Ich hoffe dieses hat euch gefallen und ihr konntet etwas daraus lernen.

Das Superhelden Kapitel

Stille in der Nacht. Dann plötzlich.

„Alter Tom, mach weiter!!!" , schrie eine tiefe Stimme durch die Nacht. Ein Mann mit einer Skimaske rannte um die Ecke. In der Hand trug er eine offene Adidas Sporttasche mit sich. Sie waren aber so vollgestopft das Geldscheine durch die Nacht herausflogen, beim Laufen. Er blieb stehen und blickte hinter sich.

„Wo bist du? Mach jetzt gefällig das du herkommst!", schrie er abermals.

Eilig schaute er auf seine Uhr. Fuck. Sie waren 45 Sekunden hinter ihrem Zeitplan. Endlich kam Tom, durch die Wohnschluchten daher gelaufen. Er trug auch in beiden Händen Sporttaschen voll Geld. Seine Pistole war zwischen seinem Hosenbund eingeklemmt.

„Wo warst du denn so lange?" ,fragte der Mann seinen Komplizen Tom.

„Stefan, ich glaube wir werden verfolgt. Da war jemand." , antwortete Tom in einem leicht besorgten Ton.

„Achh Papalaplatte, du Pisser! Schau, dass du deine scheiß Füße schneller in die Luft bekommst." motzte Stefan zurück. Er wollte sich schon wieder auf den Weg machen, als Tom ihn am Kragen packte.

„Was soll der Sch-!"

Tom hielt Stefan den Mund zu und zog ihn an sich ran.

„Wir werden beobachtet." flüsterte er ihm ins Ohr und nickte dabei leicht nach links.

Als Stefan rüberblickte, erkannte er eine Silhouette am untersten Balkon stehen.

„Ist er das?" , fragte Stefan leise Tom, als dieser ihn wieder losließ. Dieser nickte bejahend. Seine Hand wanderte ganz langsam an seinen Hosenbund zu seiner Waffe. Die beiden schauten sich in die Augen und wussten was jetzt passieren würde. In Windeseile drehte sich Tom mit gezogener Waffe um und zielte auf die Silhouette.

„Ist der Captain heute auch zum Spielen gekommen?" ,schnauzte Stefan die dunkle Silhouette an. Diese kam langsam aus dem dunklen Balkon hervor und man konnte ihn das erste mal gut im Mondlicht erkennen.

Es war ein Mann mit lockigem schwarzem Haar, Amphetamin blauen Augen und einem weißen Superheldenanzug Anzug. Darauf war ein großes grünes P drauf gestickt. Auf der Brust konnte man ein kleines goldenes Abzeichen entdecken.

Der Superheld warf den beiden Dieben einen selbstbewussten Blick entgegen.

„Leg die Waffe nieder, gebt mir das Geld und lasst euch verhaften. Ihr habt keine Chance gegen Captain Past Tense!" ,befahl Captain Past Tense mit einem fast schon arroganten Ton.

Tom zielte noch immer mit seiner Pistole direkt auf die Brust des Superhelden.

„Jeder in ganz Weed City weiß das deine Superkraft eine Lüge ist, du kannst nicht in die Vergangenheit schauen.", antwortete Stefan zurück.

„Ach glaubst du?" , scherzte Captain Past Tense ironisch mit sich selbst.

Fast wie Charles Xavier von den X-Men, berührte Captain Past Tense mit seinen Zeige- und Mittelfinger seine Schläfe. Dabei schloss er seine Augen und konzentrierte sich.

„Verdammt, knall ihn endlich ab!", schrie Stefan zu Tom. Doch die Hand die, die Pistole in der Hand hielt, begann zu zittern.

Mit noch immer geschlossenen Augen begann der Superheld zusprechen: „Er wird mich nicht erschießen. Tom hat noch nie jemanden getötet. Er kann das gar nicht."

„Was redest du für Bullshit? Tom hat schon Leute umgebracht. Erzähl ihm von deinem Onkel", entgegnete Stefan. Tom hielt noch immer die Waffe direkt auf die Brust von Captain Past Tense gerichtet. Aber seine Augen begonnen leicht wässrig zu werden.

„Du meinst Onkel Rudi der dich immer zum Jagen mit raus genommen hat und dich großzog. Bis er einen schrecklichen Jagd Unfall hatte, wo er auf seiner Waffe ausgerutscht ist und dann ein Ast ihn aufspießte." ,erzählte Captain Past Tense ruhig. Er öffnete seine Augen wieder und fuhr fort: „Seit diesem Tag hast du nie wieder mit einer Waffe geschossen oder?"

Stefan glaubte dem Superhelden kein Wort.

„Erzähl doch keinen Schwachsinn Captain Vollfresse. Komm schon Tom, baller diesem Arschloch die Rübe weg."

Doch Tom war mit den Gedanken schon ganz wo anders. Eine Träne floss ihm langsam die Wange hinab. Er zitterte leicht. Langsam senkte er seine Waffe und begann zu schluchzen. Stefan verstand die Welt nicht mehr und begriff das Captain Past Tense vielleicht doch keinen Blödsinn redete.

„Dein Onkel war also kein Gangsterboss?", fragte Stefan.

Tom schüttelte den Kopf.

„Und du hast ihn auch nicht erschossen, als du zehn warst?"

Tom schüttelte abermals den Kopf. Er weinte und bedeckte mit seinen Händen das Gesicht. Man konnte sehen das es ihm peinlich war.

„Ich glaube meine Tat wäre getan.", sagte Captain Past Tense.

Er drehte sich um und wollte entspannt davon gehen. Plötzlich nahm aber Stefan, Tom die Waffe weg und zielte auf den Helden.

„Nur weil dieser Jammerlappen dich nicht erschießt, heißt das nicht, das ich dich nicht erschieße." , knurrte Stefan.

„Das glaub ich sofort.", entgegnete Captain Past Tense gelassen und ging weiter.

Und wie aus heiterem Himmel wurde es plötzlich hell. Stefan musste sich die Hände vors Gesicht halten um nicht so stark geblendet zu werden. Auch der weinende Tom schaute verdutzt auf. Seine Wangen waren rot geschwollen.

Aus einem Megafon hörte man eine Stimme: „Hier spricht der Polizeichef von Weed City, legen sie die Waffe auf den Boden, gehen sie in eine leichte Hocke und stützen sie sich mit ihren Händen an den Knien ab. Und dann twerkt für mich, denn ihr Hurensöhne seid verhaftet."

Die Beiden taten was ihnen befohlen wurde. Leise flüsterte Stefan noch zu sich selbst: „Captain Past Tense, du verdammter Hurenbock."

Vom Superheld fehlte jede Spur.

Dieser kurze Ausschnitt beweist den Mut der wahrlichen Helden unserer Welt. Was diese Retter Tag für Tag auf unseren Straßen leisten, gehört öfter erwähnt. Deshalb habe ich mir geschworen unseren Superhelden ein eigenes Kapitel zu widmen. Es folgt eine kurze Vorstellung aller Superhelden die es auf unserem Planeten gibt. Ein paar dürften sie kennen, manche könnte ihnen neu vorkommen und andere wiederum sitzen wegen sexueller Belästigung hinter Gitter und sind gar nicht mehr so heldenhaft.

CAPTAIN PAST TENSE

Eigentlicher Name: Marc Robinson

Alter: 42

Herkunft: Rawlins, Wyoming USA

Superkraft: Er kann die Vergangenheit vorhersagen

Schurken: Future-Tron, der IS, Vin Diesel

Interessantes über ihn: Hat aus Verzweiflung einmal Kerosin getrunken und sich danach selbst angezündet.

Aus meiner kleinen Einführungsgeschichte konnte man schon Captain Past Tense Heldenmut hervor lesen. Durch seine Raffinesse bringt er jedem Dieb hinter Gitter. Er ist der Alpha unter den Superhelden. Neben seinen alleinigen Abenteuern als Held, ist er auch noch der Anführer der Superhelden Gesellschaft. Seine unglaubliche Superkraft, die Vergangenheit vorsehen, ist einzigartig und hat ihn schon aus so manchen heiklen Situationen gebracht. Als Marc Robinson geboren in Wyoming, musste Marc schnell lernen mit der angeborenen Superkraft im normalen Alltagsleben zurecht zu finden. Andere Kinder mobbten ihn, da er nur die Vergangenheit vorhersagen konnte und nicht die Zukunft. Doch das ließ Captain Past Tense damals auch schon kalt. In seinen Jugendjahren nutze er seine Fähigkeit um bei Frauen zu beeindrucken und abzuschleppen. Mit 23 schmiss Marc das College hin und wurde Straßenkünstler. Er wollte versuchen mit seiner Fähigkeit Leute zu beeindrucken, doch Marc hatte nur wenig Erfolg. Doch eines Tages traf er auf Amad al-Ghazi, ein Mann der Marc zu dem machen sollte, der er heute ist. Amad erzählte Marc das er aus dem Iran geflohen war und nun in Amerika ein neues Leben aufbauen wollte. Er ließ Marc auch bei sich wohnen und die beiden befreundeten sich schnell. Sie wurden zu besten Freunden. Doch Marc merkte zu dieser Zeit immer schon das Amad anders war. Aus einem unbekannten Grund war Amad die einzige Person deren Vergangenheit Marc nicht vorhersehen konnte. Eines Tages kam Marc von der Arbeit nachhause und entdeckte Amads Geheimnis. Überall in der Wohnung waren Pläne für einen Terroranschlag an einer U-Bahn Station in Queens. Amad erzählte Marc das er eigentlich ein Terrorist aus der Zukunft sei, der für den islamischen Staat in die Vergangenheit geschickt wurde, um einen Terroranschlag zu machen. Deshalb konnte Marc auch nie seine Vergangenheit vorhersehen, da sie in der Zukunft lag. Es kam zum Kampf und Marc konnte Amad überwältigen und tötete ihn.

Danach war nichts mehr wie davor. Marc zog nach Weed City und begann dort unter den Namen Captain Past Tense gegen die Kriminalität zu kämpfen. Und das durchaus erfolgreich. Bis heute hat Captain Past Tense die höchste Kriminalitätsbekämpfungsrate und im Gegensatz zu anderen Superhelden, passiert es selten das bei seinen Rettungstaten Zivilisten sterben (abgesehen vom Massaker in Massachusetts 1993, wo er als er eine Katze von einem Baum rettete, aus Versehen 123 Menschen tötete).

ELECTRO ECSTASY

Eigentlicher Name: Nelson Newsmith

Alter: 21

Herkunft: Montgomery, Alabama USA

Superkraft: Wenn er Ecstasy nimmt kann er fliegen, ist übermenschlich stark und kann Blitze aus den Augen schießen

Schurken: Big G, Dr. Schwartzer (sein Psychologe), seine Drogenpräventionsgruppe

Interessantes über ihn: Sagt zu Lasagne, Spaghetti Kuchen

Nelson Newsmith war eigentlich ein ganz normaler Junge. Geboren auf einer Farm außerhalb von Montgomery Alabama, wuchs Nelson in einer elfköpfigen Familie auf. Dort ging es laut ihm immer mehr als rund. Wo andere Kinder die Schule besuchten, bekam Nelson und seine Geschwister Privat Unterricht von ihrem alkoholkranken Vater. Nelson wurde dort das Schießen, das Schnaps brennen und das wählen der Republikanern beigebracht. Schon damals war Nelson in seine, um zwei Jahre ältere Cousine Ramona verliebt. Für ihn war sie immer schon seine Traumfrau. Als er vierzehn war kamen sie dann schlussendlich zusammen und da Nelsons Eltern auch Geschwister waren, störte es ihnen nicht. In späteren Interviews betonten die Eltern von Nelson, Maya und Robert Newsmith, immer wieder das es sie freuen würde, dass sie sich dadurch wenigstens keine neuen Namen merken müssen.

Nelson begann auch sehr früh damit Drogen zu nehmen. Schon zu seinem sechsten Geburtstag schenkte ihm sein Vater/Onkel einen

Schnaps ein. Sein Vater/Onkel meinte es würde ihm gut tun. Mit Acht rauchte Nelson dann das erste Mal einen Joint und spätestens mit elf fing er mit psychischen Substanzen an. Er probierte vieles aber was ihn am meisten gefiel war Ecstasy. Schnell geriet Nelson in eine Sucht. Meistens kam er an die Drogen durch seinen schwulen Onkel Gareth aus England. Nur als Randnotiz; Gareth war zu dieser Zeit mit Nelsons Opa liiert.

Als Nelson 18 wurde passierte dann der Vorfall der sein Leben verändern sollte. Bei einer Privatparty mit seinen Freunden/Verwandten, nahm Nelson wie üblich eine Ecstasy Tablette. Nach einer Weile musste er Wasser lassen und ging deshalb zu dem Teich der vor dem Haus war. Nelson sagte einmal einem Reporter, das er in der Nacht auf seinem Trip glaubte, dass der Teich eine Küche sei. (Wir fragten nicht nach wieso er es normal fand in eine Küche zu urinieren) Und gerade als er anfing zu urinieren, passierte es. Ein Blitz schlug mitten im Teich ein und ließ alles explodieren. Nelson wurde überall mit CGI Strahlen getroffen. Er wurde schwer verletzt ins Krankenhaus eingeliefert.

Als Nelson vier Wochen später aus dem Krankenhaus entlassen wurde, nahm er sofort wieder Ecstasy doch dieses Mal löste es etwas in ihm aus. Er verwandelte sich in einem Superhelden, der fliegen konnte. Außerdem konnte er Blitze aus seinen Augen schießen und war stärker als zwanzig Männer zusammen. Und so war Electro Ecstasy geboren. Die Sache hatte aber einen großen Haken. Nelson war zwar ein Superheld, aber trotzdem immer auf einem Ecstasy Rausch, wenn er eine Tablette genommen hat. Nichtsdestotrotz kämpft Electro Ecstasy gegen die Verbrecher dieser Welt. (abgesehen von Drogendealer)

Sein größter Widersacher Big G, ein riesiger sprechender Berggorilla den sich Nelson in seinem Rausch vorstellt, versucht ihn immer wieder eine Falle zu stellen. Aber die Bürger Alabamas können stolz auf ihren Helden sein. Seine größte Heldentat ist der

Legendäre Kampf gegen das eingebildete Alien im Jahr 2004 (dabei starben leider zwölf Zivilisten und drei schwarze Mitbürger).

The ASIAN ONE (auch 直腸檢查 genannt)

Eigentlicher Name: Chen Lu Wang

Alter: 8

Herkunft: aus einem unbekanntem chinesischen Labor

Superkraft: kann schneller arbeiten als alle anderen, die geborene Anführerin

Schurken: Xi Jinping, die chinesische Regierung, Kapitalismus

Interessantes über sie: Sie sieht in einem 4:3 Format.

Wir schreiben das Jahr 2016. China das Land das einmal Amerika als Weltmacht Nummer eins ablösen sollte, erleidet eine Wirtschaftskrise. Die chinesischen Aktien Kurse sinken und auch der Yen verliert immer mehr an Wert. In ihrer Verzweiflung planen die Chinesen einen letzten Rettungsversuch. In einem unterirdischen Labor irgendwo mitten in der Wüste Gobi, experimentieren sie an kleinen Kindern.

Das Ziel ist es das sogenannte Alpha Kind zu erzeugen. Dabei wollten sie das Gehirn eines Kindes umprogrammieren sodass, das Kind schneller arbeiten konnte als normale Menschen. In der gleichen Zeit, in der eine normale siebenjährige Arbeitskraft einen Schuh produzierte, sollte dieses Kind hundert schaffen. Danach wollten die Chinesen massenweise Kinder umprogrammieren, um so durch die steigende Produktivität, ihre Wirtschaft wieder zu verbessern. Und tatsächlich hatten sie Erfolg. Probandin Nummer 13, ein kleines achtjähriges Mädchen namens Chen Lu Wang, schneiderte in nicht einmal zehn Minuten, acht Nike T-Shirts. Ein neuer China Kinderarbeit Weltrekord. Die Wissenschaftler freuten sich wie verrückt, doch sie stellten leider etwas erstaunliches fest. Sie hatten der kleinen Chen Lu Wang nicht nur die Fähigkeit gegeben unglaublich schnell zuarbeiten, sie konnte auch im Umgang mit anderen Kindern sehr überzeugend sein. Sie war eine kleine Rebellin, das Gen eines Anführers. Ihr Verhalten zu den andern Probanden aus dem Forschungslabor war bemerkenswert. Als erstes fiel es den Forschern auf wie sie eine Rede in der Kantine hielt in der sie das Hundeessen (die Kinder bekamen selbstverständlich kein Hundeessen, das Essen war gebratener Hund, deshalb Hundeessen) mit Freiheit verglich. Ein paar Tage später bestahl sie einen Wärter und gab ihm erst seinen Schlüssel wieder, wenn die anderen Kinder länger aufbleiben durften. Im Generellen wurde Chen Lu Wang ein Vorbild für die anderen Kinder. Sie hatten durch Lu Wang mehr Mut und löste in ihnen etwas aus was in China nur sehr ungern gesehen wird. Hoffnung.

Am 12. Mai 2016 kam es schlussendlich zu einem brutalen Aufstand im Labor. Die Kinder stahlen sich Waffen und Zugangsschlüssel von Wärtern und begannen sich aus dem Labor heraus zu kämpfen. Sie mussten für ihr Alter grausames Begehen um ihre Freiheit zu bekommen. Doch Lu Weng ihre Anführerin versprach ihnen das es das wert sei. Als sie endlich wieder das Tageslicht erblickten, wusste Chen Lu Wang, das das erst der Anfang sei. Mit gerade einmal acht Jahren gründete sie ihre Rebellion, die sogenannten Uiguren.

Als der kommunistische Präsident Xi Pingpong davon erfuhr war er mehr als nur ein bisschen 生氣. Sofort begann er die Uiguren zu jagen, niederzuschlagen und wegzusperren. In seinen Augen waren das alle Volksverräter. Die chinesischen Machthaber spürten das die Uiguren, wenn sie mächtiger werden würden, das Volk gegen sie rebellieren könnte. Also wurde eine riesige Propaganda Kampagne im ganzen Land gemacht, um das Volk gegen die Uiguren bzw. die Kinderkämpfer zu stimmen. Und obwohl der Versuch eine neue Superarbeitskraft zu züchten, fehlschlug, vermuten Insider, das Xi Pingpong in den Gefängnislager der Uiguren weiter mit den Versuchen macht. All das macht aber Chen Lu Wang wenig aus. Sie kämpft weiter mit ihren Unterstützern, von denen sie nur mehr The Asian One genannt wird, weiter. Eine wahre Heldin Chinas.

(PS: Ich wollte sie eigentlich gar nicht erwähnen, aber meine dritte Persönlichkeit, aka mein Agent, wollte das ich die sie einbaue um den chinesischen Markt mit ins Bord zu holen.)

MUTEMAN

Eigentlicher Name: John Jackson Junior

Alter: 61

Herkunft: New York, USA

Superkraft: Leute verstummen und gehen ganz schnell weg wenn er über peinliche Sachen redet.

Schurken: Technology Tom, Mathe, Britney Spears

Interessantes über ihn: Erwähnt überdurchschnittlich oft das er schon einmal in einen Seifenspender onaniert und dann daraus getrunken hat. Als wäre er auf das stolz.

Mach die Augen zu und stell dir kurz einmal etwas vor. Du sitzt wieder in der Schule und hast Unterricht. Es ist gerade Mathe und dein behinderter Lehrer der dich nur dauernd demotiviert, da er selbst vom Staat zu wenig Geld bekommt und deshalb nicht gut unterrichtet, labert dich wieder zu. Man wünscht sich einfach nur mehr das die Stunde vorbei ist und man in Ruhe in der letzten Reihe heimlich masturbieren kann. Und da du dich langweilst, denkst du an lustige Erinnerungen nach. Gerade fällt dir wieder etwas unheimlich peinliches ein, wie du dich einmal direkt am Schoß vom Weihnachtsmann eingeschissen hast. Plötzlich beginnst du laut darüber zu sprechen. Alle im Unterricht werden still und starren dich an. Wie verrückt versuchst du deinen Mund zu halten, doch es klappt nicht. Du schließt deine Augen, weil du spürst das sie wässrig werden. Es wird sogar noch schlimmer, als deine Beine auch beginnen verrückt zu spielen und du aufstehst sodass dich wirklich jeder sehen kann. Als du die peinliche Geschichte erzählst läuft dir eine Träne die Wange hinunter, denn du bist gerade bei dem Part wo dir deine Mutter vor allen Leuten, mitten im Einkaufszentrum den Po auswischt.

Aber etwas ist anders. Du kannst es regelrecht fühlen. Eine Art Aura umgibt dich. Langsam machst du dein rechtes Auge auf um zu sehen ob dich noch immer alle angaffen. Zu deiner Überraschung stehst du ganz alleine im Klassenzimmer.

Nicht einmal der Lehrer war mehr da. Es schien als hätten alle ihre Sachen stehen und liegen gelassen und sind einfach abgehauen.

Plötzlich bist du still. Die Geschichte war ausgezählt. Sie endete damit das deine Mutter dir keine neuen Sachen kaufte obwohl du nackt im Einkaufszentrum warst. Dein Kinderpo war noch voller Scheißeflecken, da deine Mutter nicht gründlich genug abgewischt hat.

Genau dieser Vorfall passierte John Jackson Junior, als er 1976 in die erste Klasse an der Cristo Rey High School in New York ging. Es kam ihm seltsam vor. Als er seine Mitschüler fragte wieso sie den gegangen seien, sagten sie ihm das ihnen ein merkwürdiges Gefühl über den Rücken lief. Sie konnten alle vor Peinlichkeit nicht einmal mehr reden. Es war ihnen dermaßen unangenehm, dass es kein einziger im Klassenzimmer länger aushalten konnte. Selbst wie sie mit John redeten, merkte er das es ihnen unangenehm war, über diesen Vorfall zusprechen.

Lange grübelte er nach was an diesem Tag geschah. Er konnte es sich nicht erklären. Es war als hätte er die komplette Kontrolle über seinen Körper verloren. Und dann, sechs Monate danach, als John diesen Vorfall fast schon vergessen hatte, passierte es wieder. Dieses Mal aber noch peinlicher.

Mitten in der Hochzeit seiner Tante stand John erneut auf und begann in der Trauerzeremonie zu reden. Er sprach darüber das er sich seine Cousine vorstellt beim masturbieren, da er sie absolut geil findet. Dabei bekam er eine Erektion vor sei er ganzen Familie.

Zuhause verstand John die Welt nicht mehr. Seine Eltern schickten ihm zu einem Psychologen, doch der kann John auch nicht weiter helfen. Im Laufe seiner Jugend passieren John immer wieder Vorfälle. An seinem ersten Date mit vierzehn erzählte er laut im Kinosaal, dass er noch immer Bettnässer sei. Bei seiner Führerscheinprüfung redete er nur von seinem ungewollten Samenerguss, auf der Beerdigung von seiner Oma. Und an seinem ersten Tag im College stand er ohne nachzudenken auf, ging nach vorne und erzählte allen Leuten das sein Opa ein stolzer Nazi sei und er bis zu seinem sechzehnten Lebensjahr nicht wusste was das sei.

All diese Dinge waren zwar furchtbar peinlich, aber John merkte mit der Zeit, das die Leute immer gleich reagierten. Sie standen auf und suchten schnell das Weite. Es umgab ihm immer eine seltsame Art Aura. Nur durch sein Gerede von peinlichen Geschichten, konnte er einen Ort so unangenehm machen, dass die Leute verschwanden. Damals begriff er, das diese Gabe ein Geschenk Gottes war. Er schwor sich, von nun an die Kraft für Gutes einzusetzen. Immer wenn er bei einem Verbrechen war, begann John seine

peinlichen Geschichten zu erzählen und die Leute ließen sich freiwillig verhaften. Das Taten sie einzig und alleine das sie von ihm
wegkamen.

Und so sorgt Muteman seit nunmehr als vierzig Jahren für Gerech-
tigkeit auf den Straßen New Yorks. Sein größter Erzfeind ist Technology Tom, ein ehemaliger Reparateur für Fernseher, der seit Jahren versucht eine Fernbedienung zu bauen, mit der man Muteman
stumm schalten kann. In den vielen Jahren als Retter von New
York hat John sich aber nie von der Menge der Gesellschaft abge-
hoben. Den bei jedem Einsatz merkt er wieder, das er auch nur ein
kranker Wichser ist.

LIGHTSWITCH

Eigentlicher Name: Toby Dunder

Alter: 37

Herkunft: Miami, USA

**Superkraft: Er kann 3 cm bevor er überhaupt den Lichtschalter
berührt, das Licht ein – und ausschalten.**

**Schurken: Voltomat, Elon Musk, ein durchschnittlicher Bürger
aus Peru**

**Interessantes über ihn: Duscht mit Gewand und schläft immer
unter der Matratze.**

Elektrizität ist eine Wunderbare Sache. Sie liefert uns Wärme, Energie und wenn man genug Strom zusammen hat kann man sogar mit
einer Überladung des Stromnetzes dafür sorgen das deine

beschissene gottlose Hure von Ex-Frau mit ihrem neuen Lover nicht den SuperBowl schauen kann. Genau das dachte sich auch Toby Dunder als er im Februar 2018 an der Straße seiner Ex-Frau stand. Sie hatte ihn vorher nach zehnjähriger Ehe das erste Mal beschissen und Toby machte daraufhin Schluss. Dass er sie schon sechsundzwanzig mal betrogen hatte ging für ihn in Ordnung immerhin war er ja der Mann. Aber das eine Frau auch die Eier dazu besitzen würde ihm fremdzugehen tat ihm zu sehr weh.

Jedenfalls hatte er den Plan seiner Ex den SuperBowl zu versauen. Er hatte gehört wenn man eine Gabel lange genug in eine Steckdose steckt, ist sie elektrisch geladen. Der ganze Strom würde dann von der Wand in die Gabel fließen und in der Wand wäre dann kein Strom mehr. Toby hatte nun vor das Projekt nur in größer zu machen. Er stahl sich von der behinderten Schule aus seiner Ortschaft einen aus Stahl hergestellten Stab für behinderten Hochsprungturnieren und einen Rollstuhl. Denn Rollstuhl brauchte er gar nicht aber er nahm in sich trotzdem mit. Danach fuhr er zu der Straße an der seine Ex wohnte. Er suchte sich den nähesten Strommasten den er finden konnte. Sein Plan war es mit kompletten Anlauf mit dem Metallstab in den Strommasten rein zu rennen. Laut Toby würde der ganze Strom dann in den Stab laufen und seine Hure von Ex könnte nicht den SuperBowl schauen. Bevor er aber losrannte, trank er noch ganz schnell drei Bier, damit er auf den Stab pissen konnte. Er hatte gehört das Flüssigkeiten den Strom besser fließen lässt. Er hob den Metallstab und rannte mit Vollsprint gegen den Strommasten. Es funkte gewaltig. Toby traf ein Stromschlag der ihn 5 Meter nach hinten schleuderte. Überall ging das Licht aus. Bevor Toby ohnmächtig wurde, grinste er. Er wusste seine Ex konnte nicht den SuperBowl schauen.

Erst 2 Monate später wurde Toby aus dem Koma wach. Die Krankenschwestern bemerkten aber schon früher das mit Toby etwas nicht stimmte. Immer wenn sie ihn pflegten während er im Koma lag, spielte das Licht verrückt. Sie behaupteten das Licht flackerte anders als sonst. Als Toby aufwachte, machten die Ärzte ein paar Tests mit ihm. Er konnte jedoch noch immer nicht singen und deshalb war er für die Band nicht geeignet. Toby wurde einem Doktor überstellt der herausfand das Toby eine Superkraft hatte. Toby konnte das Licht ein und ausschalten ohne den Schalter zu betätigen. Es genügte wenn er einen Finger 2cm vor dem Schalter hinhielt. Auch Handys spielten wenn man sie auf Tobys Haut legte verrückt.

Die Welt drehte völlig am Rad als sie von dieser Superkraft erfuhr. Toby wurde berühmt. Er war bei Talkshows eingeladen, trat bei TV-Shows auf und reiste um die Welt. Zeitung berichteten immer wo der Mann der das Licht manipulieren kann, gerade war. Doch so viel Ruhm bringt nicht nur gutes hervor. Bei einem Auftritt in der russischen TV Show „Ukraine ist auch nur Russland", kam es zu einem Vorfall mit der russischen Armee. Sie wollten Toby kidnappen, doch dieser konnte das Licht ausschalten und flüchten. Nach diesem Vorfall taufte sich Toby offiziell zu Lightswitch um. Er trat der amerikanischen Armee bei und kämpft seitdem an der Seite der US-Army gegen jegliche Feinde.

Seine größten Feinde bleiben aber nach wie vor die Russen. Die haben nach diesem Vorfall einen eigenen Superhelden gebaut namens Voltomat, aber zu dem könnt ihr unten mehr lesen.

BLACK KONGO

Eigentlicher Name: unbekannt

Alter: ca. 200 – 239 Jahre alt

Herkunft: unbekannt

Superkraft: Er ist auf ewig mit Hunger verflucht, deshalb verschwinden in seiner Umgebung alle Lebensmittel.

Schurken: Jumbo Schreiner, jeder Mensch mit über 90kg, Melissa McCarthy
Interessantes über ihn: Gewann den Boxkampf bei der kongolesischen Version der Millionenshow

KONGO: Im tiefsten Dschungel Kongos lauert ein Wesen, so unmenschlich das Entdecker ihn jahrelang für einen Mythos hielten. Seine Legende besagt, das es sich um einen alten Piraten handelt der im Dschungel Kongos verloren ging und nie wieder zu seiner Crew und seinem Schiff zurückfand. Tatsächlich fand er sich im Urwald wieder und musste sich den Gefahren die darin lauerten stellen. Doch anstatt an ihnen kaputt zu gehen, formten sie ihn. Sie machten ihn härter. Er lernte das der Dschungel einem nicht viel gibt und man für alles kämpfen muss. Schlafen konnte man durch die Mücken kaum. Trinken kostete fünfzig Cent, was zu dieser Zeit extrem teuer war. Doch das schlimmste war das Essen. Der Pirat wuchs in Schottland auf und musste als Kind lernen mit schlechtem Essen zu leben. Denn wie jeder weiß, schmeckt das Essen in Schottland wie hingeschissen. Als hätte ein demenzkranker, übergewichtiger Südstaatler in einem Kürbis geschissen und es dir zu Thanksgiving als Leibspeise serviert. Damals hatte er sich geschworen nie wieder schlechtes Essen zu essen. Aus diesem Grund wurde er überhaupt Pirat. An jedem Hafen hatte er das beste Essen und McDonald Restaurants. Doch nun war er im Dschungel und musste mit dem auskommen, was er von Mutter Natur bekam. Aber Mutter Natur war nicht gnädig zu unserem verschollenen Pirat. Maden, Überreste von toten Tieren und der McRib, alles was unser Pirat fand war fast zu ekelig um es zu essen. Es war klar, lange konnte er es mit schlechtem Essen nicht aushalten. Eines Tages fand er jedoch eine Wurzel die schöner leuchtete als jedes nukleare Uran-235 Atom in Iran. Er musste unbedingt davon kosten. Also biss er mitten in die Wurzel und spürte sofort eine spirituelle Macht die ihn ergriff. Überall schmerzte es ihn und er krümmte sich am Boden. Seine Augen wurden lila, sein Bauch schmaler und schmaler. Er wurde zum Black Kongo. Die Salere ya fioti kukuna (auf Deutsch; die Mindestlohnpflanze), verlieh unserem Pirat die besonderen Kräfte des Black Kongo. Dies war der wahre Superheld Kongos. Nur derjenige der das Kraut zu kosten vermag und es dennoch überlebt konnte die Kräfte erlangen. Als unser Pirat wieder zu sich kam, verspürte er Hunger. Es war aber mehr Hunger als er es jemals zuvor jemand verspürt hatte. Der Pirat suchte den ganzen Dschungel nach Maden und Insekten ab. Er rannte panisch umher denn er hatte Angst vor Hunger zu sterben. Doch er fand nichts. Selbst an Stellen, an denen er Monatelang immer etwas gefunden hatte waren alle Insekten wie von Zauberhand verschwunden. Verzweifelt fiel er nach stundenlanger Suche auf den Boden. Das konnte doch nicht möglich sein. Alles essbare war aus dem nichts verschwunden. Der Pirat suchte noch zwei Tage weiter nach essen und verkroch sich dann in eine Höhle zurück. Dort wollte er endlich seinen Frieden finden. Doch er war nicht alleine in der Höhle.

Ein schwarzer Bär hatte sich, ganz typisch dort für den Dschungel in Kongo, eine Miethöhle eingerichtet. Es war eine nette ein Zimmer Höhle mit einer geräumigen Felsformation die als Sitzgelegenheit verwendet werden konnte. Die Höhle bat dem Bär ebenfalls noch einen Hinterausgang der direkt zu einem Bach führte. Alles in allem schätze der Pirat die Miete des Bären auf unter 3400 Yen pro Monat was ziemlich günstig war für diese Lage.(falls sie sich noch mehr für Bären Miethöhlen interessieren, nehmen sie ein bisschen Oxycodon und gehen sie auf die Internetseite www.Wohnenfuer-Bärenviecher.de)

Aber kommen wir wieder zurück zu unserem Piraten. Dieser verstand sich auf Anhieb super mit dem Bären und trotz des immensen Hungers den unser Pirat hatte, konnte er den Bären nicht töten und essen. Also nicht denken das er es nicht versucht hatte, den das hatte er. Aber der Bär war einfach stärker und der Pirat konnte ihn nicht töten. Also beschloss der Pirat einfach mit seinem neuen Kumpel seine wohl letzten Tage zu verbringen. Er folgte ihm auf Schritt und Tritt. Und plötzlich fiel ihm auf das auch der Bär kein Essen mehr fand. Es war als würde ein Fluch es verhindern das man auf essbares stoßt. Nach einigen Wochen wurde der Bär schlanker und fitter. Und Black Kongo starb einfach nicht. Durch seine neue sportliche Figur fand der Bär eine neue attraktive Bären Freundin. Da sie aus der Oberschicht stammte und viel Geld besaß zog der Bär mit ihr in eine Luxusimmobilien Höhle. Er bedankte sich noch bei Black Kongo da er ohne seiner heftigen Diät niemals eine so schöne Bärin hätte finden können. Der Bär überreichte den Piraten eine Karte womit er aus dem Dschungel navigieren konnte und nach über zwei Jahren Verschollenheit kehrte er endlich in die Zivilisation zurück. Doch er war nicht mehr der Pirat der er einst war. Er hatte die Vorteile erkannte die es mit sich brachte wenn man der Black Kongo war. Die Frucht verlieh ihm zwar ewigen Hunger und ließ Lebensmittel verschwinden, doch sie schenkten ihm auch die Gabe niemals sterben zu können. Und er schwor sich die Gabe für das Gute einzusetzen. Bis heute zieht Black Kongo durch sein Land und versucht übergewichtige Menschen mit seinen Kräften zu einer Diät zu zwingen. Im ganzen Land weinen die Menschen vor Freude wenn sie merken das Black Kongo in ihr Dorf kommt, da sie dann wissen das ihr Essen verschwunden sein wird und sie so viel leichter ihr Traumgewicht erreichen können. Und die Geschichte gibt unserem Helden recht. Den in den zirka 200 Jahren in den es den Black Kongo gibt, hatte das Land nie wieder Probleme mit Übergewichtigkeit.

Das waren jetzt einiger meiner Lieblingshelden. Ich hoffe die kurze Vorstellung hat euch gefallen und vielleicht konnte euch die ein oder andere Hintergrundgeschichte inspirieren. Den das ist es was diese Helden tun. Sie sind zwar nicht so stark wie ein Apache Kampfhubschrauber und sie könnten wahrscheinlich nichts unternehmen wenn rein zufällig Wladimir Putin eine interkontinental Rakete auf ein Land abfeuert. Aber sie inspirieren uns. Kinder haben plötzlich nicht mehr Rapper oder Influencer als Vorbilder sondern Superhelden. Ich bete für jedes Kind das mit einer Electro Ecstasy Actionfigur spielt anstatt Logan Paul Videos zu schauen. Und diese Helden inspirieren nicht nur unsere Kinder und lässt so das Gute wieder in uns glauben. Nein sie machen noch so viel mehr. Captain Past Tense hat einmal ganz Weed City gerettet als er eine Katze vom Baum holte. Electro Ecstasy schützt die Welt seit Jahren vor eingebildeten Feinden. Seit mehr als zweihundert Jahren gibt es in Kongo keinen Toten mehr an Übergewicht und das alles nur wegen dem Black Kongo.

Dennoch gibt es noch einige Helden und Heldinnen von denen ich euch nicht erzählt habe. Von allen kann ich leider nicht eine so ausführliche Hintergrundgeschichte liefern, da sie einerseits keine haben und da es andererseits einfach zu lang werden würde. Da sie aber auch atemberaubendes für diese Welt leisten, möchte ich ihre Namen nicht unerwähnt lassen. Deshalb kommen hier noch einmal kurz zusammengefasst wichtige Superhelden von denen ihr auch einmal gehört haben müsst.

Schizophrenieman: Der Mann mit den vielen Persönlichkeiten. Dean Scott Petersen, leidet unter einer multiplen Persönlichkeitsstörung. Seine Störung ist aber ein bisschen anders, denn seine anderen Persönlichkeiten haben Superkräfte. Zum Beispiel gibt es da, Kevin der wenn er seinen Kopf gegen eine Tischkante knallt, eine

Explosion auslösen kann. Oder Martin dessen Superkraft es ist sich in einen Beatle zu verwandeln. Seine elfte und letzte Persönlichkeit Abdul, auch genannt „das Monster", ist sein größter Erzfeind. Er wurde als Kind vergewaltigt und ist deshalb böse und möchte die Welt brennen sehen. Deshalb ist Schizophrenieman immer im Kampf mit sich selbst.

Green Screenman: Wo es Computereffekte gibt, ist auch er nicht weit entfernt. Frank Theodor Michelsen liebt schon seit seiner Kindheit Spezialeffekte. Mit 21 beginnt er ein Praktikum als Kameramann und darf sogar bei einem Tom Cruise Film mitarbeiten. Als er dort bei einem „Tom Cruise schreit seine Mitarbeiter zusammen" Vorfall, fast ums Leben kommt, beschließt er etwas zu tun. Er näht sich einen grünen Ganzkörperanzug und filmt sich selbst. Die Videos bearbeitet er dann auf seinem Computer, sodass es aussieht als hätte er Superkräfte. Von nun an, fährt Frank durch die Gegend und filmt sich immer, wenn irgendwo wer gerettet wird, um es dann nachher darzustellen als hätte er diese Person mit Superkräften gerettet. Tom Cruise hasst er noch immer wie die Pest.

Depressive Housewives: Anne McLovin, Susan Sarah Parker und Michone Williams haben eines gemeinsam. Alle Drei leben in der Vorstadt von San Francisco mit ihrer Familien in einem gemütlichen Haus. Doch ihre Männer sind übergewichtig, wegen der Arbeit nie zuhause und wenn sie einmal zuhause sind, schauen sie lieber Football und trinken Bier. Und nebenbei haben alle noch Kinder und Teenager großzuziehen. Da kann das Leben echt schwer werden. Also haben sie eines Tages beschlossen ihrem Leben wieder einen frischen Kick zugeben. Deshalb tranken sie eine Flasche Wein und wurden zu den „Depressive Housewives". Unter der Woche sind sie normale Hausfrauen, aber am Wochenende trinken sie eine Flasche Wein und bekämpfen das böse. Ihr fragt euch wie? Mit ihrem unüberhörbarem Gejammer über schlechten Sex, scheiß Kinder und ihre ehemalige Jugendliebe. Verbrecher und Diebe ergeben sich freiwillig wenn sie nur hören, das ihre Männer sich mehr um ihr Auto kümmern, als um sie. Also Männer, kümmert euch immer um eure Hausfrauen sonst könnte es sein, dass sie auch bei den „Depressive Housewives" landen und betrunken das Verbrechen bekämpfen.

Superstream: Dreißig Staffeln Greys Anatomie waren für den 38 jährigen Tom Brainfuck kein Problem. Er war arbeitslos, wohnte noch immer bei seiner Mutter und sein bester Freund war eine Fliege in seinem Zimmer. Tagelang war er damit nur beschäftigt Serien zuschauen. Doch eines Tages teleportierte es ihn in den Fernseher hinein und er traf den mächtigen Zauberer Charlie Harper. Dieser mächtige Zauberer verlieh Tom die Kräfte, Serien in 5facher Geschwindigkeiten zu schauen und trotzdem der Handlung folgen zu können. Außerdem verlieh ihm der Zauberer Accounts für alle Streamingplattformen die es gibt. Doch Charlie Harper gab ihm diese Kräfte nur mit dem Versprechen, sie für etwas gutes einzusetzen. Als Tom wieder in seinem Zimmer aufwachte wusste er was er zu tun hatte. Er schaute alle acht Staffeln Game of Thrones und nähte sich dann ein cooles Superheldenkostüm. Von nun an kämpfte er gegen die Mafia und das Verbrechen, indem er ihnen drohte Spoiler über deren Lieblingsserien zu verraten. Im Kampf gegen die Mafia lernt Tom jeden Tag aufs neue, was es heißt ein Held zu sein. Außerdem fand er heraus das ihm Charlie Harper aus einem unbekannten Grund die Fähigkeit gab mit Tauben zu reden.

Bierbaron: Rudolf Hirtler hatte es immer schon schwer. Mit einem Namen der wie ein berühmter gescheiterter Künstler klingt und einem Gesicht das arischer nicht sein konnte, wurde er in der Schule schnell gemobbt. Doch was die anderen nicht wussten; Rudolf würde Superkräfte bekommen. Denn Rudolf wurde von seinen Eltern bei der Taufe in heiliges Bier getauft. Er bekam damals heilige Kräfte. Die sogenannten Bierkräfte. Jedes mal wenn Rudolf Bier trinkt wuchs er und wurde stärker und mächtiger. Rudolf musste aber warten bis er vierzehn war, bis er seine Kräfte wirklich nutzen konnte. Doch als es an der Zeit war beschützte er Bayern (wo er lebt), als Superheld Bierbaron vor Gefahren wie Radler und alkoholfreiem Bier. Die Kraft hatte jedoch eine Schwachstelle. Es konnte sein das Rudolf zu viel Bier trank und er dann böse wurde. Dann kann Bierbaron Freund von Feind nicht unterscheiden und kann viel Unheil anrichten. So geschah es auch beim Massaker 2014 wo er ein ganzes Dorf in Trümmern legte. Bierbarons größter Erzfeind bleibt also er selbst.

Der Voltomat: Ich weiß der Voltomat, ist eigentlich kein Held im ursprünglichem Sinne, da er Russe ist. Und da jeder weiß, das alle Russen böse sind und somit ein Schurke ist sollte er hier gar nicht erwähnt werden. Dennoch ist er ein Volksheld für die Russen. Also hab ich ihn hier rein gepackt. Der Voltomat heißt eigentlich Anatolii Solovev und wurde in einem kleinen Kaff am Kaukasus geboren. Wie bei allen Russen wurde ihm als Kind ein Computerchip eingepflanzt damit er leichter für die Massenmanipulation empfänglich ist. So war es kein Wunder das Anatolii sich im Alter von 22 Jahren für die russische Armee verpflichten lassen hat. Er stieg schnell in der Hierarchie auf und war live dabei als die russische Armee versuchte den amerikanischen Superhelden Lightswitch zu kidnappen. Als das Fehlschlug und die russische Armee sich raus redete sich den amerikanischen Superhelden hätte nur ausleihen wollen, wussten die Russen das es andere Pläne brauchen würde. Also meldete sich Anatolii freiwillig beim Projekt „трахни американцев". In diesem Projekt ging es darum einen neuen eigenen Superhelden Russlands zu erschaffen. Man baute Igor in einen Art Roboter um. Den

Voltomat. Der Voltomat ist super stark, kann fliegen und vor allem ist sein moralischer Kompass sehr fragwürdig. Er lässt sich durch den obersten Führer Russlands, der per Demokratie und fairen Wahlen alle vier Jahre rechtmäßig und ohne Manipulation gewählt wird, steuern. Durch seine unmenschliche Art ist er bei jedem Kriegsverbrechen Russlands, ... ähm ich meine Spezialoperation, dabei und kämpft an vorderster Front mit. Das russische Staatsregime feiert ihren Helden dafür jedes Jahr beim alljährlichen dreitägigen und nach ihm benannten Festival dem „Voltomania". Sein größter Erzfeind bleibt nach wie vor die amerikanische Regierung und ihr Superheld Lightswitch.

Denis: Die menschliche Wunderwaffe der Natur. Er kam, sah und machte alles was es zu machen gibt. Er heißt Denis Quinn und sein Namen ist Programm. Als Außenseiter wurde er in der Schule von seinen Mitschülern gemobbt. Seine Mutter die damals seine Lehrerin war, ließ das Mobbing zu, da Denis kein Wunschbaby war und sie viel lieber einen Whirlpool gehabt hätte. Zuhause ging es Denis nicht gerade besser. Seine Eltern hatten eine Farm auf der man Äpfel pflücken konnte. Dennoch hatte Denis eine Unverträglichkeit gegen Äpfel und musste deshalb bis ins Hohe alter eine Windel tragen. Er konnte nicht auf die Uni gehen so wie es immer sein Traum war, weil sich seine Mutter mit seinem Ersparten ein Whirlpool kaufte. Deshalb jobbt er mit Mitte zwanzig als Kellner in einer Pommesbude. Sein Alltag war dort niederschmetternd und er hatte keine Freunde. Doch dann traf er Susie Craspal, ein liebes Mädchen mit wunderschönen Augen. Und aus irgendeinem Grund hatte dieses Mädchen keinen Freund und fand Denis süß. Sie verliebten sich ineinander und Denis Leben schien endlich glücklich zu laufen. Doch nach vier glücklichen Wochen war alles vorbei. Denis wachte eines morgens auf und sie war nicht mehr da. Nicht nur das Susie abgehauen ist, nein sie hat auch noch Ruffy, Denis

Lieblingsstoffhund mitgenommen. Ein paar Tage später begann es Denis am Penis zu jucken. Er hatte sich von Susie Herpes eingefangen. Das war wahrscheinlich auch der Grund wieso sie keinen Freund hatte. Nach ein paar Monat stand Denis Vater vor der Tür. Seine Mutter und er haben sich getrennt und Mutter hat ihn rausgeschmissen. Dieser hatte kein Geld, keinen Job und war alkoholkrank. Denis hat jetzt einen Nebenjob und versucht sich mit seinem Dad und dem Genitalherpes durchs Leben zuschlagen. Er hat vielleicht keine Superkräfte, aber Denis mein Held bleibst du trotzdem.

Die Quotenheldin: Schaut euch das Kapitel noch einmal ganz genau an. Fällt euch etwas auf? Kommt euch etwas komisch vor? Macht sich schon langsam ein schlechtes Gewissen breit weil es euch noch immer nicht auffällt was so ungerechtes an diesem Kapitel ist?

Captain Past Tense; männlich, Electro Ecstasys; männlich, der Schwarze; männlich. Es sind fast nur männliche Superhelden! Und da kommt sie ins Spiel. Karen Fleming. Überall wo Frauen nicht dabei sind oder benachteiligt werden, macht sie sich für sie stark. Seit Jahren ist sie die Feministin schlecht hin. Karen tritt in männlich dominierenden Fernsehserien auf oder schreibt sich selbst ein Kapitel in Bücher die für Männer gemacht sind. Ihr Slogan, „Jeder kann eine Karen sein, du musst den Leuten nur genug auf die Eier gehen" wurde weltberühmt. 2021 hat sie sogar ihre erste eigene TV Show veranstaltet. In der Show „Karen, auch Männer sollen sich bücken" reist sie um die Welt und versucht die Ungerechtigkeit zwischen Männer und Frauen auszugleichen. Und sie hatte damit schon bemerkenswerte Erfolge. So hat sie es geschafft das der Frauenanteil bei Raubüberfällen steigt. Durch ihr wurde es auch möglich das immer mehr minderjährige Mädchen bei Bandenkriminalität mitmachen. Auch bei Schulabbrechern hat sie durch ihre harten Arbeit die Frauenrate erhöhen können. Mittlerweile versucht sie die

Ungerechtigkeit in Ukraine zu verhindern indem sie weibliche Soldatinnen für beide Seiten sammelt. Eine Heldin die wir Männer vielleicht nicht für notwendig halten, aber was kennen wir uns schon mit Feminismus aus. Solange sie da ist und sich für die Gleichheit für Frauen einsetzt, können wir stolz sagen, dass sie eine Heldin ist.

Captain USA : Wir schreiben den 12. September 2001. Amerika ist in Panik. Terroristen sind mit zwei Flugzeugen in Gebäude geflogen, deren Namen sich kaum jemand merken konnte – aber sie hatten definitiv etwas mit einem "Tree" zu tun. Die US-Regierung beschloss, einen Rettungsplan aufzustellen. Noch unter Präsident George W. Bush sollte ein neuer Held vorgestellt werden. Um den „amerikanischsten Amerikaner" zu finden, veranstalteten die USA eine TV-Show. Nach sechs Folgen mit miserablen Einschaltquoten stand der Sieger fest: Joseph Dixon, von seinen Freunden nur „Big J" genannt. Er besaß genauso viele Waffen wie Pfunde auf der Waage – also dreistellig. Ein Patriot durch und durch, fuhr er jeden Tag stolz mit seinem GM-Truck zur Arbeit. Er war Amerikas Antwort auf den Terror: ein Mann mit Flagge im Herzen und Schusswaffe in der Hand. So wurde er zum neuen Captain USA ernannt. Obwohl ein riesiger Hype um ihn entstand, verfolgte die amerikanische Regierung nur ein Ziel: Captain USA sollte nach Afghanistan reisen und sich dort absichtlich von Terroristen gefangen nehmen lassen. Jonathan – pardon, *Captain USA* – tat, wie ihm befohlen wurde. Amerika hatte nun seinen Vorwand für einen Krieg in Afghanistan. Bald wurde Captain USA auch in anderen Ländern „eingesetzt" – jedes Mal als Ausrede für militärische Interventionen. Mittlerweile haben auch andere Länder ähnliche Superhelden mit gleichen „Kräften" entwickelt.

Das Einkaufsdilemma

Ich starrte auf das sich endlos dahinschiebende Einkaufsband und
hätte am liebsten sofort gekotzt. Warum dauert das bloß immer so
lange? Ein flüchtiger Blick auf meine gefälschte Rolex verriet mir,
dass es 17:06 war. Ein kurzer Blick durch den Lebensmittelladen
reichte, um zu sehen, dass jetzt, wo die meisten ihre Arbeit hinter
sich hatten, die Gänge überfüllt waren. Besonders auffällig: Eine
Menge Bauarbeiter in leuchtend gelben Sicherheitsjacken drängten
sich um die Alkoholregale. Wahrscheinlich hatten sie den ganzen
Tag im Regen gearbeitet und wollten sich mit einem Bier den Fei-
erabend versüßen. Das hätte ich mir vielleicht auch holen sollen.
Ich stand ganz hinten in meiner Schlange, als Letzter. Es mussten
mehr als zwölf Leute vor mir sein. Nur wusste ich nicht, ob all diese
zwölf Menschen tatsächlich einzeln einkauften oder ob manche in
Gruppen unterwegs waren. Ein Pärchen war auf jeden Fall dabei,
denn sie hielten Händchen. Sie hatten auch nur einen Einkaufswagen vor sich, was eindeutig darauf hindeutete, dass sie zusammenge-
hörten. Der Wagen war zu meinem Nachteil allerdings randvoll mit
Lebensmitteln. Wenn die unteren Packungen nicht so perfekt gestapelt worden wären, wäre der Wagen sicher übergegangen. Diese
präzise Anordnung von Kekspackungen und Eierschachteln konnte
nur von jemandem kommen, der schon öfter einkaufen gewesen
sein muss. Da mir das Pärchen beim Einkaufsbummel immer wieder
über den Weg lief, fiel mir unbeabsichtigt auf, dass die Frau sich im
Supermarkt deutlich besser auskannte als der Mann. Ich merkte das,
weil sie ohne hinzusehen einfach die Markenbutter nahm und nicht

die normale. Dabei war die normale Butter in vierfacher Menge vorrätig, sodass die Wahrscheinlichkeit, beim blindem Zugreifen die normale Butter zu erwischen, viel höher war. Das Pärchen musste sich also bewusst für die Markenbutter entschieden haben. Und sie tat das, als hätte sie es schon hundertmal gemacht. Anhand dieser kleinen Geste kam ich zu dem Schluss, dass sie den Einkaufswagen so perfekt gestapelt hatte, dass er keinesfalls übergehen konnte. Eine echte Einkaufsprofi. Ein ausländischer junger Mann stellte sich hinter mir an, in den Händen drei Flaschen eines salzigen Joghurtgetränks aus seiner Heimat.

„Vallah, geiler Einkauf!" , sagte er mit einem breiten Grinsen. Ich drehte mich sofort wieder weg, als ich merkte, wie mein Gesicht heiß wurde. Soll er sich doch um seinen eigenen Kram kümmern, dachte ich mir. Nervös starrte ich auf das Kassenband. Warum hatten sie nicht endlich eine zweite Kasse aufgemacht? Noch immer standen neun Personen vor mir. Es ging mir einfach zu langsam. Mit meinem Einkauf in der Hand wollte ich nur noch so schnell wie möglich raus. Wie dumm war ich gewesen, zu glauben, man könnte um 17 Uhr an einem Wochentag mal eben schnell in den Supermarkt huschen. Besonders, wenn man eigentlich nicht gesehen werden wollte. Und dann hatte ich auch noch die Tasche vergessen, um meine Sachen ordentlich zu verstauen. So hätte ich wenigstens meinen Einkauf vor den anderen Kunden bis zum Kassenband verstecken können. Vielleicht hätte ich ihn sogar bis zur Kasse in der Tasche lassen können. Dann hätte ich der Kassiererin einfach einen Artikel gegeben und ihr gesagt, wie viele weitere ich in der Tasche hätte. Wenn alles gut gelaufen wäre, hätte niemand meinen Einkauf mitbekommen. Doch stattdessen war ich vollkommen ausgeliefert. Aber so war es eben. Ein Mann Mitte fünfzig bezahlte gerade an der Kasse. Das bedeutete, wenn er fertig war, standen nur noch acht Personen vor mir. Wobei es in Wirklichkeit nur sieben Zahlungen waren, da zwei Kunden ein Pärchen bildeten und sich einen Einkaufswagen teilten. Wenn alles gut ging, könnte ich in weniger als zwei Minuten meinen Einkauf auf das Kassenband legen. Ich versuchte, ruhig zu bleiben, und ließ meinen Blick entspannt durch den Laden schweifen. Vielleicht merkte man es mir nicht an, aber in diesem Moment fiel es mir überhaupt nicht leicht, cool zu bleiben. Wie gern hätte ich einfach mein Handy aus der Hosentasche gezogen, um mich abzulenken. So hätte ich mit gesenktem Kopf durch Instagram scrollen können – und das hätte gleich zwei Vorteile gehabt. Erstens würde meine Haltung, mit gesenktem Kopf und starr auf das Handy blickend, den anderen Kunden deutlich signalisieren: „Ich habe absolut keinen Bock auf ein Gespräch." Der gesenkte Kopf hätte es außerdem noch schwieriger gemacht, mich zu erkennen. Zweitens würde Instagram mich ablenken. Mein Kopf müsste sich dann nicht mehr mit meinen eigenen Gedanken über diesen speziellen Einkauf quälen, sondern könnte sich über Memes amüsieren, die Rassismus verharmlosen. Die Zeit wäre wie im Flug vergangen, und dieser qualvolle Einkauf wäre viel schneller vorbei gewesen. Doch so war es leider nicht. Mein Einkauf lag in meinen Händen, und mein Handy war sicher in meiner Hosentasche verstaut.

„Junge, die könnten locker eine zweite Kasse aufmachen!" , regte sich der junge Mann hinter mir auf. Leise murmelte er noch einen Fluch in seiner Sprache, wahrscheinlich ein Schimpfwort. An wen genau er das gerichtet hatte, war mir allerdings nicht klar. Die Arbeiter an der Alkoholabteilung diskutierten weiterhin eifrig, welche Marke sie sich kaufen sollten. Ein Junge, schätzungsweise um die achtzehn, hatte sich mitten im Laden ein Bier aufgemacht und trank es genüsslich vor allen anderen. Sein Gesichtsausdruck ließ keinen Zweifel daran, dass er damit angeben wollte, dass es ihm völlig egal war, dass er ein ungekauftes Produkt direkt im Supermarkt konsumierte. Er hielt die Dose Bier absichtlich hoch, als wolle er jedem zeigen, was er da trank. Doch die anderen Arbeiter schienen das überhaupt nicht zu bemerken. Sie stritten sich weiterhin lebhaft über die verschiedenen Biersorten. Ihr Gespräch war so laut, dass man einzelne Fetzen davon im ganzen Laden mitbekommen konnte. Gerade diskutierten sie darüber, ob man homosexuell sei, wenn man eine bestimmte Biermarke trinke. Dieser Gedankengang war mir völlig fremd. Ich hatte noch nie gehört, dass der Geschmack von Bier etwas mit der sexuellen Orientierung zu tun haben könnte. Aber ich war auch kein Arzt, also konnte an dieser Theorie vielleicht doch etwas dran sein. Bier trinke ich sowieso nicht mehr – seit Silvester 2019.

Dort war ich das letzte Mal zu einer Party eingeladen. Da ich nicht gerade der Typ bin, der gerne auf Partys geht, saß ich an diesem Abend vier Stunden allein auf der Couch. Alle anderen tanzten, feierten und unterhielten sich, doch niemand schien sich für mich zu interessieren. Es fühlte sich an, als wäre ich ein Geist. Doch an diesem Silvesterabend wollte ich Spaß haben. Also entschloss ich mich, aus meiner Schattenwelt herauszutreten und einfach mal mitzumachen. Ich mixte mir ein Glas Wodka mit Orangensaft und schluckte es in einem Zug runter. Zuvor hatte ich selten Wodka getrunken und unterschätzte seine Wirkung völlig. Zwei Gläser später war ich schon sturzbetrunken. An diesem Punkt wurde die Situation richtig peinlich. Ein Mädchen aus meiner Stadt, ungefähr in meinem Alter, tanzte allein gegenüber von mir. Sie winkte mir, dass ich zu ihr kommen sollte. Ich kannte sie, weil wir in der gleichen Siedlung wohnten, und ich hatte sie immer schon als unglaublich hübsch empfunden. Mein Herz begann schneller zu schlagen, ich fühlte mich, als wäre ich elektrisch aufgeladen. Noch nie zuvor hatte ein Mädchen mich zum Tanzen aufgefordert.

Doch dann folgte das Unheil. Denn die ganze Zeit über hielt ich einen Furz in meinem Innendarm gefangen. Das war der wahre

Grund, warum ich nicht aufstehen wollte. Ich wusste, dass, sobald ich mich bewegte, er unweigerlich entweichen würde. Jeder würde es hören, und ich würde da stehen wie der größte Idiot. Doch jetzt hatte ich die einmalige Chance, mit einem hübschen Mädchen zu tanzen – für einen Jungen wie mich kommen solche Momente vielleicht nur ein- oder zweimal im Leben vor. Also setzte ich alles auf eine Karte. Mein Plan war, die Blähung so schnell und lautlos wie möglich loszuwerden. Solange es niemand hörte, würde ich etwa zehn bis zwanzig Sekunden Zeit haben, bis der Geruch sich verbreitete und die anderen Gäste auf die Gräueltat aufmerksam wurden. In dieser kurzen Zeit wollte ich mich zusammenreißen, zu dem Mädchen eilen, sie bei der Hand nehmen und schnell woanders hin verschwinden. Sie war genauso sturzbetrunken wie ich und würde sicher mit mir mitkommen. Also versuchte ich, im Sitzen den Furz langsam und möglichst leise herauszupressen. Doch der ganze Alkohol machte das schwieriger, als ich gedacht hatte. Ich hatte bis zu diesem Zeitpunkt noch nie so viel getrunken und war mit dem Rausch nicht wirklich vertraut. Es war viel härter, als ich erwartet hatte, den Furz loszuwerden. Also begann ich, stärker zu pressen – so sehr, dass ich meinen Bauch anspannte und die Zähne zusammenbiss.

Und plötzlich spürte ich eine Wärme in meiner Hose. Für einen kurzen Moment hoffte ich, dass es nur die Wärme des Furzes war, die sich ausbreitete. Doch das war leider nicht der Fall. Die Konsistenz, die ich plötzlich in meiner Hose spürte, war fast schon eiscremeartig. Das hier war definitiv Scheiße. Ich hatte mich auf einer Silvesterparty eingekotet. Panisch blickte ich zu dem Mädchen. Sie hatte aufgehört zu tanzen, und ich konnte sehen, dass sie es an meinem Gesicht ablesen konnte – irgendetwas stimmte nicht. In meinem Kopf schrillten die Alarmglocken. Das war der Supergau der Peinlichkeit. Fassungslos blieb ich einfach sitzen und wartete. Ich atmete tief durch, der Sauerstoff beruhigte mein Gehirn, und langsam gewann ich wieder etwas Kontrolle über meinen Körper. Bald würden die ersten Gäste den Gestank bemerken. Wenn sie erst einmal merkten, was passiert war, würden sie mich ohne Zweifel auslachen. Und wieder wäre ich das Gespött der feiernden Menge. Doch zu meiner Überraschung passierte nichts. Ich wartete noch gut dreißig Sekunden. Niemand schien etwas zu merken. Das Mädchen trank wieder ihr Glas und beachtete mich nicht mehr. Vielleicht war es doch ein Vorteil, ein unsichtbarer Geist zu sein. Vielleicht würde ich mich von der Party schleichen können, ohne dass jemand von meinem Fauxpas erfuhr. Mein Fluchtplan war einfach: schnell aufstehen und so rasch wie möglich zu meinem Auto rennen. Also stand ich auf und wollte losrennen.

Doch ich hatte etwas völlig vergessen. Nachdem ich vier Stunden lang ununterbrochen gesessen hatte, waren meine Füße und Beine eingeschlafen. Sie waren vollkommen taub und unbeweglich. Beim ersten Schritt brach alles zusammen, und ich fiel direkt mit meinem Gesicht auf den Fliesenboden. Schmerzen durchzogen meinen Kiefer, doch das war nichts im Vergleich zu dem, was rundherum passierte. Durch meinen Sturz hatte ich Gläser von einem Tisch gestoßen, die mit einem ohrenbetäubenden Krachen auf dem Boden zerbrachen. Das Geräusch der zersplitternden Gläser übertönte sogar den lauten DnB-Sound, der aus den Boxen dröhnte. Die Leute drehten sich überrascht zu mir um. Es war, als hätte mein Sturz mich aus der unsichtbaren Schattenwelt gerissen und in die reale Welt geschleudert. Vor ein paar Minuten wäre das genau mein Traum gewesen, nun aber lag ich mit schmerzverzerrtem Kiefer und einer eingeschissenen Hose auf dem Boden. Das Mädchen, das mich zu sich herüberwinken wollte, kam sofort auf mich zu. Sie hatte wohl meinen Sturz beobachtet und fragte besorgt, ob alles in Ordnung sei. Ich antwortete hastig, dass alles bestens sei, doch ich merkte schnell, dass sie das nicht wirklich interessierte. Denn ausgerechnet jetzt breitete sich der unangenehme Gestank meiner warmen Exkremente aus. Sie verzog das Gesicht und fragte laut, woher dieser Geruch kommen würde. Auch die anderen Partygäste drehten sich entsetzt zu mir um und reagierten mit sichtbarem Ekel auf den üblen Duft, der sich in der Luft ausbreitete. Ein letzter Funken Hoffnung blieb, dass die meisten zu betrunken waren, um zu bemerken, woher der Gestank stammte. Doch dann drehte jemand die Musik ab. Sofort wusste ich, dass die Sache jetzt endgültig eskaliert war. Die Leute wollten wissen, wer dafür verantwortlich war. Einige kamen sogar auf mich zu, um mir aufzuhelfen. In diesem Moment wurde mir klar, dass es Zeit war, zu verschwinden. Vielleicht konnte ich es noch irgendwie schaffen, ohne dass jemand von meinem Missgeschick erfuhr. Dann kam Stefan Inkeberger auf mich zu und reichte mir die Hand. Er war ein ehemaliger Schulmobber, und es überraschte mich, dass er mir plötzlich aufhelfen wollte. Aber in diesem Moment war mir jede Hilfe recht. Er zog mich hoch, und zum Glück blieb der ganze Kot in meiner Unterhose und an meinem Oberschenkel kleben. Das ballaststoffreiche Müsli, das ich an diesem Morgen gegessen hatte, musste den Stuhl besonders weich und klebrig gemacht haben. Ich wollte mich gerade bei Stefan bedanken, als er plötzlich mit beiden Händen meine Hose – samt Unterhose – herunterzog.

Plötzlich stand ich nackt und beschämt vor der gesamten Menge. Alle lachten mich aus. Es war mit Abstand der schlimmste Moment meines Lebens. Vergeblich suchte ich nach dem Mädchen von vorhin, in der Hoffnung, dass sie mich nicht ebenfalls auslachte, doch sie war verschwunden. Es war an der Zeit, endlich abzuhauen. Als ich zur Tür rannte, spürte ich, wie mir eine Träne die Wange hinabrollte.

„Das haben Sie jetzt aber schon zweimal gescannt!"
Eine ältere Dame riss mich aus meinen Gedanken. In diesem Moment wurde mir wieder bewusst, in welcher brenzligen Situation

ich mich befand, und ich konzentrierte mich sofort wieder. Mist, dachte ich, ich hatte die alte Dame, die sich lautstark an der Kasse beschwerte, vorhin völlig übersehen. Mit ihr waren es nur noch fünf Zahlungen, die vor mir dran waren. Es ging einfach viel zu langsam. Ich hatte gedacht, das Ganze würde viel schneller gehen. Doch die Dame beschwerte sich immer noch. Sie hatte einen riesigen Einkauf, der vermutlich für ein bis zwei Wochen reichen würde. Drei Viertel des Kassenbandes waren von ihren Lebensmitteln belegt. Wenn sie endlich weg wäre, könnte ich meinen Einkauf endlich ablegen und mein rettendes Handy aus der Hosentasche holen. Aber die alte Dame stritt sich immer noch wild mit der Kassiererin. Sie beschuldigte die Arbeiterin, mehrere Lebensmittel mehrfach über das Lesegerät gezogen zu haben. Ich konnte den Vorgang zwar nicht genau verfolgen und verstand das Gespräch auch nur teilweise, aber es schien mir, als handele es sich wieder um eine dieser typischen „alte Leute verstehen keine Technik"-Situationen. Die Frau beschwerte sich, dass die Kassiererin dreimal mit dem Lesegerät auf den Barcode einer Banane gezielt hatte. Sie hatte tatsächlich drei Bananen gekauft und auf jede einzelne von ihnen einen extra Barcode-Streifen geklebt. Die alte Dame bestand nun darauf, jede Banane einzeln zu scannen, weil sie glaubte, es gäbe einen Unterschied zwischen den einzelnen Barcodes. Mit aller Höflichkeit versuchte die Kassiererin, ihr die Situation zu erklären, doch die Frau schien auch noch Probleme mit ihrem Gehör zu haben. Sie redete stur weiter und ignorierte die Erklärungen der Kassiererin völlig. Also machte die Arbeiterin weiter mit dem Einkauf, ohne auf die Dame zu reagieren. Endlich leerte sich das Kassenband, und ich kam ein paar Zentimeter nach vorne.

Glücklicherweise hatte der Mann vor mir nicht viel eingekauft. Genau wie ich hielt er seine Produkte in der Hand. Zu meinem Glück hatte er sich noch kein einziges Mal zu mir umgedreht, sodass er meinen merkwürdigen Einkauf noch nicht gesehen hatte. Aber spätestens, wenn er seine Sachen auf das Band legte und die kleine Trennwand hinter seinen Produkten platzierte, würde er meinen Einkauf bemerken. Denn normalerweise werfen Menschen unbewusst einen kurzen Blick auf das, was der andere kauft. Das geschieht nicht aus reiner Neugierde, sondern ist mehr ein Reflex – wie das Atmen oder das leichte Schwingen der Hände beim Gehen.

Hinter mir hörte ich lautes Gelächter, und als ich aufblickte, sah ich, dass die Arbeiter aus der Alkoholabteilung nun Gesellschaft von einem Mitarbeiter des Ladens bekommen hatten. Der Mitarbeiter war alles andere als erfreut darüber, dass jemand mitten im Supermarkt ein Bier trank. Der junge Mann musste seinen Ausweis vorzeigen, um zu bestätigen, dass er alt genug war, das Bier zu trinken. Seine Kollegen hatten sichtlich Spaß daran und machten immer wieder Scherze über ihren „Junior". Sie klopften ihm lachend auf die Schulter. Der Mitarbeiter begutachtete den Ausweis und gab ihn dem Jungen schließlich zurück. Ein besonders kräftiger Kollege des Jungen konnte man bis nach hinten hören, wie er laut lachte und sich einen weiteren Scherz erlaubte.

„Na, da hast du aber wieder Glück gehabt, Junior! Musst du bei deiner Alten eigentlich beim Sex auch deinen Ausweis herzeigen?" ,rief er lachend dem Jungen ins Gesicht. Die anderen Arbeiter stimmten in das Gelächter ein, als wären sie eine verrückte Gruppe. Doch man konnte deutlich sehen, dass der Junge den Witz längst nicht mehr lustig fand. Seine Mimik verriet eindeutig, dass dieser Spruch zu viel war. Der dicke Arbeitskollege klopfte ihm immer wieder zu kräftig auf die Schulter, während er sich noch immer über seinen eigenen Witz amüsierte. Durch das Lachen und die ausgelassene Stimmung flogen Spuckepartikel und kleine Essensreste, die ich sogar von hinten sehen konnte, dem Jungen ins Gesicht.

Diese Spucke war sprichwörtlich der Tropfen, der das Fass zum Überlaufen brachte. Der Junge hob seine Faust und schlug den dicken Mann mitten aufs Auge. Der Schlag traf ihn mit solcher Wucht, dass der dicke Arbeitskollege zu Boden taumelte. Sofort verstummte das Gelächter. Der Junge brüllte noch einmal: „Ich hab ihm gesagt, er soll endlich seinen verdammten Mund halten! Der alte Hurensohn geht mir schon die ganze Woche auf die Nerven!"

Seine Worte hallten laut durch den Supermarkt, sodass es jeder hören konnte. Ein plötzlicher, unheiliger Stillstand breitete sich aus. Keiner sprach mehr. Alle starrten auf das Szenario, das sich vor ihren Augen abspielte. Der Gesichtsausdruck des Supermarktmitarbeiters verriet pure Überforderung. Er war völlig unsicher, wie er reagieren sollte, also zog er sich einfach in das Lager zurück. Der Junge starrte mit einem wütenden Blick auf den Boden. Seine Wut war förmlich greifbar.

Der älteste der Kollegen kniete sich neben den auf dem Boden liegenden Arbeiter. Mit einem ernsten Blick richtete er sich auf und gab dann ruhig, aber bestimmt seine Anweisung.

„Junge, du hast ihn ausgeknockt. Tom, Abdul, bringt ihn raus zum Auto", befahl er den beiden anderen Kollegen.

Tom und Abdul hoben den Dicken auf und trugen ihn langsam zum Ausgang.

Sie setzten all ihre Kräfte ein, denn ihr Kollege musste mindestens hundert Kilo wiegen. Der ältere Mann, der vermutlich der Anführer der Gruppe war, schaute sich im Supermarkt um und bemerkte, dass alle Blicke auf den beiden verbleibenden Arbeitern ruhten. Dann sprach er laut, so dass es jeder hören konnte: „Habt ihr schon mal einen so perfekten Schlag gesehen? Ich finde, so ein Schlag verdient einen Applaus, oder nicht?"

Mit diesen Worten begann er zu klatschen und klopfte dem Jungen auf die Schulter. Doch dieses Mal war es kein kräftiges Klopfen, sondern ein sanftes, fast väterliches Tätscheln. Langsam setzten auch die anderen Kunden ein, und immer mehr stimmten mit ein, bis der Applaus sich zu einem echten Beifall steigerte. Ein weiterer Kunde rief sogar: „Das war besser als Klitschko!" Der Junge hob den Kopf und grinste wieder. An seinem Gesichtsausdruck war deutlich zu erkennen, dass er ein wenig stolz auf sich war. Er sah zu seinem Chef, der ihm mitteilte, er könne schon zum Auto gehen, weil er das Bier übernehmen würde. Als der Junge in Richtung Ausgang ging, zwinkerte ihm der Chef mit einem Auge zu. Es war eine stille Geste, die eine klare Botschaft übermittelte. Der alte Kollege war stolz auf den Jungen, weil er seine Ehre verteidigt und sich nicht alles gefallen lassen hatte. Als der Junge an mir vorbeiging, konnte ich nicht anders, als ihm ins Gesicht zu blicken. Obwohl ich ihn nicht kannte, war auch ich irgendwie froh, dass er sich verteidigt hatte. Hätte ich nicht gerade meinen peinlichen Einkauf in den Händen gehalten, hätte ich sicher mitgeklatscht. Viel zu oft hatte ich in der Schule selbst die Erfahrung gemacht, gemobbt und schikaniert zu werden. In der Schule hatte ich nie die Möglichkeit, einen echten Freund zu finden, da ich schon in der ersten Woche einen Anfall hatte und dabei jemanden in die Hand biss. Sofort wurde ich damals als der „Klassenloser" abgestempelt. Als Außenseiter musste ich mich dann jahrelang beleidigen lassen, ohne je den Mut zu haben, mich zu wehren. Heute dachte ich mir, ich hätte es wie der Junge machen sollen. Einfach mal zurückschlagen, ihm zeigen, dass man sich nicht alles gefallen lässt. Es hätte mir wohl gut getan.

Der Supermarkt kehrte langsam wieder zu seinem gewohnten Ablauf zurück. Die Kunden wählten wieder Produkte aus, und zu meinem Glück begann auch die Kassiererin wieder, die Lebensmittel zu scannen. Die alte Frau von vorhin war mit ihrem großen Wocheneinkauf verschwunden, und endlich konnte ich meinen Einkauf auf das Kassenband legen. Ich versuchte, es so unauffällig wie möglich zu tun. Endlich konnte ich mein Handy aus der Hosentasche holen und mich hinter irgendeinem Instagram Reel oder TikTok-Video verstecken. Das kleine bisschen Dopamin, das ich daraus bekommen würde, war jetzt in dieser unangenehmen Situation mehr als notwendig. Wie schon befürchtet, warf der Mann, der vor mir stand, einen Blick auf meinen Einkauf, als er die kleine Trennwand auf das Kassenband legte. Doch der Blick war nur kurz. Trotzdem schmunzelte er mir ins Gesicht und sagte: „Da ist aber jemand gut vorbereitet für heute Abend."

Sofort spürte ich, wie mein Gesicht sich heiß anfühlte und rot anlief. Ich wusste nicht, was ich darauf antworten sollte, also nickte ich nur nervös und grinste zurück. Das muss wie das Grinsen eines Verrückten ausgesehen haben, denn der Mann drehte sich schnell wieder um, mit einem angewiderten Gesichtsausdruck. Der Farbton meines Gesichts war nun nicht mehr von dem einer Tomate zu unterscheiden, so sehr schämte ich mich. Hastig griff ich in meine Hosentasche, um mein rettendes Smartphone herauszuholen.

Ich entsperrte mein Handy und *fuck*. Zig Mal drückte ich den Entsperrknopf, doch es tat sich nichts. Der Bildschirm blieb einfach schwarz. Kein Akku mehr. Verdammt, das war das Worst-Case-Szenario. Auf das kleine Ding konnte man sich einfach nie verlassen. Es war natürlich schon mehr als zwei Jahre alt und aus China, also hielt der Akku längst nicht mehr so lange. Mein Herz klopfte wie verrückt.

„Vallah, dein Handy hat keinen Akku", schnauzte mir der ausländische Junge entgegen, während er seine drei salzhaltigen Joghurtgetränke auf das Kassenband legte. Sofort steckte ich mein Handy in die Hosentasche. Die ganze Situation war mir wieder viel zu unangenehm. Jetzt hieß es, diese endlose Warteschlange von Peinlichkeit ohne Handy zu überstehen. Wenigstens hielt ich meinen Einkauf nun nicht mehr sichtbar in meinen Armen. Außerdem waren nur noch vier Kunden vor mir, und alle schienen jung und fit zu sein, um ihren Einkauf schneller zu erledigen als die Oma von vorhin. Wenn das Tempo einigermaßen normal schnell voranging, würde ich in weniger als fünf Minuten bei meinem Auto sein. Dann bräuchte ich bestimmt ein paar Minuten, um mich wieder zu beruhigen. Es hieß einfach nur noch, die paar Minuten zu überstehen. Wieder blickte ich durch den Supermarkt. Doch jetzt, wo ich nichts mehr in den Händen hielt, machte es mich nervös. Meine Arme hingen einfach wie zwei leblose Schlangen an meinem Rumpf. Was sollten Menschen bitte mit ihren Händen machen, wenn sie nichts in den Händen hielten? Ich zupfte mit meinen Fingern an meinem unteren T-Shirt-Bund herum. Es war erschreckend, wie sehr mein Gehirn von all den TikTok-Videos mittlerweile durcheinandergebracht worden war. Nicht einmal für ein paar Sekunden konnte ich einfach ruhig dastehen. So sehr war mein Gehirn auf Overload eingestellt – es musste immer etwas passieren. Also begann ich, mit meinen Fingern an der Ecke des Kassenbandes zu tippen. Das beruhigte mich. Ich hatte es als Kind auch immer gemacht, wenn mich Situationen überforderten. Denn ich tippte nicht einfach wahllos herum, sondern machte eine Übung, die ich als Kind gelernt hatte. Sie ging so: Zuerst suchte man sich eine Kante eines Tisches aus, oder in meinem Fall die Ecke des Kassenbandes. Dann ballte man beide Hände zu Fäusten und streckte den Daumen nach oben, sodass die Hände aussahen, als würde man einen Daumen nach oben zeigen. Die Faust stellte man nun auf die Ecke des Objekts. Danach folgten die drei Schritte des Tippens. Der erste Schritt war, die Faust auf die Ecke des Objekts zu setzen. Danach ließ man die Faust langsam hinunterrutschen, sodass der Daumen die Ecke berührte. Das war der zweite Schritt. Der letzte Schritt war, den Daumen einzuziehen und stattdessen mit den Mittel- und Zeigefingern die Kante zu berühren. Nach diesem Schritt begann man wieder mit dem ersten Schritt – die Faust zurück auf die Ecke zu setzen. Ich hatte diese Übung seit meiner Kindheit als

Beruhigung gemacht. Ich konnte sie inzwischen auch schon richtig schnell und versuchte dabei sogar, kleine Variationen einzubauen. Es war irgendwie eine Art von Kontrolle, die mir half, die Nervosität abzubauen, die mich überflutete. Zum Beispiel baute ich einen vierten Schritt ein oder spielte mit der Idee, dass immer eine Hand einen Schritt vor der anderen sein musste. Das half mir früher oft, die Zeit in der Schule zu vertreiben. So wie andere Leute Däumchen drehten, tippte ich wie ein Spinner auf meine Tischkante. Und es half mir in diesem Moment enorm. Meine Hände waren dadurch wenigstens ein kleines bisschen abgelenkt.

Der alte Arbeiter von vorhin hatte sich nun am Ende meiner Schlange angestellt. Er hatte drei Kisten Bier auf seinem Einkaufswagen. Drei Kisten, was insgesamt 60 Bier oder umgerechnet 30 Liter ergab. Wenn man bedenkt, dass im Supermarkt nur fünf Arbeiter waren, bedeutete das, dass jeder von ihnen sechs Liter Bier trinken konnte. Für mich wäre das viel zu viel. Mit sechs Litern Bier wäre ich genauso betrunken wie auf der Party damals. Doch für Bauarbeiter schien das wohl eine ganz normale Tagesdosis zu sein. Ich wollte nicht klischeehaft denken, aber alle Bauarbeiter, die ich kannte, waren starke Trinker. Und auch der alte Mann sah wirklich wie einer aus. Die Schlange war insgesamt etwas kleiner geworden, trotzdem würde er wohl noch mindestens zehn Minuten warten müssen, bevor er mit den anderen Arbeitern ein Bier trinken konnte. Das Tippen hatte meinen Puls wieder beruhigt. Vielleicht würde das hier sogar noch ein richtig guter Abend werden. So einen Abend hatte ich schon lange nicht mehr erlebt. Und so peinlich mir der Einkauf auch war, er würde mir zu hundert Prozent helfen, die Nacht gut zu verbringen. Ich brauchte ihn sogar. Mein Leben war nur von Routine geprägt. Jeder Tag war gleich aufgebaut, jede Woche verlief nach dem gleichen Muster. Es war immer das Gleiche, ohne Abwechslung.

Ich stand um sechs Uhr in meiner Einzimmerwohnung auf, aß mein Frühstück, das meist aus einem nicht ganz durchgekochten Ei und etwas Senf bestand, und trank dazu ein warmes Elektrolytgetränk (meist Gatorade). Danach machte ich mich auf den Weg zu meiner Arbeit als Servicekraft bei McDonald's. Ich nehme dort die Bestellungen am Drive-in-Automaten auf. Diese Arbeit ist oft hart und frustrierend. Unser Automat, bei dem die Leute ihre Bestellungen reinreden, funktioniert schlecht, und deshalb kommt es häufig vor, dass die Kunden eine falsche Bestellung erhalten. Die Wut und Beschwerden lassen die dann beim nächsten Mal an mir aus. Trinkgeld habe ich deshalb noch nie bekommen. Das ist wirklich schade, weil der Job schlecht bezahlt wird. Deshalb kann ich mir auch nur eine kleine Wohnung leisten. Schon öfter habe ich den Filialleiter um eine Gehaltserhöhung gebeten, doch er hat sie immer wieder abgelehnt. Seine Begründung war stets, dass ich froh sein sollte, noch nicht gefeuert worden zu sein, da jedes achtjährige chinesische Kind mit Down-Syndrom eine bessere Arbeit leisten würde als ich. Für viele wären diese Beschimpfungen des Chefs ein absolutes No-Go, aber für mich war das nichts Neues. Mein Boss war oft stark alkoholisiert bei der Arbeit und ließ dann seine Wut an uns aus. Alles in allem klingt meine Arbeit ziemlich furchtbar. Zu meinem Bedauern gab es nur wenige positive Aspekte daran.

Aber ab und zu musste ich Nachtschichten machen. Das war immer meine Lieblingszeit. Dann wurde es spannend und aufregend. Das Kundenformat änderte sich gefühlt um hundertachtzig Grad. Statt Familien und Jugendlichen kamen Huren, Betrunkene und Menschen, die sichtlich frustriert mit ihrem Leben waren. Komischerweise fühlte ich mich unter solchen Leuten wohl. Einmal kam ein Mann in unsere Filiale, der völlig kaputt aussah. Er hatte riesige Augenringe, trug eine Kapuze über seinen nicht gebürsteten Kopf und sein Gewand roch, als hätte er es seit Monaten nicht gewaschen. Er sah aus wie ein Versager. Zwischen ihm und mir spürte ich damals aus irgendeinem Grund eine seltsame Verbindung.

Wenn die Arbeit vorbei war, fuhr ich mit meinem alten Opel Astra nach Hause. Zuhause kochte ich mir ein Fertiggericht oder aß Reste, die ich mir von der Arbeit mitnahm. Die Sachen, die die Kunden nicht aßen, durften wir nämlich selbst mit nach Hause nehmen. Wenn ich in einer Woche genug gespart hatte, bestellte ich mir ab und zu eine Pizza. Am Abend sah ich mir dann noch einen guten Film an. Um besser einzuschlafen masturbierte ich täglich. Es fiel mir oft schwer, da mein sexueller Trieb in den letzten Jahren ein wenig nachgelassen hatte, aber das war ein anderes Thema. Meistens verbrachte ich die Wochenenden damit, in der Stadt neue Freunde zu finden, weil ich leider nur wenige hatte. Ich sprach dann im Stadtpark oder auf der Straße fremde Leute an, ob sie mit mir Drachen steigen lassen oder auf meiner alten PS2 Crash Bandicoot spielen wollten. Leider sagten nur wenige zu.

Meine Eltern besuchten mich auch nur selten. Ich lud sie oft ein, da sie beide bereits in Pension waren und ich Angst hatte, dass sie nicht mehr lange bei uns sein könnten. Doch mein Vater sagte mir immer wieder, dass er am Wochenende noch auf dem Bau arbeiten müsse, weil er sich in der Rente etwas dazuzuverdienen wollte. Ich wollte sie auch öfter besuchen, aber meine Mutter verbot es mir, weil sie nicht wollte, dass das Haus nach mir roch. Manchmal war ich traurig, sie nicht öfter zu sehen, aber dann spielte ich einfach eine Runde Crash Bandicoot, und dann ging es mir wieder besser.

Alles in allem sah mein Leben so aus. Ich wusste, dass es nicht das beste Leben war, aber für mich war es halbwegs in Ordnung. Als ich durch den Laden blickte, war mir klar, dass jeder dieser einkaufenden Menschen seine eigenen Probleme mit sich herumtrug. Meine Augen fielen auf einen durchtrainierten Mann an der Brottheke. Er war etwa Mitte vierzig, trug eine Haube und war sportlich gekleidet. Seine Oberarmmuskeln ließen sein Trainingsshirt spannen. Doch dieser Mann musste auch Probleme in seinem Leben haben, dachte ich mir. Vielleicht waren seine vielen Muskeln nur dazu da, etwas anderes zu kompensieren. Oft fängt ein Mann an zu trainieren, weil sein Ego verletzt wurde. Eine Frau könnte seine Gefühle verletzt haben, oder er hat ein kleines Selbstbewusstsein. Mein Blick wanderte langsam nach unten, genau dorthin, wo sein Penis sein sollte. Man konnte keine auffälligen Konturen erkennen. Bei einer locker sitzenden Hose wäre das auch zu erwarten gewesen, aber bei der engen Jogginghose, die der Mann trug, hätte man ein normal großes männliches Glied sehen sollen. Ich sah meine Theorie als bestätigt. Neben dem Mann stand eine jüngere Frau, die sich gerade nicht entscheiden konnte, welches Brot sie kaufen sollte. Auch sie schien mit eigenen Sorgen beschäftigt zu sein, die in ihrem Leben eine wichtige Rolle spielten. Ich checkte auch ihren Hosenschlitz aus. Ich weiß, das klang ein bisschen pervers, doch vielleicht hatte sie auch einen kleinen Penis. Zu ihrem Glück war ihre Hosenwölbung nur sehr klein. Das sollte ein normales weibliches sexual Merkmal sein. Doch auf ihren Armen bemerkte ich kleine rote Punkte. Sie waren genau an der Innenseite des Ellbogens. Für Insektenstiche waren diese Flecken zu klein. Die Frau kratzte sich auch innerhalb von zehn Sekunden, zweimal leicht an diesen Punkten. Ich befürchtete das sie Heroinsüchtig war. Anders konnte ich mir das zweimalige kratzen und die Punkte nicht erklären. Natürlich konnte ich meine Theorien nicht zu hundert Prozent bestätigen. Ich wollte die beiden nicht auf ihre vielleicht bestehenden Probleme anreden, aber trotzdem machten mir solche Beobachtungen der Gesellschaft Freude.

Es standen nur noch zwei Kunden vor mir. Selbst das Pärchen war inzwischen gegangen, sodass es jetzt schnell gehen konnte. Der Mann der an der Kassa stand hatte nur wenige Artikel, daher würde es sicher nicht lange dauern. Ich beobachtete ihn, wie er seine Geldbörse aus der Tasche zog und seinen Einkauf auf dem Kassenband musterte. Offenbar überlegte er, wie viel sein Einkauf kosten würde. Er hatte eine Zucchini, eine Packung Fusilli-Nudeln, ein zuckerhaltiges Getränk mit Walnussgeschmack aus der Dose, eine Packung Eier, in der merkwürdigerweise nur drei Eier waren, und eine Packung Sahne. Die Sahne war in einem gelben Plastiksack verpackt, was ich so noch nie gesehen hatte. Insgesamt schätzte ich den Preis seines Einkaufs auf 73,34 Euro. Ich weiß, dass Sie jetzt vielleicht denken, das sei viel zu viel. Aber ich kannte diese Marke der Nudeln. Es handelte sich nicht um irgendwelche Billig-Fusilli, sondern um welche von einem italienischen Markenhersteller. Einmal hatte ich das Privileg, diese Nudeln zu essen, und sie waren damals wirklich hervorragend. Mein Cousin, bei dem ich sie damals probiert hatte, sagte mir, dass eine Packung etwa 5,30 € kostete. Damals war ich wirklich erstaunt. Das war allerdings schon ein paar Jahre her, und mit der Inflation würde der Preis sicher noch weiter gestiegen sein. Obwohl ich kein Zahlengenie war, schätzte ich den Preis einer Packung nun auf etwa 8,63 €. Zusammen mit den anderen Lebensmitteln würde sein Einkauf sicherlich mindestens siebzig Euro kosten. Ein ziemlich teurer Einkauf, den ich mir so nicht leisten könnte.

Auch ich blickte auf meine Produkte. Ich schätzte den Preis, den ich zahlen würde, auf unter fünfzig Euro. Es war einfach, meinen Einkaufspreis zu berechnen, da ich nur drei verschiedene Produkte gekauft hatte, jedoch jeweils mehr von einem. Ich griff in meine andere Hosentasche und holte meine Geldtasche heraus. Zur Sicherheit wollte ich nachsehen, ob ich noch genug Geld dabei hatte. Der fehlende Akku auf meinem Handy wäre sicherlich nicht so schlimm, wie wenn ich beim Bezahlen kein Geld in meiner Brieftasche hätte. Aber soweit ich mich erinnerte, hatte ich im Auto nachgesehen und da waren zwei Fünfziger drin gewesen. Als ich die

Brieftasche öffnete, bestätigte sich meine Erinnerung – tatsächlich befanden sich noch zwei Fünfziger darin. Außerdem war noch etwas Kleingeld vorhanden. Für den Notfall könnte ich auch mit meiner Bankomatkarte zahlen, obwohl ich das nie gerne tat. Es gab mir immer das Gefühl, kein richtiges Geld auszugeben, wenn ich mit Karte zahlte. Es war so leicht, den Überblick zu verlieren, wie viel man in dieser Woche schon ausgegeben hatte. Ich blickte auf meinen Führerschein. Mein Foto darauf war sicherlich schon sieben Jahre alt. Damals trug ich noch eine Zahnspange und hatte über mein linkes Auge ein Pflaster geklebt. Ich musste ein Auge abdecken, um das andere zu stärken, da ich eine Sehschwäche hatte. So konnte die Sehkraft des schwächeren Auges verbessert werden – zumindest wurde mir das so erklärt. Leider wurde ich deswegen früher oft verspottet. Andere fanden, dass es komisch aussah. Einmal nannte mich ein Mädchen in der Schule sogar ein „Monster" deswegen. Es könnte aber auch daran gelegen haben, dass ich sie vorher gebissen hatte. Aber das war alles längst vergangen. Heute trug ich keine Zahnspange mehr und klebte mir auch kein Auge mehr zu. Es stellte sich nämlich heraus, dass das Abkleben überhaupt nichts gebracht hatte. Die Augenärztin war völlig überrascht, als sie erfuhr, dass ich mir jahrelang das Auge abgeklebt hatte. Sie meinte, das sei ein Scherz gewesen, den sie damals gemacht hatte. Hätte sie mir das nur ein paar Jahre früher gesagt, hätte ich mir viele Sticheleien und Beleidigungen ersparen können. Aber so war es nun mal. Zum Glück hatte ich heute ein strahlendes Lächeln

Bald war es endlich so weit, und ich könnte in mein sicheres Auto zurückkehren – weg von den nervigen und manchmal bösartigen Menschen, die mich auslachen könnten. Nur noch ein Kunde stand vor mir. Ein letzter Mann, der mich daran hinderte, meinen Einkauf zu erledigen und endlich zu verschwinden. Ich konnte mein Auto schon draußen auf dem Parkplatz sehen. Es war ein alter, rostiger Opel Astra. Mit seinen 250.000 Kilometern auf dem Tacho war es definitiv ein gut genutztes Auto. Trotzdem hatte ich es im Laufe der Jahre sehr zu schätzen gelernt und es war ein fester Bestandteil meines Lebens geworden. Ich hatte es nun schon mehr als acht Jahre. Viele Nächte hatte ich in ihm verbracht. Denn in meinen Urlaubsreisen buchte ich nie ein Hotel – ich schlief immer in meinem Auto. Es hatte eine seltsame, ausgebleichte, acrylrote Farbe. Einige Leute behaupteten sogar, das Auto sei pink. Leider verbinden viele Menschen ein Auto in dieser Farbe automatisch mit einem schwulen Besitzer. Ich wusste nicht, warum sie so dachten, aber vor zwei Jahren haben ein paar Jugendliche offenbar geglaubt, es wäre witzig, mit Messern die Worte „gay fake Taxi" in den Lack zu ritzen. Als ich später googelte und herausfand, was ein „Fake Taxi" war, war ich ziemlich wütend. Seitdem wurde ich öfter auf mein Auto angesprochen, als mir lieb war. Aber ich konnte mir keine neue Lackierung leisten, da ich einfach nicht genug Geld dafür hatte. Also blieb mir nichts anderes übrig, als mein Auto so zu lassen, wie es war, und mich mit den ständigen Sticheleien abzufinden. Trotzdem hatte ich es irgendwie lieb. Es hatte mich nie im Stich gelassen oder verletzt, ganz im Gegenteil zu vielen meiner Mitmenschen. Ich stellte mir oft vor, dass es sich ähnlich anfühlen musste, ein Haustier zu besitzen. Es war zwar kein Lebewesen, aber ich hatte definitiv Gefühle für es, als ob es eines wäre.

Jetzt war ich nur noch einen Kunden von meinem ersehnten Rückzugsort entfernt. Sobald ich in meinem Auto saß, hätte ich es endlich geschafft. Ich warf einen Blick auf die Kassiererin. In Schneckentempo zog sie die Artikel über das Lesegerät. Ihr Gesichtsausdruck war völlig teilnahmslos – alles an ihrer Mimik schien zu sagen: „Mich interessiert das nicht. Warum bin ich hier?" Auch der Mann vor mir schien genervt von der Langsamkeit. Er warf einen Blick auf die Uhr und räusperte sich ungeduldig.

„Ähm, geht das vielleicht ein bisschen schneller? Ich muss nämlich noch ganz dringend wohin", fragte er die Kassiererin vorsichtig und bedacht.

Die Kassiererin warf ihm einen Blick voller Abschaum und Wut entgegen.

„Können Sie mich einfach meine Arbeit machen lassen?", erwiderte die Kassiererin genervt zurück. Sie hatte die Schnauze voll von ihrem Beruf. Der Kunde vor mir antwortete ihr nichts mehr. Er schien die Situation verstanden zu haben. Doch nun provozierte die Kassiererin und zog die Produkte absichtlich langsam über das Lesegerät. Sie blickte dabei den Kunden direkt an. Eine Kaugummiblase blähte sich immer größer aus ihrem Mund. Die Blase platzte, und die Kassiererin sagte ganz trocken: „Das wären dann 18 Euro und 45 Cent."

„Mist", dachte ich mir. Ich hatte mit meinen 73 Euro knapp zu viel kalkuliert. Der Mann gab der Kassiererin einen Zwanzigerschein. Sie schaute ihn nur kurz an und wartete. Offenbar hoffte sie, dass der Mann auf 19 Euro aufrunden würde, damit sie sich das zusätzliche Wechselgeld sparen konnte. Der Mann sagte kein Wort. Mit einem leichten Schmunzeln blickte er ihr ins Gesicht, das eindeutig darauf hindeutete, dass er den kleinen Machtkampf zwischen den beiden für sich entschieden hatte. Doch die Kassiererin ließ sich nicht so leicht geschlagen. Sie zog einen Euro aus der Kasse und gab ihn dem Kunden als Restgeld zurück.

„Passt so." sagte sie mit einem falschen Lächeln.

Der Kunde starrte auf den Euro. Eigentlich hätte er noch 55 Cent mehr bekommen müssen. Er warf einen Blick zum Ausgang, und erst jetzt bemerkte ich, dass dort ein Sicherheitsbeauftragter stand. Der Mann war etwa zwei Meter groß, mit muskulösen Armen, die von zahlreichen Tattoos bedeckt waren. Mit ihm wollte man sich definitiv nicht anlegen. Er war der Typ, der mir immer das Leben schwer machte, mich herumstoßen und einschüchtern konnte. Der

Kunde vor mir schien keine Lust auf eine weitere Auseinandersetzung zu haben. Er schien die Sache einfach abzuhaken, schnappte sich seine Tasche mit den Einkäufen und ging, ohne ein Wort des Abschieds zu sagen. Endlich war ich an der Reihe. Mein Moment sollte nun kommen. Ich konnte es kaum erwarten. Dieser Einkauf fühlte sich schon wie eine kleine Ewigkeit an. Wie viel Zeit wohl schon vergangen war? Noch einmal drehte ich mich um und ließ meinen Blick durch den Laden schweifen. Es war Zeit, Abschied zu nehmen. Ich warf einen letzten Blick auf die Brotabteilung und erinnerte mich daran, dass dort vor kurzem ein kräftiger Mann gestanden hatte, der einen kleinen Penis hatte. Mein Blick wanderte weiter zur Alkoholabteilung, wo ein junger Mann sich vor seinen älteren Kollegen, die ihn schikanierten, bewiesen hatte. Insgesamt konnte ich mit diesem Einkauf zufrieden sein. Es war an der Zeit, nach Hause zu gehen. Ich hatte alles, was ich brauchte, um den Abend zu einem der besten meines Lebens zu machen. Und all das hatte ich diesem Supermarkt zu verdanken.

Ich drehte mich wieder zur Kasse und… Moment mal. Wo war sie hin? Die Kassiererin war plötzlich verschwunden.

„Hey, weißt du, wo die Kassiererin hingegangen ist?" , fragte ich den Jungen, der hinter mir stand.

„Sie hat gesagt, sie muss kurz ins Lager und kommt gleich wieder", antwortete er mit einem deutlichen Akzent. „Aber mit deinem Einkauf wirst du sie nicht beeindrucken." Er grinste und warf einen Blick auf meine Waren.

Ich ignorierte ihn und merkte, wie mir das Blut ins Gesicht stieg. Das konnte doch nicht ihr Ernst sein. Was für eine miserable Mitarbeiterin, dachte ich mir innerlich. Vielleicht könnte ich ja einfach selbst mein Zeug über das Lesegerät ziehen. Schließlich war da ja nichts dabei. Man musste nur sicherstellen, dass das Lesegerät den Barcode richtig erfasste. Und eigentlich würde ich der Kassiererin damit sogar einen Gefallen tun, indem ich ihren Job erledigte. Außerdem müssten die Leute hinter mir nicht noch länger warten.

Ob der Sicherheitsmann am Eingang mit meinen „Vorteilen" einverstanden gewesen wäre, war fraglich. Es war gut möglich, dass es ihm nicht gefallen hätte, einen Kunden dabei zu beobachten, wie er sich selbstständig an der Kasse bediente. Da er meine ehrliche Absicht nicht kannte, hätte er vermutlich angenommen, dass ich nicht alle meine Produkte korrekt gescannt hatte. Das hätte Ärger gegeben. Also traf ich den Entschluss, nichts zu tun. Ich hatte diese unangenehme Situation bereits eine ganze Weile ausgehalten, da würde ich wohl auch noch ein paar Minuten länger durchhalten können.

Plötzlich ertönte von hinten ein lautes Getümmel und Geschrei. Alle wartenden Kunden in der Schlange drehten sich um. Die Kassiererin kam zurück, doch sie hielt sich die Hände vor das Gesicht. Eine andere Mitarbeiterin folgte ihr und redete auf sie ein, wild gestikulierend. Ich konnte ihre Worte nicht genau verstehen, aber es schien etwas Ernstes zu sein. Die andere Mitarbeiterin fuchtelte mit ihren Armen, ganz dramatisch, und versuchte, ihre Kollegin zu beruhigen.

Die Kassiererin blieb vor der Kasse, beim Zeitungsstand stehen. Noch immer hielt sie ihr Gesicht verdeckt, doch man konnte deutlich ein Schluchzen hören.

„Sarah, es tut mir wirklich leid, verstehst du? Das war unabsichtlich", hörte ich die andere Mitarbeiterin sagen. Ihr Firmen-T-Shirt hatte eine andere Farbe, und auf dem kleinen Namensschild an ihrer Brust stand in fetten Buchstaben „Lagerarbeiterin". Die Kassiererin fuhr mit einer Wutbewegung die Hände von ihrem Gesicht.

„Unabsichtlich?" schrie sie die andere Mitarbeiterin an.

„Was war denn unabsichtlich? Dass du mir vorgespielt hast, du wärst lesbisch? Oder dass du fünf Monate lang mit mir zusammen warst und so getan hast, als wärst du lesbisch, nur um auf Social Media mehr Follower zu bekommen? Oder ist es auch unabsichtlich passiert, dass mein kleiner Bruder plötzlich mit dir etwas hatte?"

Wieder hörte der ganze Supermarkt ihr Gespräch mit. Für meinen kleinen Einkauf bekam ich heute eine ordentliche Portion Drama, dachte ich mir.

„Ich habe doch gesagt, es tut mir leid. Ich wollte es dir noch sagen", versuchte sich die Lagerarbeiterin zu entschuldigen. Doch der Kassiererin reichte es.

Sie nahm eine Zeitung aus dem Stand neben sich, rollte sie zusammen und schlug der Lagerarbeiterin damit ein paar Mal auf den Kopf.

„Halt. Deinen. Mund. Du. Arschloch! ", schrie sie, und bei jedem Wort schlug sie ihr die Zeitung auf den Kopf.

Die Lagerarbeiterin hielt ihre Hände schützend vor ihrem Kopf, um die Schläge so gut wie möglich abzuwehren. Kein Kunde griff in die Situation ein. Es schien, als hätte sich jeder stillschweigend darauf geeinigt, sich nicht einzumischen. Ich hätte ohnehin nie eingegriffen, da ich seit meiner schwierigen Schulzeit versuche, Konflikten aus dem Weg zu gehen. Von mir aus hätten sich die beiden bis zum Tode streiten können – ich hätte mich nicht eingemischt. In meinen Augen hatte die Lagerarbeiterin es verdient, Konsequenzen für ihr Verhalten zu erfahren, wenn sie sich so rücksichtslos und unehrlich verhielt. Im Hintergrund erschien eine weitere Mitarbeiterin. Aus der Ferne wirkte sie ziemlich attraktiv und trug ihren langen, blonden Pferdeschwanz. Gerade als die Kassiererin erneut ausholte, riss die dritte Mitarbeiterin ihr die Zeitung mit einem schnellen Griff aus der Hand.

„Was machst du denn da?", fragte sie empört. Sie stand mit dem Rücken zu mir, sodass ich ihr Gesicht nicht sehen konnte. Ihre Stimme klang aufgebracht und besorgt, und irgendwie kam sie mir bekannt vor. Das machte mich nervös. Konnte es sein, dass ich dieses Mädchen kannte? Der Gedanke daran fühlte sich wie ein Albtraum an. Sofort kam mir der Impuls, mich schnell zu entfernen.

Die Kassiererin erklärte der dritten Frau die Situation. Es stellte sich heraus, dass die Lagerarbeiterin sich als Lesbe ausgegeben hatte und eine Beziehung mit der Kassiererin geführt hatte, um ihre Reichweite in den sozialen Medien zu steigern. Allerdings war sie keine echte Lesbe und hatte die Kassiererin über Wochen hinweg mit ihrem kleinen Bruder betrogen.

Die dritte Frau versuchte, die Situation zu beruhigen. Doch die beiden ehemaligen Partnerinnen gerieten erneut in Streit. Sie wollten sich wieder aufeinander stürzen, doch die blondgefärbte Mitarbeiterin ging wieder dazwischen. In der Hektik hatte ich einen kurzen Blick auf die Frau werfen können. Plötzlich begann mein Herz zu rasen. Wenn mein Gesicht nicht schon vorher rot gewesen war, war es jetzt spätestens Tomatenrot. Alarmglocken schrillten in meinem Kopf. Ich kannte diese blonde Frau. Es war niemand anderes als meine ehemalige Mitschülerin, die mich damals auf der Party so süß angelächelt hatte – kurz bevor ich mir in die Hosen machte und fluchtartig davonlief. Jetzt musste ich verschwinden. Früher war ich total in sie verliebt, und sie durfte mich bei diesem Einkauf auf keinen Fall erwischen. Ich musste handeln. Mein Blick wanderte sofort zum Sicherheitsmann. Dieser war mit seinem Handy abgelenkt und bemerkte mich gar nicht. Er würde es wahrscheinlich nicht gutheißen, aber ich musste ein Risiko eingehen. Jetzt war nicht der Zeitpunkt, einfach abzuwarten. Ich nahm meine Produkte und begann, sie nacheinander über das Lesegerät zu ziehen. Die Mitarbeiterinnen stritten immer noch. Ich betete zu Gott, dass die beiden sich noch lange genug ablenkten.

„Alter, ich glaube, das solltest du der Mitarbeiterin überlassen, Bro", riet mir der Junge hinter mir. „Schau dir einfach den Fight der Chayas an."

„Ich kann jetzt nicht Chayas angaffen, Bro", antwortete ich grob. „Ich muss noch wo dringend hin."

„Ahh, der Junge darf heute noch reinstecken. Stark", sagte der Junge und grinste blöd. Er hob die Hand, hoffte auf ein High-Five, aber ich ignorierte ihn. Ich war völlig in meinem Tunnelblick. Jetzt musste ich Tempo machen. Schnell zog ich das letzte Produkt über das Lesegerät und schaute auf die Preisanzeige. Doch anstelle der Preisanzeige zeigte der Bildschirm ein leeres Fenster. Verdammte Scheiße. Es hatte nicht funktioniert.

Mein Blick wanderte wieder zum Sicherheitsmann. Er war völlig in sein Handy vertieft, wischte nach links und rechts. Ein Hoch auf Tinder, dachte ich mir. Er war abgelenkt. Die ganze Lesben-Situation lief immer noch auf Hochtouren. Ich hatte noch Zeit, mich aus dieser brenzligen Lage zu befreien.

Mein Blick fiel auf einen Knopf an der Kasse mit der Aufschrift „Neuer Einkauf". Vielleicht war das meine Lösung. Ich drückte ihn und zog ein Produkt noch einmal über das Lesegerät. Es musste jetzt klappen. Ein Piepsen ertönte, und auf der Anzeige erschien plötzlich mein Produkt mit dem entsprechenden Preis. Es hatte funktioniert. Erleichtert begann ich, meine Produkte erneut zu scannen. Vor der Kasse wurde es allmählich ruhiger. Die „Lesben-Situation" würde sich bald beruhigen, und dann musste ich hoffen, dass die blonde Mitarbeiterin nicht zu mir herüberschaute. Es musste schnell gehen. Ich scannte die Produkte, als hing mein Leben davon ab. Wie ein Verrückter zog ich sie über das Lesegerät, und ich begann schon zu denken, dass ich mit diesem Tempo einen neuen Rekord für die meisten gescannten Produkte in 30 Sekunden aufstellen würde.

Ich war beim vorletzten Produkt, als plötzlich eine Hand meinen Kragen packte. Sofort wusste ich, was passierte. Die gewaltig muskulöse Hand des Sicherheitsmannes hob mich so hoch, dass meine Füße ein paar Zentimeter über dem Boden schwebten. Er nahm mich mit, führte mich zum nächsten Fenster und drückte mich dagegen.

Ich hatte verloren. Wenn ich nur etwas schneller gewesen wäre oder die Mädchen auf Tinder attraktiver, vielleicht hätte ich es geschafft. Aber jetzt musste ich mich mit dem Sicherheitsmann auseinandersetzen.

„Seit wann ziehen denn Kunden die Produkte selbst über die Kasse, mein Freund? Wolltest du etwa etwas klauen?", unterstellte mir der Sicherheitsmann.

„Es tut mir leid, ich wollte nur, dass die Leute hinter mir nicht so lange warten müssen. Ich wollte wirklich nichts stehlen", keuchte ich, während ich versuchte, mich aus dem festen Griff des Sicherheitsmannes zu befreien.

Der Streit vorne bei den beiden Frauen war plötzlich verstummt. Offenbar hatten sie aufgehört, sich zu streiten und mitbekommen, was bei mir gerade passierte. Ich hörte Schritte, die sich näherten. Bitte nicht die Blondine, bitte nicht die Blondine, pochte es in meinem Kopf.

„Stefan, lass den jungen Mann runter. Du musst nicht so grob sein", sagte eine vertraute Stimme – die der blonden Frau.

Fuck. Jetzt würde sie mich sehen. Meine einzige Hoffnung war, dass sie sich vielleicht nicht mehr an mich erinnerte. Schließlich hatten wir nie wirklich etwas miteinander zu tun, und nach Kot-in-der-Hose Situation auf der Party hatte ich sie nie wieder gefunden. Ich war immer der Typ, den die Mädchen eher übersehen haben – der Junge, den niemand wirklich wahrnahm. Vielleicht konnte mir meine unauffällige Art wieder einmal aus dieser brenzligen Lage helfen. Der Sicherheitsmann ließ mich schließlich los. Vor mir standen nun der Sicherheitsmann und die Frau mit den blonden Haaren.

„Du musst nicht immer alles so eskalieren lassen. Manchmal reicht es, die Leute einfach höflich anzusprechen, anstatt sie gegen ein Fenster zu drücken", sagte sie in einem ruhigen, aber bestimmten Ton zu dem Sicherheitsmann. Dieser nickte nur, als ob es ihm gleichgültig wäre.

Plötzlich hörte man eine Frau im Hintergrund wegrennen. Es war die Kassiererin. Nachdem ich erwischt worden war, hatten sie und die Lagerarbeiterin ihren Streit endlich beendet. Doch die Kassiererin tat nun das, was ich eigentlich längst hätte tun sollen. Mit gesenktem Kopf und den Händen vor dem Gesicht rannte sie aus dem Laden. Man konnte deutlich sehen, dass ihre Augen vom Weinen gerötet und geschwollen waren. Die Lagerarbeiterin blieb enttäuscht zurück und starrte ihr nach, ohne sich zu rühren.

„Kathi!", rief die blondhaarige Frau ihr entgegen. „Komm, räum den Zeitungsstand wieder ordentlich auf und geh dann nach hinten."

Die Lagerarbeiterin hob die zusammengerollte Zeitung auf, mit der sie geschlagen worden war, und steckte sie wieder in den Zeitungsstand. Mit gesenktem Kopf ging sie dann, ohne ein Wort zu sagen, an den anderen Kunden vorbei und verschwand nach hinten.

Die blonde Frau drehte sich zu mir um, und zum ersten Mal trafen sich unsere Blicke. Sofort wusste ich, dass ich in ihrem Kopf nicht länger ein namenloser Geist war. Sie sah mich mit einem unschlüssigen, aber neugierigen Blick an.

„Kennen wir uns nicht von irgendwo?", fragte sie mich vorsichtig.

„Nein, nicht dass ich wüsste", antwortete ich, so unschuldig wie möglich.

„Und warum hast du deinen Einkauf selbst gescannt?", fragte sie weiter, ihre Stirn leicht gerunzelt.

„Ich wollte einfach nicht die Leute aufhalten. Ich schwöre, ich habe nichts geklaut", erklärte ich ihr ruhig.

Ich konnte es kaum fassen, aber ich sprach tatsächlich normal mit ihr. Und das Beste daran war, sie schien sich nicht an mich zu erinnern. Wenn sie mich jetzt nur schnell bezahlen lassen würde, könnte ich einfach verschwinden.

„Du siehst auch wirklich nicht aus wie ein Dieb", sagte die Blondine und schien mir zu glauben. „Komm, ich begleite dich zur Kasse, damit du schnell bezahlen kannst."

Der Sicherheitsmann, die Blondine und ich gingen ein paar Schritte zur Kasse, als sie plötzlich mit dem Finger in die Luft schnippte.

„Moment mal, du bist doch der Junge von der Silvesterparty, der sich damals in die Hosen geschissen hat!" , rief sie laut und mit einem breiten Grinsen durch den Supermarkt.

Wieder wurde ich knallrot im Gesicht. Es fühlte sich an, als würde die Luft um mich herum plötzlich heißer werden.

Ich brachte kein Wort heraus und schüttelte nur stumm den Kopf, als sie mich mit fragendem Blick anschaute, als würde sie auf eine Antwort warten. Doch mein Schweigen war in diesem Moment auch eine Antwort.

Die Blondine konnte nicht mehr an sich halten und brach in schallendes Gelächter aus, während sie sich lachend am Sicherheitsmann festhielt. Jetzt war es wirklich vorbei.

„Stefan, das ist der Typ, von dem ich dir erzählt habe. Der, der sich damals vor allen anderen in die Hosen gemacht hat", brachte sie zwischen ihrem Lachen hervor.

Der Sicherheitsmann musterte mich mit einem schiefen Grinsen. Sein Blick sagte alles – er schien mich genau zu mustern, als würde er sich ein Urteil über mich bilden. Er schüttelte leicht den Kopf und schnaubte leise, als er sich ein Lachen nicht verkneifen konnte.

Da war es wieder. Dieser Blick, der mich sofort als Versager abstempelte. Die Scham überkam mich, doch tief in mir brodelte auch Wut. Es war an der Zeit, dass ich mir das nicht länger gefallen ließ. Immer wieder war ich derjenige, der von Typen wie dem Sicherheitsmann für schwach und inkompetent gehalten wurde. Doch ich war kein Versager. Mein Leben war gut. Es war erfolgreich – auch wenn meine Eltern und die wenigen Freunde, die ich hatte, das vielleicht nicht so sahen. Ich war zufrieden mit mir und meiner Situation.

Warum sollte es mich also kümmern, was ein Sicherheitsmann oder sonst jemand über mich dachte? So konnte es nicht weitergehen. Es war Zeit, etwas zu sagen.

Die Blondine hatte sich von ihrem Lachanfall wieder erholt, aber der Sicherheitsmann musterte mich immer noch mit diesem herablassenden Blick. Gerade als ich den Mund öffnete, um eine leidenschaftliche Rede zu halten, in der ich mein Leben und meine Ehre verteidigen wollte, bemerkte ich plötzlich etwas aus dem Augenwinkel. Der ausländische Junge, der zuvor hinter mir gestanden hatte, ging mit seinem Einkauf Richtung Ausgang. Er grinste mir dabei zu und legte den Finger auf seine Lippen – ein klares Zeichen, dass er ohne zu bezahlen abhauen wollte. Er hatte den Tumult genutzt, um unbemerkt zu klauen.

Der Sicherheitsmann, dem mein Blick nicht entging, drehte sich blitzschnell um. Kaum hatte er das gesehen, stürmte er auf den Jungen zu. Dieser rief laut ein jugoslawisches Schimpfwort und rannte mit den Joghurtgetränken in den Händen aus dem Laden. Der Sicherheitsmann jagte ihm mit erstaunlicher Schnelligkeit hinterher.

Die Blondine und ich schauten den beiden noch nach.

„Den wird er schon schnappen", sagte sie beiläufig und zuckte mit den Schultern. „Komm, lass uns deinen Einkauf schnell erledigen, damit du nach Hause kannst."

Ich stand immer noch wie versteinert da. So gerne hätte ich dem Sicherheitsmann endlich meine Meinung gesagt. Aber auch diesmal nahm mir das Leben die Gelegenheit dazu. Ich schwor mir, dass ich beim nächsten Mal, wenn mich jemand mit so einem herablassenden Blick als Versager abstempelte, nicht einfach schweigen würde.

Die Blondine bemerkte mein immer noch rotes Gesicht und spürte, dass etwas nicht stimmte.

„Nur, dass du's weißt", sagte sie mitfühlend. „Du musst dich nicht schämen wegen damals. So etwas kann jedem passieren. Ist doch Schnee von gestern."

Eigentlich fühlte ich mich in diesem Moment nicht mehr schuldig. Es war nicht die Scham, die mich quälte, sondern der Zorn, dass mir die Gelegenheit genommen wurde, für mich selbst einzustehen.

Ich und die Blondine gingen zur Kasse, um endlich meinen Einkauf abzuschließen. Doch plötzlich fiel mir ein, was ich eigentlich eingekauft hatte. In all der Aufregung hatte ich völlig vergessen, was auf dem Band lag. Sofort lief mir das Blut ins Gesicht. Die Blondine blickte auf das Band und bemerkte die zwölf Packungen Kondome in Größe S, mit dem Aufdruck „Weil auch Kleine Schutz brauchen". Ein Kichern entglitt ihr sofort.

Zum Glück hatte ich vorgesorgt. Neben den Kondomen lagen eine Geburtstagskarte und eine Banane. Die Karte hatte ich als Notfallplan gekauft, falls jemand die Kondome ansprechen sollte – und genau jetzt war der Moment, den ich befürchtet hatte, gekommen. Die Banane hatte ich einfach aus Hunger dazu gepackt.

Trotz meines knallroten Gesichts versuchte ich, cool zu bleiben und die Situation mit einem unsicheren Lächeln zu überstehen.

„Die sind nicht für mich", sagte ich so cool wie möglich, obwohl ich innerlich fast verbrannte. „Du musst wissen, ich gehe heute noch auf eine Geburtstagsparty, und da wollte ich ihm zum Spaß die Kondome schenken."

Die Blondine hörte plötzlich auf zu lachen und sah mich mit einem Blick an, der mich durchdrang. „Und wie heißt der Freund, für den die Kondome bestimmt sind?"

In diesem Moment fühlte es sich an, als würde mir der Boden unter den Füßen wegbrechen. Mist. Diese Frage hatte ich nicht erwartet und ich war völlig unvorbereitet. Ich spürte, wie mein Gesicht noch heißer wurde, als ich versuchte, mir schnell etwas einfallen zu lassen. Die Blondine bemerkte sofort, dass ich keinen Namen nennen konnte, und brach wieder in lautes Lachen aus.

Sie wusste, dass ich gelogen hatte. Während ich noch versuchte, mich aus dieser peinlichen Situation zu retten, merkte ich, wie die Scham in mir aufstieg. Ich stand da, mit einer Handvoll Kondom-Packungen für „Mikropenise" und einem rot angelaufenen Gesicht, vor einer lachenden, wunderschönen Supermarkt-Mitarbeiterin. Meine ganze Ehre schmolz dahin, und der Boden unter mir schien immer tiefer zu sinken. Ich wünschte mir nichts mehr, als einfach im Boden zu versinken.

Die Blondine beruhigte sich langsam wieder und scannte meine Einkäufe fertig. Der gesamte Einkauf summierte sich auf 136,45 €. Ohne ein weiteres Wort zog ich meine Bankomatkarte aus der Tasche und schob sie in den Schlitz. Mein Blick und meine Körpersprache sprachen Bände – ich war völlig niedergeschlagen.

Die Blondine schien das zu bemerken. Als ich mich zum Gehen wandte, tippte sie mir sanft auf die Schulter. „Tut mir leid, dass ich so reagiert habe. Da gibt's wirklich nichts, wofür du dich schämen musst. Viel Spaß noch heute", sagte sie und zwinkerte mir zum Abschied zu.

Plötzlich war alles wie weggeblasen. Der Scham, der eben noch schwer auf mir gelastet hatte, verflog so schnell wie er gekommen war. Ich spürte, wie die Last von mir abfiel. Erleichtert bedankte ich mich bei ihr und verließ den Laden. Meine Einkäufe hatte ich in einer Plastiktüte, die mir die Blondine beim Verlassen des Geschäfts noch mitgegeben hatte. Endlich konnte ich meinen Einkauf hinter mir lassen und dieses Kapitel abschließen.

Als ich die Tür des Supermarkts hinter mir schloss und die frische Luft spürte, bemerkte ich, dass sich etwas in mir verändert hatte. Es war, als hätte ich Jahre in diesem Supermarkt verbracht. Vielleicht hatte mich dieser Einkauf tatsächlich irgendwie geprägt. Das ständige Warten und die Peinlichkeiten schienen mich in dem Moment zu einem selbstbewussteren Mann gemacht zu haben.

Ich ging zu meinem alten Opel Astra, der mich all die Jahre begleitet hatte. Als ich mich auf den Fahrersitz setzte, atmete ich tief durch. Jetzt musste ich mich konzentrieren, denn der Abend stand noch bevor, und es würde ein wichtiger werden. Dieser Einkauf war vielleicht meine ganz persönliche Herkulesaufgabe gewesen, aber es war notwendig, ihn abzuschließen. Ich legte die Plastiktüte mit den Kondomen auf den Beifahrersitz.

Ich steckte mein entladenes Handy in meine Powerbank und wartete einige Minuten ruhig im Auto. Der Motor lief, und das Radio spielte leise im Hintergrund. Wie damals bei der Silvesterparty beobachtete ich die Blondine aus der Ferne, während sie nun an der Kasse stand. Sie machte ihren Job deutlich besser als die vorherige Kassiererin, das war unübersehbar. Was anfangs eine peinliche und unangenehme Begegnung war, fühlte sich nun, da ich sicher und ruhig im Auto saß, fast schon kraftvoll an.

„Heute wird mein Abend", dachte ich mir, während ein Gefühl von Entschlossenheit in mir aufstieg. Ich schaltete das Handy wieder ein – es hatte gerade noch drei Prozent. Aus der Mittelkonsole griff ich nach einer Visitenkarte, die ich schon eine Weile bei mir hatte, und tippte die Nummer ein. Dann wartete ich, während der Anruf klingelte.

„Ja?", ertönte eine männliche Stimme am anderen Ende der Leitung.

Ich war überrascht, da ich eigentlich eine Frau erwartet hatte.

„Entschuldigung, diese Nummer hat mir Stacy gegeben. Ist sie gerade da?", fragte ich den Mann.

„Ach so, Moment."

Ich hörte, wie er laut nach Stacy rief. Einige Sekunden später meldete er sich wieder.

„Ja, Kumpel, Stacy arbeitet heute. Sie hat zwar noch einen Kunden bis 19 Uhr, aber der ist meistens ziemlich schnell fertig. Also, ab 19 Uhr hat sie Zeit für dich", erklärte er mir freundlich.

„Alles klar, danke dir. Dann bis später", antwortete ich und legte auf.

Mit einem letzten Blick auf die Blondine, deren Abschiedsworte mir noch immer im Kopf waren, fühlte ich mich plötzlich entschlossener. Sie hatte mir „Viel Spaß" gewünscht, und genau das hatte ich heute im Sinn. Ich schaltete den Gang ein, drückte das Gaspedal durch und fuhr los.

Das Kinder Kapitel

Herzlichen Glückwunsch, lieber Leser, liebe Leserin, Sie haben es bis zum Kinderkapitel geschafft! Ich nehme an, dass Sie noch ein wenig außer Atem und geistig verwirrt sind vom vorherigen Kapitel – das ist vollkommen in Ordnung. Nehmen Sie sich die Zeit, die Sie brauchen, um wieder zur Ruhe zu kommen. Entspannen Sie sich am Pool (sofern Sie das Glück haben, eine überdimensional große Badewanne im Garten zu haben), masturbieren Sie ein bisschen und machen Sie es sich gemütlich. Sie haben jetzt ausreichend Zeit, um sich zu erholen und das zu tun, was Ihnen gefällt, bevor Sie mit dem nächsten Kapitel fortfahren.

Wenn es Ihnen gefällt, stellen Sie die Mikrowelle auf drei Stunden und beobachten Sie einfach, was passiert. Oder Sie machen einen Spaziergang im Stadtpark und zeigen jedem Ihre seltsame Warze am Rücken. Hauptsache, es entspannt Sie und hilft, sich vom vorherigen Kapitel zu erholen.

Ich muss Sie allerdings warnen: Das nächste Kapitel ist leider nicht *für* Kinder, sondern *über* Kinder. Also nehmen Sie sich ruhig noch etwas Zeit, denn dieses Kapitel wird wie ein Kleinkind sein – laut, gierig nach Aufmerksamkeit und ständig mit irgendwelchen Fäkalien beschmiert.

Es heißt immer, ein Kinderlachen könne selbst das härteste Herz eines Muskelprotzes zum Schmelzen bringen. Doch ich möchte mich mehr mit diesen seltsamen Wesen beschäftigen – Wesen, die uns in so vielen Aspekten ähneln, aber dennoch in vielen anderen so anders sind. Die Wissenschaft hat in den letzten Jahren große Fortschritte gemacht, um zu verstehen, was Kinder wirklich ausmacht. Doch trotz all dieser Fortschritte bleiben viele Fragen offen. Wie verdienen Kinder ihren Lebensunterhalt? Warum gibt es keine Kinder im Profisport? Und was genau ist eigentlich der Unterschied zwischen einem Kleinwüchsigen und einem Kind?

Viele Fragen konnten bereits beantwortet werden, und in diesem Kapitel möchte ich euch einen regelrechten Crashkurs über Kinder bieten. Ich werde nicht nur die Geschichte und Herkunft der Kinder beleuchten, sondern auch aufzeigen, wofür sie heutzutage eigentlich nützlich sind. Ein kleiner Abschnitt wird sich auch dem faszinierendsten Aspekt der Kinder widmen: dem sogenannten „Spielen". Kurz gesagt, ist das ein Zustand, in dem ein Kind – ohne jegliche Drogen oder andere Substanzen – in der Lage ist, sich Dinge vorzustellen, und das alles mithilfe seiner „Fantasie".

Da mir die Recherchen zu diesem Kapitel so viel Spaß gemacht haben, beschloss ich, einen Selbstversuch zu starten. So verbrachte ich 30 Tage in einem Kindergarten, um den Alltag der Kinder zu erforschen und zu beobachten. Ich konnte den Umgang untereinander hautnah erleben und sogar einige Fragen an die Kinder stellen. Eigentlich hatten wir auch vor, das Ganze zu filmen, aber leider wurde das Videomaterial durch einen tragischen Ein-Glass-Milchfällt-um-und-mein-Laptop-wird-dadurch-kaputt Vorfall zerstört.

Am Ende dieses Kapitels gibt es noch ein abschließendes Fazit: Können wir von Kindern etwas lernen? Und wenn ja, was? Sind sie nur eine primitive Lebensform, die mit uns Erwachsenen durch dick und dünn geht, oder haben Kinder vielleicht den ultimativen Lifehack entdeckt? Um hier schon ein wenig zu spoilern: Ja, es gibt definitiv etwas, das wir Erwachsenen uns von Kindern abschauen sollten.

Was sind Kinder?

Was sind Kinder eigentlich? Sie sehen uns ähnlich, zeigen vergleichbare Verhaltensmuster und denken in vielerlei Hinsicht wie wir. Doch trotz dieser Ähnlichkeiten gibt es fundamentale Unterschiede, die nicht zu übersehen sind. Setzt man einen Erwachsenen und ein Kind nebeneinander und vergleicht sie, fallen sofort zahlreiche Gegensätze auf. Der erste, der ins Auge sticht, ist der Größenunterschied. Erwachsene haben im Durchschnitt eine Körpergröße von etwa 1,80 m, während Kinder deutlich kleiner sind – ihre durchschnittliche Körpergröße liegt zwischen 1,20 m und 1,40 m. Dieser Größenunterschied macht den Alltag der Kinder oft schwieriger. Aufgrund ihrer geringeren Größe haben Kinder oft Schwierigkeiten, an die Süßigkeitenlade zuhause zu kommen oder sie können nicht bei bestimmten Achterbahnen mitfahren, die eine Mindestgröße erfordern. Dafür macht ihre kleinere Statur sie flink und wendig, besonders da sie nicht über dieselben Muskeln wie Erwachsene verfügen. Eine Studie hat tatsächlich gezeigt, dass zehn von zehn Kindern weniger Muskulatur besitzen als Erwachsene.

Um diese Studie zu untermauern, wurde an der University of Westchester City ein Armdrück-Turnier zwischen Erwachsenen und Kindern veranstaltet. Die Erwachsenen waren Männer im Alter von 20 bis 40 Jahren aus verschiedenen Berufsgruppen – von kräftigen Bauarbeitern bis hin zu normalen Büroangestellten war alles vertreten. Die Kinder, bei denen es sich ausschließlich um Jungen im Alter von 5 bis 10 Jahren handelte, wurden von Anfang an nicht allzu viele Chancen eingeräumt, das Turnier zu gewinnen. Dennoch gab es einige Zuschauer, die glaubten, ein 10-jähriger Junge könnte vielleicht für eine Überraschung sorgen. Das Ergebnis nach dem Turnier war jedoch eindeutig: In den 35 Duellen zwischen einem Erwachsenen und einem Kind gingen alle 35 Kämpfe an die

Erwachsenen. Daraus lässt sich eindeutig schließen, dass Kinder weniger Muskulatur haben als ausgewachsene Menschen.

Obwohl der Mangel an Muskeln den Kindern in manchen Situationen Probleme bereitet, bringt er auch einige Vorteile mit sich. Ohne die schwere Muskulatur sind sie, wie bereits erwähnt, schnell und wendig. Mit ihren schmalen, zarten Händen können sie an Dinge gelangen, die für Erwachsene unerreichbar sind. Zudem sind Kinderfinger viel kleiner, was es ihnen ermöglicht, mit der richtigen Anleitung feiner und präziser zu arbeiten. Ihre geringe Körpergröße verschafft ihnen außerdem Vorteile beim Hineinklettern und Verstecken. Diese Eigenschaften machen sie in vielen Bereichen zu einer äußerst wertvollen Arbeitskraft.

Besonders in der Diebstahlbranche spielen Kinder auf höchstem Niveau. In vielen Fällen erzielen sie dort höhere Einnahmen als Erwachsene. In touristischen Gebieten können sie sich in den Menschenmengen nahezu unsichtbar machen und mit der Beute im Handumdrehen verschwinden. Und ganz ehrlich: Je kleiner das Kind, desto effizienter ist es in dieser „Karriere". Weltweit sind Kinder in dieser Branche sehr gefragt und dominieren den Markt für kleine, leicht zu stehlende Wertgegenstände. Besonders in Südostasien und Indien finden sich die wahren Meister ihres Fachs. Dort, in den überfüllten Metropolen, haben sie leichtes Spiel – ein wahres Paradies für den Nachwuchs im Diebstahlgewerbe. Einmal eine Kette in der Hand, können sie schneller untertauchen als Osama Bin Laden nach 9/11.

Für die Recherche dieses Buches reiste ich eigens nach Indien, um mir das Ganze persönlich anzusehen. Im dreckigsten Land des Planeten, finden wir die weltweit meisten Kinderdiebe. Es ist dort ein Alltag, dass Kinder versuchen, sich durch Diebstahl etwas zu verdienen. Allein im letzten Jahr erzielte die Diebstahlbranche, die von Kinderdieben dominiert wird, einen Umsatz von 125 Millionen

Euro. Diese 125 Millionen Euro verteilten sich auf 1,3 Millionen gestohlene Gegenstände – was einem durchschnittlichen Wert von etwa 96 Euro pro Objekt entspricht. Ein Rekordwert, der in dieser Form noch nie erreicht wurde. Die indische Regierung vermutet sogar, dass die tatsächlichen Zahlen weit über dieser Schätzung liegen, da die Dunkelziffer für den Gesamtumsatz vermutlich noch deutlich höher ist.

Ich hatte die Gelegenheit, mich mit Aman Jagatap zu treffen, der ein Diebstahlunternehmen in Neu Delhi leitet. Seine kleine Firma beschäftigt insgesamt 22 Mitarbeiter, von denen 15 Kinder sind – also mehr als die Hälfte. Aman hebt hervor, dass die Vorteile der Kinder in seinem Geschäft deutlich überwiegen. Im Jahr 2012 stellte er sein erstes Kind ein und merkte schnell, welche außergewöhnliche Arbeit sie leisten können. Natürlich benötigen Kinder fast dreimal so viel Einschulung wie erwachsene Diebe, doch die „Erwischt-werden-Rate" ist deutlich niedriger. In Amans Firma wird bei den Kindern im Durchschnitt nur jeder 112. Einsatz von der Polizei erwischt – bei Erwachsenen ist es jeder 23. Und Kinder kosten Aman auch deutlich weniger. In Indien muss man sie als erwerbstätige Diebe nicht anmelden, wodurch er weniger Steuern zahlen muss. Aman erzählte mir, dass er mit Kindern oft das Drei- bis Vierfache erwirtschaftet, was er mit Erwachsenen erzielt. Gleichzeitig können seine älteren Angestellten sich auf größere Projekte konzentrieren. Die Kinder sind zwar wahre Meister darin, kleinere Gegenstände zu „beschaffen", aber bei größeren Diebstählen stoßen sie schnell an ihre Grenzen. Besonders bei Überfällen mit Waffen oder Einbrüchen sind sie eher wenig hilfreich. Bei solchen Einsätzen ist es von großem Vorteil, eine bedrohliche Präsenz zu haben – und leider sind Kinder aufgrund ihrer geringen Größe oft nicht in der Lage, diesen Eindruck zu vermitteln. Aber das ist kein Problem für Aman, denn er hat genug Erwachsene in seinem Team. Die Kinder können sich also weiterhin auf die kleineren Diebstähle konzentrieren. Aman plant, auch in den kommenden Jahren vermehrt auf Kinder zu setzen – und er ist nicht der Einzige. Die indische Regierung verfolgt ehrgeizige Pläne: Bis 2030 soll die Zahl der Kinder, die in der Diebstahlbranche arbeiten, um ein Drittel steigen. Dieses gewagte Ziel soll erreicht werden, indem Unternehmen, die mehr als fünf Kinderarbeiter beschäftigen, staatlich gefördert werden. Zusätzlich wird es Kindern erleichtert, einen Nebenjob anzufangen, beispielsweise als Bettelkind – ganz ohne bürokratische Hürden. So könnten Kinder mühelos das Betteln mit ihrer Tätigkeit als Diebe kombinieren. Alleine durch diese Maßnahmen erwartet die indische Regierung, mehr als 20 Millionen neue Kinderdiebe bis 2030 zu gewinnen. Ein klarer Trend, der in eine ziemlich interessante Richtung deutet.

Auch in der Textilbranche sind Kinderarbeit heutzutage nicht mehr wegzudenken. Besonders in Südostasien erlebt die Kinderarbeit einen Boom. Allein in Bangladesch, einem der größten Zentren für Kinderarbeit, arbeiten über vier Millionen Kinder in der Textilproduktion. Ihre kleinen Finger ermöglichen es ihnen, viel präziser an den Nähmaschinen zu arbeiten als Erwachsene. In sogenannten „Sweatshops" – Fabriken oder Werkstätten, in denen die Arbeitsbedingungen extrem schlecht sind – ist Kinderarbeit weit verbreitet. Diese Sweatshops beherbergen oft Tausende von Arbeiterinnen und Arbeitern, die für einen zwölfstündigen Arbeitstag lediglich ein paar Euro verdienen. Kinder hingegen erhalten noch weniger.

Ein weiterer Vorteil der Kinderarbeit ist, dass Kinder minderjährig sind. Das bedeutet, sie haben vor Gericht im Prinzip keinen Wert. Sie können niemanden verklagen, sie haben keine Gewerkschaft und lassen sich viel leichter unterdrücken. All diese Faktoren sind natürlich ein Traum für große Unternehmen. Marken wie Nike, Adidas oder das fragwürdige Puma haben ihre Geschäftsmodelle längst auf Kinderarbeit aufgebaut. Durch die extrem niedrigen

Löhne, die deutlich unter dem Mindestlohn liegen, können diese Firmen ihre Produkte unglaublich günstig herstellen – und so können wir uns als wohlhabende westliche Verbraucher T-Shirts für 15 Euro in fast jedem Geschäft leisten.

Trotzdem steht die Kinderarbeit immer wieder in der Kritik. Aber warum eigentlich? Ganz einfach: Es ist schlichtweg ein Fakt, dass sich eine Beauty-Influencerin keine dreißig Amazon-Klamotten zu einem niedrigen Preis bestellen kann, ohne dass irgendwo auf der Welt Kinderarbeit im Spiel ist. Wenn Kinder nicht arbeiten würden, wären die Klamotten in Europa und Amerika ein Vielfaches teurer. Doch anstatt das zu würdigen, üben ausgerechnet die westlichen Länder die größte Kritik an den Sweatshops in Asien. „Es geht um Menschlichkeit", betonen immer wieder Vereine und Verbände. Der Hauptkritikpunkt ist, dass es unmenschlich sei, Kinder unter solchen Bedingungen arbeiten zu lassen. Es würde ihre Gesundheit gefährden. Derzeit laufen sogar mehrere Studien, um das zu überprüfen. Die einen behaupten, dass die Lebenserwartung von Kindern drastisch sinkt, wenn sie täglich zwölf Stunden mit teils giftigen Chemikalien arbeiten, ohne Sicherheitskleidung zu tragen. Andere wiederum argumentieren, dass Kinder ohnehin nur eine Lebenserwartung von 10 bis 12 Jahren haben. Was danach mit ihnen passiert, bleibt ein ungelöstes Rätsel der Wissenschaft – vielleicht eines der großen Mysterien der Menschheitsgeschichte. Doch zu diesem Thema kommen wir noch.

Was an Kindern besonders auffällt, ist ihre oft deutlich geringere Intelligenz im Vergleich zu Erwachsenen. Sie können weder richtig lesen noch schreiben – und selbst die wenigen, die es gelernt haben, tun sich damit oft schwer. Im Vergleich zu Erwachsenen hinken Kinder in vielerlei Hinsicht hinterher. Manchmal so sehr, dass man glauben könnte, sie seien geistig zurückgeblieben. Kein Wunder also, dass 1996 Forscher der Universität South Sucking eine Studie durchführten, um herauszufinden, ob Kinder tatsächlich geistig behindert sind. Getestet wurden Reflexe durch Computerspiele wie *Call of Duty* oder *Resident Evil*, Allgemeinwissen mittels eines Standardtests sowie körperliche und kognitive Fähigkeiten, wie zum Beispiel Lesen, Schreiben und das allseits bekannte Seilspringen. Das Ergebnis war wenig überraschend: Die Kinder schnitten in allen Bereichen unterdurchschnittlich ab. Beim Reflex-Test weinten einige, weil ihnen in *Call of Duty* der Kopf weggeschossen wurde. Beim Standardtest wussten viele nicht einmal, was eine binomische Formel ist, und das Lesen und Schreiben war ohnehin schon eine Herausforderung. Obwohl dies kaum verwunderlich war, schnitten sie in den meisten Fällen besser ab als geistig behinderte Erwachsene. Besonders im Seilspringen schnitten die Kinder deutlich besser ab als die Erwachsenen − was aber auch daran liegen könnte, dass die Hälfte der Erwachsenen im Rollstuhl saß. Die Universität kam schließlich zu dem Schluss, dass Kinder nicht geistig behindert sind, sondern dass es sich offenbar um etwas anderes handeln muss. Daraufhin wurde ein medizinischer Test durchgeführt, um zu überprüfen, ob die Kinder auch körperlich nicht beeinträchtigt sind. Bei den MRT-Untersuchungen stießen die Forscher auf etwas, das sie durchaus verwunderte. Die Forscher stellten fest, dass die Gehirne der Kinder deutlich kleiner waren als die der Erwachsenen. Das war ein bedeutender Durchbruch in der Geschichte der Kinderforschung. Bis zu diesem Zeitpunkt wusste man schon viel über die Anatomie von Kindern. Es war allgemein bekannt, dass bei Kindern alles kleiner war als bei Erwachsenen. Aber bis zu diesem MRT-Ergebnis ging man davon aus, dass das Innere eines Kindes die gleichen Größen wie bei einem Erwachsenen hatte. Dass das Gehirn jedoch so viel kleiner war, brachte eine Welle neuer Erkenntnisse mit sich. War das der Schlüssel zum Geheimnis der geringeren Intelligenz von Kindern? Denn wie wir mittlerweile wissen, ist das Gehirn dafür verantwortlich, was wir denken, wie wir uns fühlen und im Allgemeinen, wie wir uns verhalten. Und genau über dieses spezielle Verhalten der Kinder möchte ich im nächsten Abschnitt sprechen.

Wie verhalten sich Kinder?

Im Gegensatz zur Anatomie und dem äußeren Erscheinungsbild eines Kindes, bei dem es durchaus Ähnlichkeiten mit einem Erwachsenen gibt, unterscheidet sich ihr Verhalten stark von dem der älteren Generationen. Erwachsene sind in der Regel ruhig und kommunizieren miteinander mit einem grundlegenden gegenseitigen Respekt. Man sorgt dafür, dass es den Mitmenschen gut geht und passt sein Verhalten entsprechend an. So unterhält man sich in einer Bibliothek meist flüsternd, um anderen Besuchern das ungestörte Lesen, Lernen oder Arbeiten zu ermöglichen. Schimpfwörter kommen nur in Ausnahmefällen vor, etwa beim Fußballschauen. Es scheint fast so, als hätten erwachsene Menschen eine gewisse soziale Reife erlangt, die es uns erst ermöglicht, eine Gesellschaft wie die unsere aufzubauen. Ohne diese Reife wäre unser Alltag kaum vorstellbar. Doch wie sieht es eigentlich bei Kindern aus?

Bei genauerer Beobachtung fällt auf, dass vielen Kindern eine ausgeprägte soziale Reife oft noch fehlt. In wenigen Ausnahmefällen lässt sich jedoch ein zartes Aufblitzen von sozialer Kompetenz erkennen – etwa, wenn sie ihre Spielsachen teilen oder einander zu Geburtstagspartys einladen. Doch wie genau verhalten sich Kinder eigentlich? Was trinken und essen sie gern? Und was steckt hinter diesem Phänomen des „Spielens"?

Kinder unterscheiden sich definitiv in ihrem Wesen von Erwachsenen. Wie bereits erwähnt, fehlt es ihnen oft an der sozialen Reife, die Erwachsene im Allgemeinen besitzen. Das merkt man schnell an ihrer teils anstrengenden Art. Ich spreche hier nicht davon, dass alle Kinder grundsätzlich nervig oder störend sind, aber viele können es eben doch sein. Statistisch betrachtet geben acht von zehn Deutschen an, dass sie Kinder manchmal als anstrengend empfinden. Die Gründe dafür sind vielfältig: Kinder zahlen keine Steuern, sie haben ständig Wünsche, aber geben wenig zurück und sind vor allem – und das lässt sich nicht leugnen – laut. Ihre Gesprächslautstärke liegt im Durchschnitt ganze 23 Dezibel über der eines Erwachsenen. (außer du hast wieder Krach mit deiner Alten, weil du ihr zum dritten Mal in der Woche besoffen in die Waschmaschine rein geschissen hast. Aber das ist ein anderes Thema) Es ist oft wirklich schwierig, ein normales Gespräch mit einem Kind zu führen. Ich habe selbst versucht, ein Gespräch über die polnische Außenpolitik und das Aufblühen der polnischen Wirtschaft zu führen – völlig vergeblich. Ein weiteres, oft anstrengendes Merkmal von Kindern ist ihre Streitsucht. Sie sind extrem fordernd: Einmal möchten sie Süßigkeiten, dann wieder Fernsehen und im nächsten Moment etwas völlig anderes. Das kann sich stundenlang hinziehen. Natürlich kann man einem Kind nicht alles geben, was es verlangt, und dann beginnt der endlose Streit. Kinder haben eine erstaunlich hohe Ausdauer, wenn es ums Streiten geht, und sie sind darin wahre Meister. Sie werden laut, schreien einem ins Gesicht und, wenn sie merken, dass sie den Streit verlieren, fangen sie meistens an zu weinen. Wer glaubt, mit einem Kind eine sachliche Diskussion zu führen, bei der gut durchdachte Argumente zählen, der sollte seine Erwartungen schnell überdenken.

Auch untereinander geht es bei Kindern oft ziemlich wild zu. Sie können sehr wechselhaft sein. Im einen Moment scheinen zwei Kinder unzertrennliche beste Freunde zu sein, und im nächsten streiten sie sich schon wieder – meist über die absurdesten Dinge.

Die Universität Neukölln führte eine Umfrage zu den häufigsten Streitthemen in der Gesellschaft durch, sowohl bei Erwachsenen als auch bei Kindern. Bei den Erwachsenen gab es erwartbare Ergebnisse: Die meisten Konflikte drehen sich um die steigenden Lebenshaltungskosten, die Corona-Pandemie oder – ganz typisch – die Frage, wie viele Affären in einer gesunden Beziehung okay sind (natürlich mehr als vier). Bei den Kindern fielen die Antworten auf die Streitthemen überraschend und teils fragwürdig aus. Die Hauptkonflikte drehten sich um Fragen wie: Was ist die beste Süßigkeit? Warum gibt es Hausaufgaben? Und warum darf man nicht ständig fernsehen? Themen, die für Erwachsene vielleicht eher nebensächlich erscheinen, aber für Kinder von großer Bedeutung sind. Es ist jedoch beunruhigend, dass grundlegende Themen wie Beziehungsprobleme oder die hohen Lebenshaltungskosten völlig fehlten. Es scheint fast so, als ob Kinder sich nicht einmal dafür interessieren, wie viel man für die Miete oder den Sprit bezahlt. Besonders die Hausaufgaben stellen für Kinder ein echtes Hassobjekt dar. Neun von zehn Kindern gaben an, dass sie Hausaufgaben am liebsten abschaffen würden, wenn sie die Möglichkeit hätten. Diese Aussage liefert ein drastisches Bild. Aber was genau ist es an den Hausaufgaben, das sie so schlimm macht?

Wenn Kinder drohen, einen Streit zu verlieren, reagieren sie immer auf ähnliche Weise: Sie fangen an zu weinen. Doch nicht nur bei Streitigkeiten – Kinder weinen allgemein viel schneller und leichter als Erwachsene. Der Unterschied wird besonders deutlich, wenn man das Verhalten bei leichten Verletzungen vergleicht. Erwachsene neigen dazu, nach einem kleinen Missgeschick einfach ein Bier (oder auch ein paar mehr) zu trinken und dann ist alles wieder gut. In der Regel ärgert man sich vielleicht kurz über die blöde Verletzung, aber das war's dann auch. Kinder hingegen reagieren auf die kleinsten Schürfwunden oft mit dramatischen Weinkrämpfen. Fast schon theatralisch flehen sie um die Hilfe eines Erwachsenen. Doch sobald sie merken, dass keine sofortige Hilfe kommt, beruhigen sie sich meist sehr schnell und erkennen, dass die Verletzung gar nicht so schlimm war, wie sie ursprünglich dachten. Wissenschaftler vermuten, dass dieses Verhalten eine Art Schutzreaktion ist. In der Natur wären verletzte, schwächliche Kinder ohne Hilfe einer erwachsenen Bezugsperson dem Tode geweiht. Durch ihre weinerliche Reaktion könnten sie die Aufmerksamkeit eines Erwachsenen auf sich ziehen, der ihnen dann beisteht und sie vor möglichen Gefahren schützt. Diese Instinktreaktion hat sich im Laufe der Evolution möglicherweise als Überlebensstrategie etabliert.

Doch es soll nicht nur die weinerliche Seite der Kinder betrachtet werden – sie können auch unglaublich laut lachen. Ihr kleines Gehirn lässt oft nicht richtig erkennen, wie laut ihr Lachen eigentlich ist, ohne dass es für andere unangenehm wird. Häufig brechen Kinder in regelrechte „Lachflashs" aus, bei denen sie ihr Lachen nicht mehr zügeln können. In diesen Momenten fliegen kleine Spuckebällchen durch die Luft und Rotz spritzt aus der Nase. Zwar kann das in manchen Situationen ziemlich unangenehm sein, aber im Grunde genommen ist es doch eine schöne Sache, ein Kind so unbeschwert Lachen zu sehen. Der Humor, der die Kinder zum Lachen bringt, unterscheidet sich jedoch deutlich von dem der Erwachsenen. Erwachsene lachen oft über Themen wie politische Fehlentscheidungen, die das Land zu Grunde ficken, oder über Formate wie *Jackass*, die oft an der Grenze des guten Geschmacks spielen – nicht zu vergessen Shows wie *Family Guy* oder Witze, die rassistische oder diskriminierende Tendenzen aufweisen. Wir haben Kindern die Wahlergebnisse der US-Wahl 2024 gezeigt, ein Thema, das in Deutschland allgemein als sehr amüsant gilt, weil die USA jetzt einen Straftäter als Präsidenten haben. Doch kein Kind fand es lustig. Stattdessen wollten sie lieber *Mr. Beast* Videos sehen.

Die Beobachtungen zeigen, dass Kinder einen sehr einfachen Humor haben. Ein falsch ausgesprochenes Wort oder das Einwerfen von Schimpfwörtern genügt oft, um sie so sehr zum Lachen zu bringen, dass sie Tränen in den Augen haben. Ihr Humor ist direkt und unkompliziert, im Gegensatz zu dem komplexeren Humor, den viele Erwachsene bevorzugen. Auch der Geschmackssinn von Kindern unterscheidet sich deutlich von dem der Erwachsenen. Kinder denken nicht an eine gesunde Ernährung und es interessiert sie nicht, wie viele Kalorien in einem Fertiggericht oder einer Pizza stecken. Am liebsten würden sie solche ungesunden Speisen jeden Tag essen. Influencer haben das längst erkannt und nutzen es aus. Es ist längst bekannt, dass das Gehirn von Kindern besonders leicht manipulierbar ist. Aus diesem Grund folgen sie Influencern, selbst wenn diese keine besonders guten Inhalte liefern, wie etwa Logan Paul, dessen Content oft als fragwürdig bezeichnet wird. Diese Influencer lancieren dann ihre eigenen Marken, um mit der Ernährung der Kinder kräftig Geld zu verdienen. So gibt es beispielsweise den weltweit bekannten Eistee *Prime* von Logan Paul und KSI (steht für kognitiver Spast in Idaho) oder die ranzige Schokolade von *Mr. Beast*, die gezielt auf den Geschmack und das Kaufverhalten von Kindern abzielen. Auch in deutschsprachigen Raum gibt es „DirtyTee" von Shirin David oder „Gönergy" von Montana Black. Produkte die sich nicht durchsetzen konnten sind zum Beispiel das „Commander Koks ",wobei es sich hier um ein weißes Brausepulver von Commander Krieger handelt oder aber auch P Diddys Babyöl. In diesen meist sehr zuckerhaltigen Getränken werden Geschmacksverstärker hinzugefügt, sodass Kinder regelrecht abhängig davon werden. Das ist mittlerweile so schlimm geworden, das es Anti Gönergy Präventivgruppen gibt zu denen Kinder gehen können. Dort kann man mit anderen Gönergy süchtigen Kinder über seine Sucht reden.

Trotz dieser Zuckerschlachten gibt es vergleichsweise wenig übergewichtige Kinder, da sie in der Regel deutlich weniger essen als
Erwachsene. Dennoch liegt es in der Verantwortung der Erwachsenen, den Kindern auch ab und zu gesunde Ernährung aufzuzwin-
gen. Doch ob wirklich alle Erwachsenen dieser Verantwortung ge-
recht werden, ist eine andere Frage.

Das Faszinierendste bleibt jedoch das sogenannte „Spielen". Wissenschaftler weltweit rätseln seit Jahren über dieses Phänomen, und
es gehört zu den größten Mysterien im Verhalten von Kindern.
Beim „Spielen" handelt es sich um einen Zustand, in den Kinder
oft fallen. In diesem Zustand scheinen sie regelrecht in eine Art
Trance zu geraten. Es wirkt fast so, als hätten sie Drogen konsumiert. Kinder können sich in diesem Zustand Dinge vorstellen, sind
überdreht und wirken manchmal wie in einer anderen Welt. Man
merkt ihnen förmlich an, wie sie vor Glück und Energie sprühen.
Oft bitten Kinder sogar förmlich Erwachsene, mit ihnen spielen zu
dürfen. Wissenschaftler haben dabei einen signifikanten Anstieg des
Dopaminspiegels festgestellt. Dopamin ist ein Neurotransmitter, der
im Gehirn als eine Art „Glückshormon" wirkt und im Grunde wie
eine Droge wirkt, die der Körper selbst produziert. Es scheint, als
sei das Spielen für Kinder eine Art natürliche Droge, die intensive
Glücksgefühle hervorruft. Spielen bringt den Kindern Freude, Lust
und ist für sie ein zutiefst belohnendes Erlebnis. Während Erwachsene Dopamin meist dann produzieren, wenn sie beispielsweise jemanden in eine unangenehme Situation sehen (wie etwa einen Tritt
in die Eier), erzeugen Kinder beim Spielen weitaus intensivere Do-
paminreaktionen. Tatsächlich produzieren sie während des Spiels bis
zu zwölfmal mehr Dopamin als ein durchschnittlicher Erwachsener.
Forscher haben zudem festgestellt, dass das Spielen für Kinder eine
wichtige soziale Interaktion darstellt. Oft spielen sie gemeinsam mit
anderen Kindern. Manche fahren sogar extra zu ihren „Besties" –

einem engen Freund oder einer engen Freundin des gleichen Geschlechts, mit dem oder der sie fast alles im Leben teilen. Es handelt sich hier jedoch nicht um eine romantische Beziehung, sondern um eine sehr enge Freundschaft.

Es kann jedoch auch vorkommen, dass Kinder alleine spielen, besonders in ländlicheren oder weniger dicht besiedelten Gegenden, wo die Entfernungen zu Spielkameraden größer sind. Aber wie genau funktioniert das Spielen bei Kindern? Was passiert in ihrem Kopf, wenn sie sich in diesem Zustand befinden?

Wie bei Drogen gibt es auch beim Spielen eine Vielzahl von Spielarten. Männliche und weibliche Kinder unterscheiden sich häufig in ihren Lieblingsspielen. Eine der bekanntesten Spielarten für Jungen ist das sogenannte Fußballspielen. Es wird in der Regel mit mehreren Kindern gespielt und ist eine sehr beliebte Aktivität. Beim Fußball werden die Kinder in zwei Gruppen aufgeteilt, und es wird ein Ball benötigt – ein rundes, luftgefülltes Lederobjekt. Zwei Tore sind ebenfalls notwendig, die in der Regel einfach aus zwei Bäumen bestehen, die etwa 2 bis 4 Meter voneinander entfernt im Garten stehen. Jede Gruppe erhält eines dieser Tore. Das Ziel des Spiels ist es, den Ball mit dem Fuß durch das gegnerische Tor zu schießen. Schafft man das, hat man ein Tor erzielt und führt. Gewonnen hat der, der das letzte Tor erzielt, unabhängig davon, wie das Spiel vorher stand. Aufmerksame Leser und Leserinnen haben sicher festgestellt, dass dieses Fußballspielen fast so wirkt wie das Fußball spielen der Erwachsenen. Während das Fußball spielen bei Erwachsenen oft Aggressionen und eine tief verwurzelte Wettsucht hervorruft, sorgt es bei Kindern für Freude und Spaß. Das Spiel bringt sie auch ins Schwitzen, weshalb es unter die Kategorie „Sport" fällt. Sport ist eine Spielart, bei der körperliche Anstrengung im Vordergrund steht. Viele Jungen sind regelrecht süchtig nach dieser Form des Spiels.

Bei den Mädchen hingegen ist das Spielverhalten deutlich vielseitiger. Laut Statistik ist eine der beliebtesten Spielarten das sogenannte Puppenspielen. Dieses Spiel wird meist allein gespielt, kann jedoch auch mit mehreren Personen ausgeführt werden. Dabei benötigt das Mädchen oder die spielende Person (wir möchten niemanden ausschließen) eine Puppe. Eine Puppe ist eine aus Kunststoff gefertigte Figur, die wie ein Mensch aussieht. Diese Puppen gibt es in unzähligen Varianten – einige sehen aus wie Babys, andere wie bekannte Filmfiguren oder haben unterschiedliche ethnische Merkmale, wie etwa asiatische Gesichtszüge. Die Aufgabe beim Puppenspiel ist es, mit der Puppe allerlei Dinge zu unternehmen. Viele Mädchen schminken ihre Puppen oder fahren mit ihnen Fahrrad. Manchmal erzählen sie der Puppe auch einfach ihre größten Ängste und Gefühle.

Durch diese Interaktionen entsteht für das Kind eine besonders starke, fast schon zwischenmenschliche Bindung. Diese emotionale Verbindung führt dazu, dass der Körper des Kindes Dopamin produziert, was Glücksgefühle hervorruft. Neuere Puppen auf dem Markt haben mittlerweile sogar eine Sprechfunktion, die diese Bindung weiter verstärken. Sie sagen Sätze wie „Ich liebe dich" oder „Die Kirche ist ein schöner Ort, du solltest dort öfter hin". Für viele Mädchen sind ihre Puppen von enormer Bedeutung, da sie oft den Großteil des Tages mit ihnen verbringen.

Es gibt noch unzählige weitere Arten des Spielens, und täglich entdecken Wissenschaftler neue. Besonders faszinierend beim Spielen ist die Art und Weise, wie realistisch sich Kinder Dinge vorstellen können. Beim Spiel „Cowboy und Indianer" etwa stellen sich die Kinder vor, dass eine Gruppe Cowboys und die andere Indianer sind. Die Cowboys müssen nun versuchen, die Indianer zu fangen oder sie mit Kunststoffwaffen zu erschießen. Die Indianer sind ebenfalls bewaffnet. Das Besondere an diesem Spiel ist, dass die

Kinder so sehr in ihren Rollen und die Handlung eintauchen, dass es sich für sie anfühlt, als wären sie tatsächlich im Wilden Westen. Die Kugeln der Waffen existieren nur in ihrer Vorstellung, und trotzdem bleiben die Kinder liegen, sobald sie hören, dass sie getroffen wurden. Der Puls der Kinder steigt bei diesem Spiel oft höher als der eines ehemaligen Kriegsveteranen, wenn er ein Flashback an den Vietnamkrieg hat. Das zeigt, wie stark das Spiel und die damit verbundene Vorstellungskraft die körperliche Reaktion der Kinder beeinflussen können.

Trotz all dieser intensiven Einbildungen ist das Spielen für Kinder keineswegs gefährlich für ihren Körper. Im Gegenteil, es hat positive Auswirkungen auf ihre Entwicklung. Es hilft den Kindern nicht nur, soziale Beziehungen zu anderen aufzubauen, sondern es steigert auch ihren Dopaminspiegel. Nach dem Spielen sind Kinder um 90 Prozent zufriedener als vor dem Spiel.

Wissenschaftler arbeiten seit Jahren daran, eine Spielart zu finden, die für Erwachsene ähnliche positive Effekte hat. Bislang jedoch ohne Erfolg. Der einzige Effekt, der den Dopaminspiegel der Erwachsenen ein wenig anhebt, ist der Genuss eines Bieres. Ob wir jemals eine vergleichbare „Spielart" für Erwachsene entwickeln werden, bleibt abzuwarten. Bis dahin bleibt uns jedoch nur, die Kinder in ihrem tranceartigen Zustand zu beneiden und uns zu fragen, was sie an diesem einfachen, aber tief erfüllenden spielen so glücklich macht.

Stammen Erwachsene wirklich von Kinder ab?

Die Geschichte der Kinder ist leider nur schwer zu rekonstruieren. Die Frage, wie lange es Kinder bereits auf diesem Planeten gibt, bleibt bis heute unbeantwortet. Lange Zeit wurde unter Historikern die Vorstellung vertreten, dass Kinder erst um das Jahr 1500 n. Chr.

in Amerika entdeckt wurden. In dieser Zeit erschienen die ersten literarischen Erwähnungen von Kindern, die damals als „kleinere Menschen mit roter Haut" beschrieben wurden. Anfangs nahm man an, dass es sich hierbei um eine neue Entdeckung handelte. Es stellte sich jedoch heraus, dass die Historiker einen Fehler gemacht hatten: Die „Menschen mit roter Haut" waren tatsächlich die Ureinwohner Amerikas. Diese Erkenntnis zwang die Historiker, ihre Theorien zu überdenken und weiter zu forschen. Heute sind sie sich einig, dass Kinder bereits lange vor der Entdeckung Amerikas existierten.

Die ältesten Aufzeichnungen von Kindern stammen aus dem alten Ägypten, etwa 2200 v. Chr. Historiker konnten durch die Mumie des Pharaos Tutanchamun feststellen, dass er einst ein Kind gewesen sein muss. Dies bedeutet, dass der mächtigste Mann der Welt zu dieser Zeit tatsächlich ein Kind war. Ob es Kinder jedoch schon länger gibt, konnte bislang nicht eindeutig belegt werden. Glücklicherweise haben Historiker mittlerweile eine neue Methode entdeckt, um mehr über die Vergangenheit zu erfahren. Durch die sogenannte Ayahuasca-Methode sollen Menschen in der Lage sein, mit den Geistern der Vergangenheit zu kommunizieren. Die Technik funktioniert folgendermaßen: Man muss eine Brühe trinken, die aus der Ayahuasca-Wurzel hergestellt wird. Diese Wurzel hat die Wirkung, die Seele aus dem Körper zu lösen, sodass man mit den Geistern längst verstorbener Menschen kommunizieren kann. Für diesen Abschnitt des Kapitels habe ich mich mit meinem Team abgesprochen und beschlossen, diese Ayahuasca-Technik selbst auszuprobieren. Natürlich hatten wir einen Sicherheitspinguin dabei, falls meine Seele mit der Wirkung der Ayahuasca-Wurzel nicht zurechtkommen sollte. Glücklicherweise war der Sicherheitspinguin nicht notwendig. Mein Verstand und meine Seele reagierten gut auf die Wirkung. Meine Seele verließ meinen Körper, und ich konnte mit verschiedenen meiner Vorfahren sprechen. Diese Gespräche lieferten mir wertvolle neue Informationen und Erkenntnisse. Alles, was ich über die Geschichte der Kinder herausgefunden habe, habe ich für euch zusammengetragen. Ich hoffe, dass ihr damit etwas anfangen könnt.

Als Erster interessierte mich natürlich, wie lange es schon Kinder gibt. Auf meiner spirituellen Reise sprach ich mit Vorfahren, die vor Tausenden von Jahren gestorben waren. Ich wollte von ihnen erfahren, ob Kinder vielleicht schon in der Steinzeit lebten. Leider hatte ich eine wichtige Tatsache nicht bedacht: Meine ältesten Urahnen beherrschten nicht die deutsche Sprache. Ihre Seelen kommunizierten durch Klopflaute, die ich nicht verstand. Dieses Kommunikationsproblem erschwerte unseren Austausch erheblich, und wir konnten uns nicht richtig verständigen. Ich versuchte, ihnen Bilder von Kindern zu zeigen, in der Hoffnung, durch ihre Reaktionen mehr darüber zu erfahren, ob sie mit Kindern vertraut waren. Doch die Seelen meiner Urahnen zeigten keine auffällige Reaktion auf die Bilder. Glücklicherweise konnte ich jedoch mit anderen Seelen in Kontakt treten, die mir hilfreiche Informationen gaben.

So kam ich zu der Erkenntnis, dass es Kinder schon seit Tausenden, wenn nicht sogar Millionen von Jahren geben muss. Der moderne Mensch existiert, wie wir alle gelernt haben, seit etwa 400.000 Jahren. Er entwickelte sich aus den Schimpansen und wurde zunehmend intelligenter, bis er schließlich zum heutigen Homo sapiens wurde. Doch könnte es sein, dass Kinder schon genauso lange – oder vielleicht sogar länger – auf der Erde sind wie Erwachsene? Diese Theorie ist keineswegs abwegig, denn auch Kinder stammen, wie der Mensch, von Affen ab. Wissenschaftler nehmen an, dass Kinder von den Kapuzineraffen abstammen, was ihre geringe Körpergröße erklären würde. Außerdem zeigen Kapuzineraffen Verhaltensmuster, die denen von Kindern ähneln: Sie sind laut, neugierig und – wie Kinder – noch nicht in der Lage, Auto zu fahren.

Wie sich die Kinder jedoch im Laufe der Zeit weiterentwickelt haben, bleibt noch unklar. Auch ist es unbekannt, wann genau sich der Erwachsene und das Kind zum ersten Mal begegnet sind. Fest steht, dass die ersten Erwachsenen in Afrika lebten.

Mit der Zeit begannen die Menschen, durch die Wüsten zu wandern. Doch durch die Erfindung von Clash of Clans wurde den Homo sapiens bewusst, wie anstrengend das Wandern war, und sie begannen, erste Siedlungen zu errichten. Ob Kinder ebenfalls diesen Wandel vollzogen, bleibt jedoch ungewiss. Wie gern würde ich die erste Begegnung der beiden Arten live erlebt haben! Es muss faszinierend gewesen sein, einer neuen Menschengruppe zu begegnen und nicht zu wissen, was sie war. Nichtsdestotrotz lebten Erwachsene und Kinder Seite an Seite. Und nicht nur das: Durch die Entdeckung der Mumie des Pharaos Tutanchamun konnten Historiker feststellen, dass Kinder in der Gesellschaft durchaus Mitspracherecht hatten – wahrscheinlich sogar mehr als heute. Denn heutzutage gibt es kein Land mehr, das von einem Kind regiert wird. Vielleicht ist das auch gut so, denn die alten Ägypter gibt es heute nicht mehr, und wie wir nun wissen, wurden sie von einem Kind regiert.

Die Geschichte der Kinder zur Zeit von Jesus ist weitgehend unbekannt. Auch in der Bibel spielen Kinder nur eine untergeordnete Rolle. Zwar wird in der Erzählung von Jesu Geburt ein Kind erwähnt, aber mein Team und ich konnten dieses Kapitel nicht vollständig verstehen.

Zur Zeit der Römer wurden Kinder zunehmend an den Rand der Gesellschaft gedrängt. Sie waren keine Herrscher mehr, und ihre Aufgaben beschränkten sich auf einfache Tätigkeiten. Historiker fanden heraus, dass die Sklaverei in dieser Epoche wieder weit verbreitet war – leider traf es auch immer häufiger Kinder. Wohlhabende Römer nahmen Kinder in ihre Haushalte, um sie für sich arbeiten zu lassen. Sie mussten die Häuser reinigen oder das Essen zubereiten, so wie die Mexikaner heutzutage.

Dennoch taten die Römer auch einige gute Dinge für die Kinder. Zum Beispiel mussten sie nicht in die Armee, da die Römer erkannten, dass Kinder aufgrund ihrer kleinen Körpergröße und ihres schwachen Körperbaus nicht geeignet waren, in den Militärdienst zu treten. Ebenso wurden Kinder von den Gladiatorenkämpfen ausgeschlossen, da sie für diese Art der Unterhaltung nicht genug Unterhaltungswert boten. Im Verlauf der Jahrhunderte des Römischen Reiches wurden die Grundlagen für das heutige Verständnis von Kindheit gelegt. Wenn wir nun ins Mittelalter springen – eine Zeit, die nach dem Fall des Römischen Reiches folgte –, erkennen wir interessante Entwicklungen. Im Gegensatz zu den Erwachsenen, die im Mittelalter tendenziell in ihrem Wissen stagnieren oder sich langsamer entwickelten, blieb die Intelligenz der Kinder weitgehend konstant. Das bedeutet jedoch nicht, dass Kinder besonders klug waren, denn auch sie waren nicht in der Lage, nennenswerte Erfindungen oder Fortschritte zu erzielen.

Am 12. Oktober 1492 entdeckte der italienische Seefahrer Christoph Kolumbus den Kontinent Amerika. In den folgenden Jahren versuchten auch Kinder aus Portugal und Spanien, nach Amerika zu segeln, doch diese Vorhaben scheiterten oft – die Kinder konnten sich diese teuren Expeditionen nicht leisten, und das Segeln war einfach zu anspruchsvoll für ihre jungen Kräfte. Doch auch bei den amerikanischen Ureinwohnern gab es Kinder. Sie hatten dunklere Haut und waren tief in den Traditionen der Erwachsenenwelt verwurzelt, die stark mit ihrem Leben und ihrer Kultur verbunden waren.

Nach dieser Zeit begann eine Phase von Kriegen und Konflikten, die die Menschheitsgeschichte prägte und die Entwicklung der Gesellschaften maßgeblich beeinflusste. Zu Beginn wurden Kriege noch mit Schwertern und Bögen geführt, doch im Laufe der Zeit kamen immer mehr moderne Waffen und Arterien zum Einsatz. Glücklicherweise spielten Kinder in diesen Kriegen meist eine untergeordnete Rolle. Sie waren klein und schwach (wie Napoleon), weshalb sie nicht kämpften. Warum sollten sie auch? Es waren immer Erwachsene, die die Kriege anzettelten und die Macht innehatten. Während der Kriegszeiten befanden sich die Kinder oft in den Dörfern, zusammen mit Frauen und Mägden. Sie erledigten die Aufgaben, die für Kinder typisch waren: Sie halfen bei einfachen Arbeiten und sorgten für den alltäglichen Betrieb, so gut sie konnten. Manche Kinder wurden auch zum Betteln geschickt.

Mit der Industrialisierung begannen jedoch Fortschritte. Unter den Monarchien, vor allem unter Maria Theresia, wurde erstmals eine Schulpflicht eingeführt. Die Wirtschaft kam so richtig in Schwung und brachte bahnbrechende Erfindungen hervor – die Eisenbahn war nur eine von vielen Innovationen dieser Zeit. Dann kam das große Erwachen der modernen Welt. Im Jahr 1914 brach der Erste Weltkrieg aus, und ganz Europa lag nach vier Jahren Zerstörung in Trümmern. In dieser Zeit litt nicht nur die erwachsene Bevölkerung – auch die Kinder waren stark betroffen. Da sie genetisch schwächer waren und nicht über die gleichen Fettreserven wie Erwachsene verfügten, verhungerten viele Kinder während des Krieges. Doch aus dieser Dunkelheit ging auch etwas Positives hervor: Die Monarchien Europas wurden gestürzt, und die Demokratie konnte sich etablieren. Noch nie zuvor gingen so viele Kinder zur Schule und erhielten eine umfassendere Bildung. Doch leider wurde in dieser Zeit auch gefährliche Ideologie verbreitet. Der Antisemitismus und der Nationalismus fanden ihren Weg in die Erziehung. Ein Mann namens Adolf Hitler nutzte seine Nazi-Propagandamaschine, um Hass, Furcht und Wut in die Gesellschaft zu säen. 1939 begann er den Zweiten Weltkrieg. Vor dem Krieg wurden den Kindern in der Schule viele Propagandamaterialien beigebracht. Da Kinder sich in der Regel weniger mit Politik auskennen und leicht beeinflussbar sind, wurden viele von ihnen in den Kriegsideologien der Zeit geprägt und unterstützten den Krieg, ohne die vollen Auswirkungen zu verstehen. Als der Krieg 1945 zu Ende ging, erkannte die Welt, dass so etwas nie wieder passieren durfte. In den Jahren danach ging es mit der Welt steil bergauf. Kinder entwickelten sich in den folgenden Jahrzehnten schnell weiter, unterstützt von den enormen Erfindungen und Fortschritten der modernen Zeit. Im Laufe der Jahre wurden verschiedene Dinge als „cool" angesehen, nur um später wieder langweilig zu werden. Doch in den 80er- und 90er-Jahren begannen sich die ersten technischen Wunder zu entfalten, die die Welt der Kinder nachhaltig verändern sollten.

Es kamen die ersten Spielekonsolen auf den Markt. Diese Konsolen wurden für Kinder weit mehr als nur ein Hobby. Sie ermöglichten es, verschiedene „Videospiele" zu spielen, die schnell zu einem festen Bestandteil des Alltags wurden. Wie bereits erwähnt, ist das „Spielen" für Kinder von enormer Bedeutung, da es nicht nur der Unterhaltung dient, sondern auch zur Entwicklung von Fähigkeiten und Kreativität beiträgt. Diese sogenannten Videospiele brachten das Spielen auf eine völlig neue Ebene, wie es Kinder zuvor nicht gekannt hatten. Plötzlich drehten sich die Spiele um „Level" und „Skills", was den Wettbewerb und die Herausforderung steigerte. Die Videospiele entwickelten sich weiter und wurden mit der Zeit immer komplexer und beeindruckender. Zu Beginn der 2000er Jahre kam der große Durchbruch des Internets. Plötzlich konnte man durch Webseiten surfen, und eine neue Generation von Kindern wuchs auf, die mit Handys umgehen konnte. 2008 erlebte die Internetseite Facebook einen enormen Aufschwung und wurde die erste Social-Media-Plattform, die wirklich weltweite Bekanntheit erlangte. Kinder konnten nun ihre Lieblingsartikel teilen und persönliche Informationen eingeben, was es großen Unternehmen ermöglichte, mit gezielten Werbekampagnen auf sie einzuwirken. So bombardierten sie die Kinder mit Werbung, die sie dazu brachte, ihr Geld für Produkte auszugeben, die oft nur durch raffinierte

Marketingstrategien verlockend erschienen. Mit der Zeit wurde Social Media zunehmend zu einem Problem für Kinder. Obwohl es den Kindern durch Fortschritte in Medizin und Bildung körperlich besser ging als je zuvor, begannen mit der zunehmenden Nutzung von Handys auch mentale Probleme aufzukommen. Viele Kinder haben Schwierigkeiten, mit der ständigen Flut an Informationen und Reizen zurechtzukommen. Wie bereits erwähnt, nutzen zahlreiche Firmen und Konzerne Social Media, um Kinder gezielt mit Werbung zu bombardieren. Diese ständige Überreizung des Gehirns führt dazu, dass viele Kinder zunehmend trauriger und depressiver werden. Experten warnen vor der übermäßigen Nutzung von Handys, insbesondere durch die neue App TikTok, die nachweislich die Konzentrationsfähigkeit der Kinder beeinträchtigt und langfristig Schäden im Gehirn anrichten kann. Doch dazu später mehr.

Im Grunde haben sich Kinder in vielerlei Hinsicht ähnlich entwickelt wie Erwachsene, doch sie hatten immer schon einen niedrigeren gesellschaftlichen Rang. Wie die Geschichte zeigt, haben wir uns stets um diese kleinen Menschen gekümmert. Doch bei meinen Recherchen ist mir eine Sache aufgefallen, die, obwohl sie für manche schwer zu akzeptieren ist, zu wichtig ist, um sie unbeachtet zu lassen.

Es geht um den Umgang mit dem Zweiten Weltkrieg und die Geschichte von Hitler. Während Erwachsene sich intensiv mit dieser dunklen Vergangenheit auseinandergesetzt haben und entschieden, dass so etwas nie wieder passieren darf, reagierten Kinder ganz anders – nämlich mit Unwissenheit. Ich habe mit über hundert Kindern über die Gräueltaten der Nazis und den Zweiten Weltkrieg gesprochen. Keines dieser Kinder konnte mir sagen, was der Holocaust war. Noch schlimmer, kein einziges Kind konnte mir etwas über die Geschichte Hitlers und seine Kriegsverbrechen berichten.

Daraufhin habe ich mich mit Wissenschaftlern ausgetauscht und gemeinsam haben wir eine bahnbrechende Entdeckung gemacht. Während Erwachsene den Zweiten Weltkrieg als eine wichtige Lektion begreifen, aus der wir aus der Vergangenheit lernen können, verdrängen Kinder die Geschehnisse weitgehend. So lautet unsere Theorie: Ihre jungen Gehirne sind einfach nicht in der Lage, solche traumatischen Ereignisse zu verarbeiten, und deshalb schieben sie dieses Thema einfach beiseite. Ob es jedoch wirklich die beste Herangehensweise ist, bleibt fraglich.

Schule und ihr Alltag

Wie Sie sicherlich schon bemerkt haben, liegt mir das Wohl von Kindern sehr am Herzen. Diese unschuldigen kleinen Menschen sind auf die Unterstützung von uns Erwachsenen angewiesen, um zu überleben und sich gesund zu entwickeln. Es ist daher unsere Verantwortung, uns um sie zu kümmern und ihnen ein schönes und erfülltes Leben zu ermöglichen. Doch wie können wir uns wirklich um sie kümmern, wenn wir nicht verstehen, wie ihr Alltag aussieht? Was machen Kinder eigentlich den ganzen Tag? Haben sie einen "Job", und wenn ja, welche Tätigkeiten oder Berufswünsche interessieren sie besonders? Wie gehen sie miteinander um und wie verhalten sie sich im Alltag?

Diese Fragen habe ich mir gestellt und beschlossen, 30 Tage lang den Alltag von Kindern zu beobachten und zu erforschen. Es war mir dabei wichtig, stets die Zustimmung der Eltern einzuholen, bevor ich den Alltag der Kinder begleitete und für meine Forschung aufzeichnete. Nur mit ausdrücklicher Erlaubnis der Familien habe ich diese Untersuchung durchgeführt. Niemals würde ich etwas strafrechtliches unternehmen und ich distanziere mich von jeglicher Form von Pädophilie (im Gegensatz zur christlichen Kirche).

Bevor ich mich diesem riskanten Selbstversuch aussetzte, möchte ich eine dringende Warnung an alle aussprechen, die erwägen, dasselbe zu tun: Lasst es bleiben. Es mag zunächst harmlos klingen, aber wer längere Zeit mit Kindern verbringt, kann ernsthafte Konsequenzen erleiden. Zum Beispiel kann der Kontakt mit Kindern dazu führen, dass man dumm wird. Da die Gespräche mit ihnen das Gehirn nicht so stark beanspruchen, schrumpft das Gehirn und verliert an Masse. Das bedeutet, dass man Gehirnzellen verliert und geistig weniger leistungsfähig wird.

Außerdem wird man während der Zeit mit Kindern keine politischen Nachrichten verfolgen können. Politik ist für Kinder ein zu kompliziertes Thema, und daher wird es in ihrer Umgebung nicht thematisiert. Wenn also zum Beispiel ein US-amerikanischer Präsident versehentlich eine Atomrakete auf deinen Ort abfeuert, wirst du es nicht über den Fernseher erfahren und könntest bei der Explosion dein Leben verlieren. Wer also viel Zeit mit Kindern verbringt, riskiert nicht nur seine geistige Gesundheit, sondern auch sein Leben. Seid also gewarnt, wenn ihr einen solchen Selbstversuch wagen solltet.

Zu Beginn war ich ziemlich nervös. Ich fragte eine Familie, ob ich ihre beiden kleinen Kinder eine Zeit lang beobachten und Aufzeichnungen über ihren Alltag machen dürfe. Mein Ziel war es, mehr über das Leben der Kinder zu erfahren. Ich sprach auch viel mit den Erwachsenen, die für die Kinder verantwortlich sind, und sie konnten mir schon einiges über den Alltag der Kleinen erzählen.

Unter der Woche stehen die Kinder gewöhnlich um sechs Uhr morgens auf. Im Gegensatz zu Erwachsenen haben Kinder bereits am frühen Morgen eine erstaunliche Energie und können in dieser Zeit durchaus laut sein, was für Erwachsene belastend sein kann.

Besonders bemerkenswert ist, dass Kinder auch am Wochenende sehr früh aufstehen. Wissenschaftler sind sich noch nicht ganz sicher, warum Kinder das Ausschlafen so wenig schätzen, arbeiten aber bereits an einer Tablette, die ihnen helfen soll, länger zu schlafen.

Zum Frühstück essen Kinder oft ein Nutella- oder Marmeladenbrot oder auch spezielle Schokoladen-Cornflakes. Dazu trinken sie in der Regel ihren Lieblingsgetränk: Kakao. Der Kakao ist gewissermaßen das "Kinder-Pendant" zum Kaffee der Erwachsenen. Der Kakao besteht aus einem Pulver, das aus sogenannten Kakaobohnen hergestellt wird. Dieses Pulver mischen Kinder mit Milch, und das Getränk kann sowohl heiß als auch kalt genossen werden. Kinder lesen am Morgen keine Zeitungen oder Nachrichten. Stattdessen reden sie oft einfach vor sich hin, erzählen zum Beispiel, was sie in der Nacht geträumt haben oder welche Pläne sie für den Tag haben.

Nachdem die Kinder ihre Taschen gepackt haben, machen sie sich entweder auf den Weg zur Schule oder in den Kindergarten. Sie werden meist von einem Erwachsenen gefahren, nutzen öffentliche Verkehrsmittel oder gehen zu Fuß. Vielleicht fragen Sie sich nun, was genau eine Schule und ein Kindergarten sind. Lassen Sie mich das etwas genauer erklären, denn es gibt einen Unterschied zwischen beiden.

Der Kindergarten ist die erste Anlaufstufe für Kinder. Im Gegensatz zu uns Erwachsenen, die aus Tausenden von möglichen Berufen wählen können, müssen alle Kinder, unabhängig von Geschlecht oder Alter, in den Kindergarten gehen. Sie haben also keine freie Wahl, da sie noch nicht arbeitsfähig sind.

Im Kindergarten können sich die Kinder mit verschiedenen Aktivitäten beschäftigen. Sie zeichnen, spielen Brettspiele, treiben Sport im Freien oder schlafen manchmal auch ein wenig. Der

Kindergarten beginnt in der Regel zwischen 7 und 8 Uhr morgens und endet gegen 12 oder 13 Uhr mittags. Einige Kinder bleiben nachmittags in einem speziellen Hort, doch diese Gruppe ist eher klein. In einem Kindergarten gibt es normalerweise zwischen 40 und 70 Kinder, die in kleinere Gruppen von 15 bis 30 Kindern aufgeteilt sind. Jede Gruppe trägt einen eigenen Namen. In dem Kindergarten, den ich besuchte, gab es zum Beispiel die „Kaulquappengruppe" und die „Rassistengruppe". Meine Gruppe, der ich zugeteilt wurde, war die „Erdbeerguppe".

Wissenschaftler haben schon lange versucht herauszufinden, was es mit den unterschiedlichen Gruppennamen auf sich hat. Es wird vermutet, dass die Namen auf verschiedene Förder- oder Ausbildungsansätze hinweisen. So habe ich zum Beispiel beobachtet, dass die „Erdbeerguppe" gemeinsam Erdbeeren anpflanzte, während die „Schmetterlingsgruppe" Raupen bekam, die sie beobachten konnten, während diese sich in Schmetterlinge verwandelten. Die „Kaulquappengruppe" jedoch hatte lediglich einen wassergefüllten Behälter, was bei mir noch immer Fragen aufwirft.

Der Kindergarten dient lediglich als eine Art Vorstufe zur Ausbildung. Hier lernen die Kinder nur einige grundlegende Dinge und verbringen ansonsten viel Zeit mit Aktivitäten, die weniger zielgerichtet sind. Doch wenn die Kinder älter werden, wechseln sie in die sogenannte Schule. Hier geht es dann richtig zur Sache. Im Gegensatz zum Kindergarten stellt die Schule deutlich höhere Anforderungen an die Kinder. Sie haben nun einen festen Tagesablauf, der von verschiedenen Schulfächern geprägt ist. Zu den Schulfächern gehören unter anderem Deutsch, Mathematik und Sachunterricht. Ein Schulfach dauert in der Regel eine Stunde, aber es kann auch vorkommen, dass an einem Tag zwei Stunden Deutsch oder Mathematik auf dem Stundenplan stehen. In den einzelnen Fächern lernen die Kinder eine Vielzahl von Dingen: In Deutsch beschäftigen sie sich mit Lesen und Schreiben, in Mathematik mit Rechnen und im Sachunterricht geht es um Sachen. Der Schultag ist in der Regel länger als der Kindergartenbesuch. Die Kinder verbringen ihre Zeit in der Schule meist von 7 oder 8 Uhr morgens bis etwa 13 bis 16 Uhr, je nachdem, wie viele Fächer sie an diesem Tag haben. Obwohl die Kinder in der Schule älter sind, gibt es dort mehr Erwachsene als im Kindergarten. Das liegt daran, dass in einer Schule oft mehr als 100 Kinder unterrichtet werden, was eine größere Betreuung erfordert. Die Erwachsenen, die in der Schule auf die Kinder aufpassen, nennt man Lehrer. Diese Lehrer versuchen, den Kindern – in der Schule auch „Schüler" oder „Schülerinnen" genannt – Wissen zu vermitteln. Während meiner Beobachtungen ist mir jedoch etwas aufgefallen: Schulkinder mögen ihre Lehrer oft nicht. Manche haben regelrechten Hass auf sie. Bei den Kindergartenkindern ist das anders. Sie entwickeln nicht diese negativen Gefühle gegenüber ihren Betreuern.

Im Kindergarten werden die Kinder nicht von Lehrern betreut, sondern von sogenannten „Kindergartentanten". Für den männlichen Betreuer eines Kindergartenkindes gibt es jedoch noch keinen festen Begriff, da es nur wenige Männer in diesem Beruf gibt. Falls Ihnen ein passender Begriff für einen männlichen Kindergartenbetreuer einfällt, können Sie gerne eine E-Mail an *SebastianIchscheiß-michweg@ratzevoll.kg* senden.

Doch woher kommt die Abneigung der Schüler gegenüber ihren Lehrern? Wissenschaftler vermuten, dass der Leistungsdruck, dem Kinder in der Schule ausgesetzt sind, eine große Rolle spielt. In den verschiedenen Schulfächern müssen die Kinder regelmäßig Tests absolvieren, bei denen die Lehrer überprüfen, ob das Kind das Gelernte wirklich beherrscht. Diese Tests führen auch zu Bewertungen, und wenn ein Kind schlecht abschneidet, muss es das nicht bestandene Thema wiederholen. Diese ständige Beurteilung sorgt für

Spannungen zwischen Schülern und Lehrern. Das Verhältnis zwischen Lehrern und Schülern lässt sich ähnlich wie das zwischen einem Chef und seinen Angestellten beschreiben: Die eine Seite stellt Anforderungen, und aus dieser Forderung entsteht oft ein angespanntes Verhältnis. Im Gegensatz dazu gibt es im Kindergarten kaum Tests, und wenn, dann sind es eher kleine, unaufdringliche Prüfungen. Deshalb haben Kindergartenkinder in der Regel ein besseres Verhältnis zu ihren Betreuern und sind laut Statistik im Allgemeinen glücklicher als Schulkinder.

Wenn die Kinder nach Hause kommen, verbringen sie ihre Zeit oft mit Spielen, Zeichnen, Unsinn machen oder lernen für einen bevorstehenden Test. Statt einer gewöhnlichen abendlichen Jause verlangen sie häufig nach Süßigkeiten und betteln darum. Da Kinder mehr Schlaf benötigen als Erwachsene, gehen sie in der Regel auch früher ins Bett. Interessanterweise haben viele Kinder eine unerklärliche Abneigung gegen das Zähneputzen. Deshalb kontrollieren Erwachsene oft, ob die Kinder sich tatsächlich die Zähne geputzt haben oder putzen sie sogar selbst.

Bevor die Kinder schlafen gehen, wird ihnen häufig eine Gute-Nacht-Geschichte erzählt. Ohne diese fällt es ihnen oft schwer einzuschlafen, was für sie besonders unangenehm sein kann. Ich habe 30 Tage lang den Alltag von Kindern beobachtet (ich möchte noch einmal ausdrücklich betonen, dass dies zu wissenschaftlichen Zwecken geschah, nicht aus persönlichen oder unangebrachten Gründen). Die Zeit war sowohl intensiv als auch sehr anstrengend. Dennoch möchte ich jetzt innehalten und einige wichtige Erkenntnisse festhalten, die ich durch die Beobachtungen gewonnen habe – Dinge, die wir als Erwachsene vielleicht von Kindern lernen können und die wir uns öfter abschauen sollten.

Fazit

Bei meinen Recherchen und Beobachtungen ist mir viel durch den Kopf gegangen. Ich muss sagen, Kinder sind eine wirklich besondere Art von Menschen. Ich kann auch jeden Erwachsenen verstehen, der sagt, dass er keine Kinder mag. Denn Kinder haben viele negative Eigenschaften und Verhaltensmuster. Sie sind laut, anstrengend und beschäftigen sich oft mit wenig Sinnvollem, dafür aber mit viel Sinnlosem. Für einen Erwachsenen können sie sich daher wie ein „Klotz am Bein" anfühlen, um den er sich kümmern muss – ein Aspekt, den die Menschheitsgeschichte immer wieder bestätigt.

Dennoch haben Kinder ihren Platz auf dieser Welt. Es wäre unverantwortlich gegenüber unserem Planeten, wenn Erwachsene aufhören würden, sich um sie zu kümmern. Schließlich kümmern wir uns ja auch um unsere Natur und Tiere – zumindest behaupten wir das. Doch stellt sich die Frage: Kann man von Kindern etwas lernen? Habe ich in meiner Zeit der Beobachtung etwas entdeckt, das wir Erwachsenen uns von ihnen abschauen sollten?

Ich habe lange über diese Frage nachgedacht und tatsächlich einige Dinge entdeckt, die ich von Kindern lernen konnte. Vielleicht denkt ihr jetzt, dass Kinder nichts können, weil sie doch viel weniger Wissen haben als Erwachsene. Also kann ich sicher nichts von ihnen gelernt haben. Und in gewisser Weise stimmt das auch. Ich habe keine neuen praktischen Fähigkeiten erlernt. Ich kann weder fliegen, noch haben mir Kinder erklärt, wie man Krebs heilt. Aber ich habe etwas anderes bemerkt.

Wenn man das Leben von Erwachsenen mit dem von Kindern vergleicht, fallen viele menschliche Unterschiede auf. Erwachsene gehen oft deprimiert durchs Leben. Sie sind unzufrieden mit ihrem Job, schimpfen über Politiker und kritisieren manchmal sogar ihre eigenen Lebenspartner. Sie verbringen viel Zeit mit ihrem Lieblingsthema: Nörgeln und Herabsetzen. Erwachsene neigen dazu, sich selbst zu deprimieren, indem sie ihr Leben als schlecht betrachten. Diese negativen Gedanken über sich selbst übertragen sie dann auf andere und machen auch andere Menschen und Themen nieder. Anstatt sich zu freuen, einen neuen Tag zu erleben, stehen Erwachsene auf und fühlen sich meist schon erschöpft, bevor der Tag überhaupt richtig begonnen hat. Sie schleppen sich mit einer mürrischen Miene durch ihren stressigen Alltag, immer im Gedanken, dass sie viel lieber auf der Couch liegen und fernsehen würden. Der Rest des Tages verläuft dann oft im gleichen Trott, sie lassen sich von belanglosen Programmen berieseln und beschäftigen sich mit sinnlosen Dingen, bis sie schließlich erschöpft einschlafen – nur um am nächsten Tag wieder von vorne zu beginnen. Tag für Tag, Woche für Woche, Jahr für Jahr. Es scheint, als hätten viele Erwachsene die Freude am Leben verloren. Warum sich anstrengen, wenn es auch einfach ist, sich dem Leben zu entziehen? Warum sich über die kleinen Dinge freuen, wenn es doch viel einfacher ist, sie zu übersehen und sich selbst zu bemitleiden?

Doch das muss nicht so sein. Ein Blick auf Kinder zeigt, dass es auch anders geht. Kinder stehen auf und statt sich schon in der ersten Sekunde über den bevorstehenden Tag zu ärgern, sprechen sie begeistert darüber, was sie geträumt haben oder welche aufregenden Dinge sie heute erleben möchten.

Kinder finden Freude an den einfachsten Dingen, und das zeigt sich schon in den kleinsten Momenten. Kürzlich sah ich ein Kind, das sich fünf Minuten lang einen Regenwurm ansah. Es war völlig fasziniert und hielt inne, um den Wurm zu betrachten – ganz ohne Handy oder Ablenkung. Erwachsene hingegen nehmen ihre

Umgebung oft kaum noch wahr. Sie sind so beschäftigt mit ihren eigenen Gedanken, dass sie die kleinen Wunder um sie herum übersehen.

Natürlich haben auch Kinder mal einen schlechten Tag. Aber wenn das passiert, wissen sie, dass es in Ordnung ist, Gefühle zu zeigen und auch mal zu weinen. Kinder leben intensiver und nehmen das Leben noch in vollen Zügen wahr. Darüber hinaus sind sie oft sehr ehrlich – auch wenn die Wahrheit manchmal weh tut. Das liegt vielleicht daran, dass Kindern bei sozialen Interaktionen manchmal die Logik fehlt. Dennoch gehen sie mit einer Freude und Unbeschwertheit durchs Leben, die fast zu beneiden ist. Wenn ein Kind lacht, sieht man in seinen Augen, dass es das wirklich so empfindet. Erwachsene könnten sich viel von dieser Lebensfreude abschauen. Statt ständig gestresst und nörgelnd durch den Tag zu gehen, sollten auch sie mal das Positive sehen und sich an den kleinen Dingen erfreuen. Einfach mal glücklich sein.

Genau aus diesem Grund sollten wir uns um Kinder kümmern – sie sind für uns Erwachsene wichtig, um uns daran zu erinnern, dass es viele Dinge gibt, auf die man sich freuen kann. Doch es gibt ein großes, beängstigendes Rätsel, das die Wissenschaftler der Welt bis heute nicht lösen konnten. Es ist das wohl größte und geheimnisvollste Mysterium, das noch immer rund um das Leben von Kindern ungelöst bleibt.

Denn wenn ein Kind etwa zehn, elf oder zwölf Jahre alt wird, verschwindet es einfach. Es ist, als würde ein Teil des Kindes innerlich sterben. Die Wissenschaftler haben noch keine Erklärung gefunden, warum das passiert, geschweige denn ein Heilmittel. Es scheint, als ob sich der gesamte Geist und Körper in diesem Alter verändert und das Kind plötzlich nicht mehr „Kind" sein möchte. Dieser Prozess kann sich über Jahre hinziehen. Mit der Zeit verlieren Kinder das Interesse am Spielen, ihre Fantasie schwindet, und plötzlich wenden sie sich von ihren Kuscheltieren und Puppen ab – Dinge, die ihnen einst sehr viel bedeutet haben. Tag für Tag wird das Kind weniger und weniger, bis es schließlich ganz verschwindet. Die Kinder scheinen nicht einmal zu bemerken, dass sich ihr Wesen langsam verändert, bis schließlich nichts mehr von dem Kind übrig ist. Das Einzige, was positiv daran ist, ist, dass es ihnen anscheinend keine Schmerzen bereitet. Viele Erwachsene erkennen diesen Prozess viel zu spät und versuchen dann verzweifelt, ihn zu verhindern – jedoch ohne Erfolg. Andere bemerken ihn gar nicht und können sich nicht einmal richtig von dem Kind verabschieden. Das ist wohl das Schmerzhafteste daran. Wir Erwachsenen können nur zusehen und sind machtlos.

Die Wissenschaft geht mittlerweile davon aus, dass es in der Natur der Kinder liegt, einfach zu verschwinden. Für mich hinterlässt dieser Prozess immer einen bitteren Beigeschmack, wenn ich merke, dass wieder ein Kind „verschwunden" ist. Es erinnert mich daran, wie lange ich noch auf diesem schönen blauen Planeten wandeln darf. Und genau das ist es, was Kinder uns am besten zeigen: Sie regen uns zum Nachdenken über unser eigenes Leben an. Kinder vermitteln uns jeden Tag Freude – und das, obwohl sie sich oft nicht einmal bewusst sind, wie kurz ihre Zeit auf dieser Erde ist. Doch gerade deswegen leben sie intensiver und nehmen das Leben viel stärker wahr. Und genau darum geht es im Leben: um das Fühlen, um das Erleben. Und genau das sollten wir Erwachsenen uns von Kindern abschauen.

Montagmorgen Gedanken

Montag, 23. Juni 2023 – ein herrlicher Sommertag in Berlin. Annette sitzt auf einer Parkbank im Tiergarten, dem großen Stadtpark vor dem Brandenburger Tor, und liest vertieft in ihrem Reiseführer über Thailand. Die Sonne strahlt, und es könnte nicht gemütlicher sein. Es ist noch ruhig, denn es ist 10:32 Uhr und die meisten Menschen sind bei der Arbeit. Aber nicht Annette. Sie ist Pflegerin in einem städtischen Altersheim in Lichtenberg. Seit Fatima, die neue syrische Pflegekraft, krank ausgefallen ist, hat Annette die ganze Woche Nachtschichten. Für die Bewohner des Heims ist der Ausfall von Fatima nicht wirklich problematisch – ihre Deutschkenntnisse sind ohnehin begrenzt. Doch für Annette ist es eine Herausforderung. Jeden Tag arbeitet sie 12 Stunden, von 19 Uhr abends bis 7 Uhr früh. Der ständige Schlafmangel macht ihr Leben schwer, und die Erholung scheint in weite Ferne zu rücken. Annette ist es gewohnt, nach dem Aufstehen direkt zur Arbeit zu fahren. Deshalb hat sie sich unter der Woche eine neue Routine angewöhnt: Nach ihrer Nachtschicht entschließt sie sich, nicht sofort ins Bett zu gehen, sondern bis zum Mittag wach zu bleiben. So kann sie von 12 Uhr bis 18:15 Uhr schlafen und dann direkt zur Arbeit fahren. Um den Morgen zu genießen, baut sie auch einen Spaziergang in ihren Alltag ein – eine schöne Gelegenheit, den Tag langsam zu beginnen. Dieser Spaziergang verbindet sich mit ihrer täglichen Lesestunde, die sie nicht mehr missen möchte.

An diesem Montag sitzt Annette also um 10:32 Uhr auf einer Parkbank im Tiergarten und blättert in einem Reiseführer über

Thailand. Das Land ist ihr Traumziel. Mit ihrem bescheidenen Gehalt kann sie sich zwar keinen Luxusurlaub leisten, aber sie hat gehört, dass Thailand relativ günstig ist. Ein bisschen Fernweh ist ihr ständiger Begleiter, und die Vorstellung, eines Tages in diesem exotischen Land zu sein, lässt sie die Hektik des Alltags für einen Moment vergessen.

Plötzlich hört Annette ein Geräusch. Sie schaut auf. Aus der Ferne kommt ein Mann auf sie zu. Er trägt ein edles Sakko, das im Sonnenlicht fast zu glänzen scheint. Mit seinem Hut und der Sonnenbrille ist sein Gesicht kaum zu erkennen. Normalerweise würde Annette ihm nur einen flüchtigen Blick schenken, um dann wieder in die Welt der thailändischen Inseln abzutauchen. Doch etwas an diesem Mann ist anders. Er trägt einen Kübel in der Hand.

Neugierig legt Annette das Buch zur Seite und beobachtet ihn aus der Ferne. Der Mann geht langsam vom Weg ab und tritt in die Wiese. Dort öffnet er seine Rolex-Uhr und lockert sie mehrere Stufen, sodass sie nicht mehr eng an seinem Handgelenk sitzt. Annette starrt weiterhin hinüber. Was könnte wohl in diesem Kübel sein? Die Ungewissheit nagt an ihr, und sie kann nicht anders, als sich zu fragen, was der Mann wohl vorhat. Der Mann blickt sich um und trifft mit seinem Blick auf Annette, die schnell ihr Buch wieder in die Hand nimmt und so tut, als würde sie noch immer lesen. Als er wieder wegblickt, behält Annette ihn in den Augen. Ganz langsam nimmt er seinen Hut ab. Er hat nur wenige Haare am Kopf, und plötzlich kommt Annette der Gedanke, dass er ihr irgendwie bekannt vorkommt. Sie muss ihn doch irgendwoher kennen. Dann nimmt der Fremde auch seine Sonnenbrille ab, und in diesem Moment trifft es Annette wie ein Blitz: Das ist doch Olaf Scholz, der Bundeskanzler. Olaf Scholz stellt den Kübel ab, legt Hut und Sonnenbrille unter einen Baum und setzt sich entspannt auf die Wiese. Annette starrt ihn an, völlig fassungslos. Was zum Teufel macht der da, ganz alleine, fragt sie sich. Sie kann es kaum glauben und schaut sich hektisch um. Doch der Park ist leer, bis auf sie und den vermutlich wichtigsten Mann der Republik.

Der Bundeskanzler zieht sich seine Schuhe und Socken aus und öffnet seine Krawatte. Dann lässt er sich auf der Wiese nieder, seine Arme hinter dem Kopf verschränkt. Es sieht aus, als würde er nach einer durchgemachten Nacht einfach im Park entspannen. Annette überlegt, ob sie zu ihm rüber gehen und ihn um ein gemeinsames Foto bitten soll. Sie hatte ihn zwar nicht gewählt, aber er war immerhin der Bundeskanzler. Gerade als Annette aufstehen will, richtet sich Olaf Scholz wieder auf. Aus irgendeinem Grund, den Annette nicht versteht, macht er ein Kreuzzeichen. Und dann, zu ihrem Erstaunen, hört sie ihn leise flüstern. Er betet. Verwirrt beobachtet Annette ihn weiter. Dann nimmt er den Kübel, öffnet ihn und Annette kann aus der Ferne nicht erkennen, was sich darin befindet. Olaf sitzt nun auf seinen Knien vor dem Kübel, seine Haltung ist plötzlich alles andere als entspannt – er wirkt höchst konzentriert. Seine Augen sind geschlossen, und das leise Murmeln, das er von sich gibt, hört nicht auf. Und plötzlich, wie aus dem Nichts, steckt Olaf seine Hand in den Kübel und beginnt zu… essen?

Annette starrt entgeistert, unfähig, die Szene zu fassen. Was zur Hölle passiert hier?

01000100 01100101 01110010 00100000 01000001 01110101
01110100 01101111 01110010 00100000 01101011 01110010
01100001 01110100 01111010 01110100 00100000 01110011
01101001 01100011 01101000 00100000 01100101 01101110
01110100 01110011 01110000 01100001 01101110 01101110
01110100 00100000 01100001 01101110 00100000 01110011
01100101 01101001 01101110 01100101 01101110 00100000

01000101 01101001 01100101 01110010 01101110 00101110
00100000 01010011 01101111 01101100 01101100 01110100
01100101 00100000 01110111 01101001 01110010 01101011
01101100 01101001 01100011 01101000 00100000 01110011
01101111 00100000 01110110 01101001 01100101 01101100
00100000 01100010 01101001 01101110 01100001 01100101
01110010 01100011 01101111 01100100 01100101 00100000
01101001 01101110 00100000 01110011 01100101 01101001
01101110 01100101 01101101 00100000 01000010 01110101
01100011 01101000 00100000 01110110 01101111 01110010
01101011 01101111 01101101 01101101 01100101 01101110
00101110 00100000 01010111 01101001 01110010 01100100
00100000 01110011 01101001 01100011 01101000 00100000
01101010 01100101 01101101 01100001 01101110 01100100
00100000 01110101 01100101 01100010 01100101 01110010
01101000 01100001 01110101 01110000 01110100 00100000
01100100 01101001 01100101 00100000 01001101 01110101
01100101 01101000 01100101 00100000 01100001 01101110
01110100 01110101 01101110 00100000 01110101 01101110
01100100 00100000 01100100 01101001 01100101 01110011
01100101 01101110 00100000 01000011 01101111 01100100
01100101 00100000 01110110 01100101 01110010 01110011
01110100 01100101 01101000 01100101 01101110 00101110
00100000 01000001 01110101 01110011 01110011 01100101
01110010 01100100 01100101 01101101 00100000 01101011
01101111 01110011 01110100 01100101 01110100 00100000
01101010 01100101 01100100 01100101 00100000 01100101
01111000 01110100 01110010 01100001 00100000 01010011
01100101 01101001 01110100 01100101 00100000 01101101
01100101 01101000 01110010 00100000 01000111 01100101
01101100 01100100 00101110 00100000 01000001 01101110
01100100 01100101 01110010 01100101 01110010 01110011

01100101 01101001 01110100 01110011 00100000 01101001
01110011 01110100 00100000 01100101 01110010 00100000
01101011 01100101 01101001 01101110 00100000 01101110
01101111 01110010 01101101 01100001 01101100 01100101
01110010 00100000 01000001 01110101 01110100 01101111
01110010 00101110. *Scheis drauf denkt sich der Autor und fügt
den Binär Code ein.*

Aus heiterem Himmel beginnt Olaf Scholz, mit seinen Händen in
den Kübel zu schaufeln, der offenbar mit einer dicken, roten Flüssigkeit gefüllt ist. Annette kann ihren Augen kaum trauen. Was zum
Teufel passiert hier gerade?! Langsam wird klar, was der Bundeskanzler da in großen Mengen in seinen Rachen schiebt – es ist
Ketchup. Mit einer erstaunlichen Geschwindigkeit stopft er sich gerade das Tomatenketchup in den Mund, als wäre es das Selbstver-
ständlichste der Welt. Und das, obwohl sein schickes Sakko dabei
völlig ungeschützt bleibt. Während er das Ketchup mit den Händen
in sich hineinbefördert, spritzt es überall hin. Schon bald ist sein
sonst so makelloses Sakko von roten Flecken überzogen, die kaum
zu übersehen sind. Olaf bleibt völlig fokussiert, seine Augen starren
unaufhörlich auf den Kübel mit Ketchup, der vor ihm steht. Wie
jemand, der den Kontakt zur Realität verloren hat, stopft er sich
unaufhörlich die dickflüssige, rote Soße in den Mund. Es scheint
fast, als ob er eine seltsame Freude daran hat. Bei kurzen Atempau-
sen, die er sich gönnt, kann Annette ein kleines, fast unmerkliches
Lächeln auf seinen Lippen erkennen. Doch kaum hat er sich wieder
ein wenig erholt, greift er erneut in den Kübel und schaufelt weiter.
Was geht hier nur vor? Es wirkt, als würde er sich in einem Wettkampf befinden – aber anstatt auf dem Spielfeld zu stehen, spielt er
das ungewöhnlichste aller Spiele: ein Wettessen mit Ketchup. Wie
ein Profi, der immer weiter macht, bis an die Grenze des Möglichen.

Annette will schnell ihr Handy herausnehmen, um dieses absurde Szenario zu filmen – das würde ihr niemand glauben. Sie greift in ihre Tasche, doch dann merkt sie es: *Mist!* Ihr Handy liegt noch bei der taubstummen Patientin, die immer zu viel Aufmerksamkeit erfordert. Ausgerechnet jetzt! Sie ärgert sich innerlich über diesen Umstand, aber es bleibt keine Zeit, sich weiter darüber zu ärgern. Ein lautes, unerklärliches Stöhnen durchbricht die Stille und zieht ihre Aufmerksamkeit sofort zurück auf Olaf.

Der Bundeskanzler wirkt völlig erschöpft. Er wälzt sich auf der Wiese, sein Sakko liegt einige Meter entfernt, komplett rot besudelt von dem Ketchup. Auch sein Hemd ist in derselben unappetitlichen Farbe getränkt. Er hat es geöffnet und streichelt mit einer Art hektischer Ruhe über seinen leicht behaarten Bauch. Wieder stöhnt Olaf laut auf. Annette sitzt immer noch wie versteinert auf der Parkbank und kann nicht fassen, was sie gerade erlebt. Wie konnte das passieren? Der wichtigste Mann Deutschlands, ein Politiker, der regelmäßig mit den mächtigsten Führungspersonen der Welt über Klimawandel, Terrorismus und Kriege spricht, wird hier am helllichten Montagmorgen in einem Park in Berlin bei einem solch bizarren Schauspiel erwischt. Allein das hätte Annette schon aus den Socken gehauen, aber dass dieser ernste, etablierte Politiker dann auch noch in einem nahezu grotesken Akt Ketchup mit der Hand in sich hineinschaufelt – das hätte sie nie für möglich gehalten. Nicht einmal in ihren wildesten Fantasien hätte sie sich so etwas vorgestellt. Ein weiteres stöhnen entweicht Olaf Scholz. Kauernd auf der Wiese, hält er sich den Bauch, als würde er an den Folgen seines eigenartigen Essens kämpfen. Annette kann einfach nicht mehr zusehen. Sie spürt, wie ihr Herz schneller schlägt. Sie muss ihm helfen – schließlich ist auch Olaf Scholz nur ein Mensch, und vielleicht kann sie herausfinden, was ihn zu diesem seltsamen Verhalten getrieben hat.

Zögernd steht Annette auf und geht langsam auf den Bundeskanzler zu. Ihr Blick bleibt auf dem Sakko hängen, das nun völlig verschmutzt ist. Überzogen mit Ketchup, Dreck und Erde, ist vom einst glänzenden Stoff nichts mehr zu sehen. Sie geht an dem Kübel vorbei, der ein paar Meter entfernt auf dem Boden steht. Der Kübel, der beinahe leer ist. Annette kann nur ahnen, wie viel Ketchup sich ursprünglich darin befand. Olaf liegt immer noch da, verzerrt von Schmerzen, der Gesichtsausdruck ein deutlicher Hinweis darauf, dass er mit den Folgen seines Ketchup-Exzesses zu kämpfen hat. Annette hält kurz inne und überlegt, ob sie wirklich näher kommen soll, bevor sie schließlich den Mut fasst und weitergeht. Sie muss herausfinden, was hier eigentlich passiert.

„Entschuldigung, kann ich Ihnen helfen?" fragt Annette zögerlich. Sie möchte nicht sofort erkennen lassen, dass sie weiß, wer er ist. Olaf Scholz dreht sich mit schmerzverzerrtem Gesicht weiter auf dem Boden, ohne eine Antwort zu geben. Annette kniet sich neben ihn und legt behutsam eine Hand auf seine Schulter. „Entschuldigung, kann ich Ihnen helfen?" fragt sie erneut, dieses Mal mit festerer Stimme. Langsam dreht sich der Bundeskanzler zu ihr, und ihre Blicke treffen sich. Sein Gesicht ist komplett mit Ketchup beschmiert, und er sieht völlig erschöpft aus. Eine seltsame Mischung aus Schmerz und Erschöpfung prägt seine Mimik. Er murmelt etwas, das Annette nur schwer verstehen kann.

„Entschuldigung, ich hab Sie gerade nicht verstanden?" fragt Annette, ihre Stimme ein wenig vorsichtiger.

„Ich kann das... Ich bin doch besser als dieser Franzose...", murmelt er leise, als ob er in einem anderen Zustand wäre. Er wischt sich mit seinem Hemd Ketchup von seinem Kinn, als ob der Moment surreal und weit weg von der Realität ist. Seine Miene verändert sich plötzlich, und er beginnt, sich mühsam zum Kübel zu robben, als würde er verzweifelt nach mehr suchen. Annette hört, wie er stöhnt und mit jedem Zucken seines Körpers spürt, dass es ihm schwerfällt, sich zu bewegen.

„Herr Bundeskanzler, was machen Sie hier eigentlich?" fragt Annette, ihre Stimme zittert vor Verwirrung und Besorgnis. Doch Olaf Scholz starrt weiterhin starr auf den Kübel vor ihm, als sei er hypnotisiert von seinem Ziel. Schließlich erreicht er ihn und setzt sich mit einem leisen Stöhnen aufrecht hin. Tief atmet er ein paar Mal durch, bevor er mit der Hand erneut in den Kübel greift und sich mehr Ketchup in den Mund schaufelt. Ein lauter, nach Ketchup stinkender Rülpser entweicht ihm.

„Jetzt hören Sie doch auf, das Ketchup zu essen! Ihnen ist doch ganz schlecht!", ruft Annette plötzlich, überrascht von der eigenen Entschlossenheit. In ihrer sonst so schüchternen Art klingt sie jetzt fast autoritär, als wolle sie ihn vor sich selbst retten.

Olaf schaut sie kaum an und antwortet mit einem entschlossenen Blick: „Niemals, ich muss das schaffen!" Er schaufelt weiter. Der Kübel ist fast leer.

„Nur noch ein bisschen…", murmelt er, der Kopf beinahe schon im Kübel versunken, als er die letzten Reste in sich aufnimmt.

Annette kann nicht mehr zusehen. Ihre Besorgnis wächst, und die Tatsache, dass dieser mächtige Politiker, der sonst über die Geschicke eines ganzen Landes bestimmt, hier in einem Park auf der Wiese sitzt und sich selbst in diesem absurden Wettessen verliert, ist für sie einfach zu viel. Sie kann nicht zulassen, dass ein erwachsener Mann sich vor ihren Augen mit Ketchup zu Tode frisst.

Gerade als Annette sich nach dem Kübel bücken will, spürt sie eine Hand auf ihrer Schulter. Erschrocken dreht sie sich um. Hinter ihr ragt ein Berg von einem Mann auf. Annette muss sicher zwei Köpfe nach oben blicken, um ihm ins Gesicht zu sehen. „Lassen Sie den Herrn Kanzler bitte in Ruhe sein Ding durchziehen. Es ist wichtig", sagt der Riese mit einer ruhigen, fast väterlichen Stimme. „Er ist oft gestresst, und auch der Herr Kanzler braucht seinen Ausgleich zur täglichen Arbeit", fügt er hinzu.

„Und das soll ein vernünftiger Ausgleich sein?" Annette starrt auf den Bundeskanzler, der auf dem Boden liegt, seine Handfläche zu einer Schüssel geformt, erneut voll mit Ketchup. Annette blickt verwirrt von dem Bodyguard zum Kanzler. „Sie würden staunen, wie viele Leute das in ihrem Alltag machen", antwortet der Bodyguard. Plötzlich ertönt ein lautes Stöhnen. Herr Scholz streckt beide Arme in die Luft, als würde er jubeln. Der Muskelmann lässt Annette los und geht zum Kübel. Er hebt ihn hoch und dreht ihn um – der Kübel ist völlig leer. Olaf jubelt noch lauter, doch bei jedem Freudenschrei zuckt er zusammen und krümmt sich leicht vor Schmerzen.

„Gratuliere, Herr Kanzler! 3,5 Kilo – ein neuer persönlicher Rekord!", sagt der Bodyguard, sichtlich stolz. Er zieht ein Handy und einen spitzen Gegenstand aus seiner Jackentasche, den Annette nicht genau erkennen kann. „Sagen Sie 'Cheese!'", ruft er dem Bundeskanzler zu. Olaf streckt beide Daumen nach oben und grinst von Ohr zu Ohr. Dann ertönt ein lauter Knall, und Annette zuckt erschrocken zusammen. Der Bodyguard hatte eine Konfettikanone abgefeuert und macht nun ein Siegerfoto vom strahlenden Kanzler.

„Und das soll der Franzose jetzt mal nachmachen!", schreit der Kanzler in den Himmel, als wäre ihm ein gewaltiger Stein vom Herzen gefallen. Doch der Schrei scheint zu viel für ihn zu sein. Langsam rollen sich seine Augen nach hinten, und er sinkt bewusstlos zu Boden.

Annette will sofort zu ihm laufen, um zu helfen, doch der Bodyguard legt ihr ruhig die Hand vor die Brust.

„Keine Sorge, Mädchen. Das passiert dem Herrn Kanzler immer nach einem Wettkampf. Der wird schon wieder zu sich kommen", sagt er gelassen.

Mit einer fast beiläufigen Geste geht der Muskelmann zum Boden, hebt den bewusstlosen Olaf Scholz auf und trägt ihn langsam davon, den Kanzler sanft in seinen kräftigen Armen wiegend.

„Warten Sie!", ruft Annette ihm nach. „Was war das hier alles? Ich meine, ich habe das jetzt gesehen, und ich weiß, dass es real ist, aber nach all dem lassen Sie mich einfach gehen, ohne mir eine Antwort zu geben?" Annette ist fassungslos.

Der Bodyguard setzt Olaf vorsichtig auf den Boden ab und greift in seine Jackentasche. Er wirft Annette ihr Handy zu.

„Ich kann Ihnen keine Antwort geben", sagt er ruhig. „Und glauben Sie mir, Sie würden mir das genauso wenig glauben, wie jemandem hier glauben wird."

Er hebt den Bundeskanzler wieder in seine Arme und geht langsam davon.

Annette bleibt ratlos stehen und starrt ihm hinterher. Der Park ist immer noch leer. Was zum Teufel war hier gerade passiert? Niemand würde ihr das glauben – sie konnte es kaum selbst fassen. Sie wirft einen Blick auf ihr Handy. Der Akku ist fast leer, nur noch ein Prozent. Es ist 11:03 Uhr an einem sonnigen Montagmorgen in Berlin.

SAUNA / INNEN / TAG

Der Schweiß läuft Lorenz von der Stirn. Jakob und er hatten sich wieder ihre berüchtigte Absinth-Sauna gegönnt. Inmitten der Hitze waren sie tief in ein Gespräch vertieft.

LORENZ

Ich sag dir, Jakob, das wird der Wahnsinn. Sobald ich das Buch fertig habe, werde ich weltberühmt.

JAKOB

Ich weiß ja nicht, Lorenz. Ein Kapitel über eine Verschwörung von
berühmten Leuten, die Soße essen? Das klingt nicht gerade nach
dem Stoff,

aus dem Bestseller gemacht werden.

LORENZ

Ich weiß, das klingt verrückt. Aber mein Vater hat es schon gelesen,
und ihm hat gerade dieses Kapitel am meisten gefallen. Immerhin
geht es

darin um ernste Themen – wenn man es versteht.

Jakob schüttelt ungläubig den Kopf. Er steht auf und geht zum Sau-
naofen. Mit einer fließenden Bewegung greift er nach einer halb
geöffneten Absinth-Flasche.

JAKOB

Du willst auch noch, oder?

LORENZ

Gib ihm, Bruder.

Jakob nimmt einen kräftigen Schluck aus der Flasche und kippt
dann den Rest über die heißen Steine.

LORENZ

Und? Investierst du mit?

Jakob starrt nachdenklich in die heißen Steine. Es herrscht einige Sekunden lang Schweigen, bevor er schließlich Lorenz ansieht.

JAKOB

Du sagst, es spricht eigentlich ernste Themen an.

Was genau meinst du damit?

Lorenz kann sich das Grinsen nicht verkneifen. Er wusste, dass er einen Investor gewonnen hatte.

Annette versuchte verzweifelt, ihre Geschichte einer Zeitung zu verkaufen, doch niemand wollte ihr glauben. Ihre Familie lachte sie aus, als sie ihnen davon erzählte. Sogar ihre Mutter machte sich ernsthafte Sorgen um ihren Geisteszustand. Der Bodyguard, von dem Annette sprach, war nirgends zu finden – weder im Internet noch in den Zeitungen oder irgendwo anders. Und auch Olaf Scholz schien mit seinem Alltag ganz normal weiterzumachen. Nur einen Tag nach diesem Vorfall reiste er nach Brüssel, um eine Rede vor der EU über Migration und die Auswirkungen auf die Döner-Preisentwicklung zu halten. Alles schien so, als wäre nichts passiert.

Doch als wir von dieser Geschichte hörten, wussten wir sofort: Annette war nicht verrückt. Wir trafen uns mit ihr nur zwei Monate später, und sie erzählte uns alles. Natürlich glaubten wir ihr – in Insiderkreisen war schon länger von dieser Verschwörung die Rede. Denn so ein Vorfall war nicht das erste Mal passiert.

Im kleinen Dorf York, South Dakota, nahe dem Talahon River, erzählte ein Mann namens Igor Agratschinow eine ebenso außergewöhnliche Geschichte. Igor arbeitete dort als Kleinspion – ein Spion mit ungewöhnlich kleiner Statur – für den KGB und übermittelte wichtige Informationen an Russland. Eines Abends beschloss Igor, nach der Arbeit noch in eine Bar zu gehen, um etwas zu trinken. Das war eine seiner Gewohnheiten, denn, wie jeder Russe, war auch Igor zu mindestens 75 Prozent schwer alkoholabhängig. Gegen 22:13 Uhr machte er sich schließlich auf den nachhause Weg. Zu Fuß musste er rund sechs Kilometer bis zu seinem Hotel zurücklegen. Doch auf diesem scheinbar gewöhnlichen Weg sollte Igor einen Vorfall erleben, der alles verändern würde – das merkwürdigste Ereignis seines Lebens.

Wie auch Annette, traf Igor auf einen Mann, der alleine durch die Nacht ging. Doch dieser Mann trug traditionelles asiatisches Gewand, so rot, dass es selbst in der Dunkelheit hervorstach. Er hielt eine riesige Flasche, die er mit beiden Händen fest umklammerte. Igor blieb stehen und beobachtete ihn, denn der Mann kam ihm merkwürdig bekannt vor. Genau wie bei Annettes Vorfall, blieb der Mann ebenfalls stehen, betete für einen Moment und trank dann die gesamte Flasche aus, als hinge sein Leben davon ab.

Igor wollte eingreifen, dem Mann helfen, doch auch er wurde von einem unbekannten Bodyguard zurückgehalten. Erst als der Mann die Flasche leer hatte, durfte Igor sich nähern. Doch anstatt Hilfe zu erbitten, bat der Mann Igor nur, ein Foto von ihm zu machen und es in eine WhatsApp-Gruppe zu schicken. Der Russe machte das Foto, und der Asiate sagte ihm, er solle darunter „4,2 Liter Sojasoße, York" schreiben. Laut Igor beobachtete der Bodyguard ihn genau, um sicherzustellen, dass er genau das tat, was der Asiate ihm befohlen hatte. Nachdem Igor das Foto gemacht hatte, gab er das Handy dem Bodyguard zurück, da der Asiate mittlerweile bewusstlos geworden war. Der Bodyguard hob den bewusstlosen Mann auf und verschwand dann mit ihm in der Dunkelheit der Nacht. Igor erzählte uns, dass er als Kleinspion schon viele ungewöhnliche Erlebnisse hatte, doch dieser Vorfall ließ ihn nicht los. Später wandte er sich an die Polizei, doch sie glaubten ihm nicht. Stattdessen lief es darauf hinaus, dass sie Igor an die CIA auslieferten, da er für die Russen arbeitete. Später fand Igor heraus, warum der Asiate ihm so vertraut vorkam. Es handelte sich um Ho Iat Seng, das Staatsoberhaupt der Sonderverwaltungszone Macau. Doch Igor konnte sich keinen Reim darauf machen, warum sich ein so hochrangiger Politiker in einem kleinen amerikanischen Dorf befand und 4,2 Liter Sojasoße in sich hineinkippte.

Der deutsche Bundeskanzler und das Staatsoberhaupt von Macau – warum sollten diese beiden so bedeutenden Politiker aus dem Nichts heraus bis zum Erbrechen Soße konsumieren? Wer waren die mysteriösen Bodyguards, die nie wieder gesehen wurden? Und wie viele solcher Vorfälle gab es noch?

Mein Team und ich wussten, dass diese Ereignisse nicht einfach aus dem Nichts kamen. Tatsächlich kursiert in bestimmten Internet-Foren schon eine Theorie zu diesem Thema. Diese Theorie besagt folgendes:

Selbst die reichsten und mächtigsten Menschen der Welt brauchen ab und zu eine Auszeit. Doch wie entspannen sie? Zunächst amüsierten sie sich mit den gleichen Dingen wie jeder andere: Urlaub in Fünf-Sterne-Hotels, Sport treiben oder Luxusgüter einkaufen. Doch irgendwann wurde dies für die Reichen und Mächtigen zu langweilig. So gründete eine noch unbekannte, einflussreiche Persönlichkeit eine exklusive WhatsApp-Gruppe. In dieser Gruppe versammelten sich nur Superreiche, die einander Urlaubstipps gaben und Reiseempfehlungen austauschten. Es wurden wertvolle Kontakte geknüpft und bedeutende Freundschaften geschlossen. Mit der Zeit wuchs die Gruppe, immer mehr mächtige Persönlichkeiten stießen dazu. Und wie jeder weiß, wollen reiche Menschen nur eines: sich gegenseitig zu überbieten. In der Gruppe entstand immer mehr ein Wettkampf. Wer fuhr das beste Auto? Wer schlief im extravagantesten Hotel? Wer genoss das exklusivste Essen? Doch mit der Zeit wurde dieses Schaulaufen immer absurder. Es ging nicht mehr nur darum, „wer die meisten Schlafzimmer in seinem Haus hatte", sondern plötzlich hieß es: „Schaut her, ich habe in 34,4 Sekunden meine Katze rasiert." Es schien, als wollten die Superreichen immer verrücktere Dinge tun, um zu zeigen, wie außergewöhnlich sie sind und was sie alles bereit sind zu tun. Der Höhepunkt dieses Wettbewerbs kam, als Mukesh Ambani, einer der reichsten Inder der Welt, sich selbst filmte, wie er ein Kilo indische Curry-Mango-Soße verschlang. Er wollte beweisen, dass Inder den stärksten Magen haben. Und dann nahm die Sache schnell Fahrt auf. Es dauerte nicht lange, bis auch andere Superreiche und Politiker sich beim Soßenessen filmten, um ihre Stärke zu demonstrieren. So entwickelte sich ein regelrechtes Duell der mächtigsten und bekanntesten Männer der Welt, um herauszufinden, wer am meisten Soße essen konnte.

Ob diese Theorie tatsächlich zutrifft, wissen wir natürlich nicht. Und es wird wohl auch sehr schwierig sein, sie je zu bestätigen, da die Mitglieder der Gruppe ihren Ruf aufs Spiel setzen würden, wenn solche Informationen nach außen dringen. Dennoch hört man immer wieder von „Soßen-Vorfällen", die ähnlich sind. Mehrere Berichte haben uns inzwischen auch aufgezeigt, dass es in der Gruppe offenbar bestimmte Regeln gibt. Eine dieser Regeln besagt, dass die Soße ausschließlich mit der Hand gegessen werden darf. Angeblich wurde diese Regel eingeführt, weil einige Mitglieder mit manipulierten Löffeln aßen, um zu schummeln. Nach erfolgreich absolvierten „Competitions" senden die Teilnehmer immer ein Beweisfoto in die Gruppe. Wir vermuten, dass dieses Foto direkt nach der Challenge aufgenommen werden muss, um Manipulationen zu verhindern. Wer genau Mitglied dieser Gruppe ist und wie viele Personen sie umfasst, bleibt leider unklar. Fachkreisen zufolge wird die Zahl der Mitglieder auf maximal 70 bis 80 geschätzt. Doch es kursieren auch andere Theorien im Internet, die von einer deutlich größeren Gruppe ausgehen. Ein besonders interessanter Beitrag kam in dem seriösen Subreddit „UgAy" von einem bekannten Nutzer namens „Guest562942". Er stellte eine Theorie auf, die viel Aufmerksamkeit erregte. Laut seiner Theorie wächst die Gruppe im gleichen Tempo wie die durchschnittliche Inflation der wirtschaftlich stärksten Länder der Welt. Er behauptete, dass man eine bestimmte Geldsumme auf dem Konto haben muss, um in die Gruppe aufgenommen zu werden. Fehlt einem das nötige Kapital, so gibt es laut ihm nur eine einzige Möglichkeit, Mitglied zu werden.

Laut „Guest562942" sollen auch Personen mit großer sozialer Reichweite eine Chance haben, in die Gruppe aufgenommen zu werden. Dies wurde seiner Theorie zufolge besonders deutlich im Jahr 2013 während des „Ellen DeGeneres-Vorfalls" in Takanuhga, einer kleinen Stadt in West-South Wisconsin. Die bekannte amerikanische Talkshow-Moderatorin Ellen DeGeneres wurde dort von einem Mann namens Cillian McShithouse beobachtet, wie sie 2 Kilogramm Sour-Cream-Dip „genoss". Bei diesem Vorfall sprach Ellen ungewöhnlich viel, was für solche Ereignisse eher untypisch ist, da die meisten Teilnehmer sich in der Regel bis zur Bewusstlosigkeit essen, während die Bodyguards selten ein Wort sagen. Wahrscheinlich lag es an ihrem Beruf. Laut Cillian erzählte sie ihm, dass sie aufgrund ihrer medialen Aufmerksamkeit und dem berühmten Oscar-Selfie mit Bradley Cooper in die Gruppe aufgenommen wurde. Es scheint durchaus plausibel, dass Personen wie Schauspieler oder Musiker in die Gruppe aufgenommen werden, da sie durch ihre riesige Fangemeinde in den sozialen Medien erheblichen Einfluss auf die Gesellschaft ausüben.

Wir wissen nicht, wie es mit der Gruppe weitergeht. Nach wie vor hört man immer wieder von „Soßen-Vorfällen", und wahrscheinlich wird das auch weiterhin der Fall sein. Wie lange es jedoch dauern wird, bis sich ein Mitglied verplappert und die Existenz der Gruppe bestätigt, bleibt ungewiss. Bis dahin bleibt sie nur ein Gerücht, ein Mythos, den die Reichen und Mächtigen dieser Welt mit allen Mitteln zu unterdrücken und zu vertuschen versuchen werden. Die „Soßengruppe" ist etwas, von dem die meisten Menschen nie gehört haben, und viele, die davon erfahren, glauben nicht an ihre Existenz. Aber wir gehören nicht dazu. Denn wenn man genau hinsieht und gründlich recherchiert, kann es nur eine Schlussfolgerung geben: Diese Gruppe existiert. So krank und verrückt es auch klingen mag, sie ist real und wird wohl auch weiterhin bestehen. Denn die Reichen werden sich immer wieder überbieten wollen. Das haben sie schon vor tausend Jahren getan, und mit ziemlicher Sicherheit werden sie es auch in tausend Jahren noch tun.

Vermutlich hast du noch nie von dieser Gruppe gehört, und vielleicht bist du ein wenig verstört. Aber ich hoffe trotzdem, dass ich dir einen neuen Blickwinkel auf unsere Welt eröffnen konnte. Du musst nicht daran glauben, aber versuche nicht, diejenigen, die daran glauben, davon zu überzeugen, dass es verrückt ist. Denn das ist es nicht. Vielleicht gehst du ja irgendwann mal im Park spazieren und siehst aus der Ferne Henry Cavill, oberkörperfrei und mit Senf beschmiert. Bis dahin: Glaub nicht alles, was in den Zeitungen steht.

Im Folgenden finden Sie eine Liste aller bestätigten Soßen-Vorfälle, die wir weltweit recherchieren konnten.

Promis:

Beyoncé – New Orleans, Louisiana – Cajun-Sauce

Keanu Reeves – Laval, Kanada – Poutine-Sauce

Ellen DeGeneres – Takanuhga, West South Wisconsin – Sour Cream-Sauce

Chris Hemsworth – Byron Bay, Australien – Aioli

Lady Gaga – Yonkers, New York – Trüffel-Mayonnaise

Dwayne "The Rock" Johnson – Hayward, Kalifornien – Sriracha-Sauce

Shakira – Barranquilla, Kolumbien – Tamarindensauce

Leonardo DiCaprio – Los Angeles, Kalifornien – Salsa Verde

Politiker:

Olaf Scholz – Berlin, Deutschland – Ketchup-Sauce

Emmanuel Macron – Amiens, Frankreich – Béarnaise-Sauce

Vladimir Putin – St. Petersburg, Russland – Kaviar-Crème fraîche

Joe Biden – Scranton, Pennsylvania – Ranch-Dressing

Justin Trudeau – Ottawa, Kanada – Ahorn-Balsamico

Jacinda Ardern – Morrinsville, Neuseeland – Feigen-Chutney

Ho Iat Seng – York, South Dakota – Soja-Sauce

Barack Obama – Honolulu, Hawaii – Shoyu-Sauce

Milliardäre:

Mark Zuckerberg – Palo Alto, Kalifornien – Trüffel-Mayo

Elon Musk – Brownsville, Texas – Chipotle-Sauce

Jeff Bezos – Medina, Washington – Knoblauch-Parmesan-Sauce

Bill Gates – Medina, Washington – Caesar-Dressing

Warren Buffett – Omaha, Nebraska – BBQ-Sauce

Larry Page – Los Altos, Kalifornien – Tzatziki-Sauce

Michael Bloomberg – New York City, New York – Senf-Honig-Dressing

Genug vom Soßenkult. Entschuldigen Sie bitte, dass ich Sie beim Lesen des Kapitels nicht gestalkt habe. Ich musste nur schnell meine Katze aus der Mikrowelle holen. Sie fragen sich sicher, warum Menschen sowas tun. Warum stecken Leute ihre Katzen in

Mikrowellen? Oder warum rasieren sich Menschen die Füße? Ich habe mich oft gefragt, warum Menschen überhaupt tun, was sie tun. Und je mehr man darüber nachdenkt, desto mehr wird einem bewusst, dass man kaum noch der Erste in irgendetwas sein kann. Im Laufe der Geschichte gab es so viele Menschen, und jeder von ihnen hat eine Menge Dinge getan. Da war der erste Mensch, der die Schrift erfunden hat, dann der erste, der sich einen Joint gedreht hat, gefolgt von dem ersten, der gesagt hat, das sei illegal.

Man merkt schnell, dass schon fast alles getan wurde, sodass die Menschen immer verrückter werden mussten, um der Erste zu sein, der etwas Neues erschafft. Zum Beispiel gab es den ersten, der den Zweiten Weltkrieg entfachte, den ersten, der Kokain entdeckte, und den ersten, der mit orangefarbener Hautfarbe Präsident der USA wurde. Manchmal frage ich mich, ob es überhaupt noch etwas gibt, das noch niemand getan hat. Kann ich in meinem Leben noch etwas erreichen, das wirklich einzigartig in der Geschichte der Menschheit ist? Könnte dieses Buch vielleicht etwas sein, das noch nie jemand gemacht hat und das nie wieder jemand wiederholen kann? Oder muss ich mich auf andere Themen spezialisieren? Vielleicht muss man einfach anders denken als alle anderen. Sozusagen ‚out of the box', wie bei Schrödingers Katze. Für diejenigen, die das Prinzip von Schrödingers Katze nicht kennen, erkläre ich es noch einmal kurz, genauso wie es mir damals mein alkoholkranker Physiklehrer beigebracht hat.

Michael Atze Schrödinger war einst ein verzweifelter Physiker, der nicht wusste, wie er seine Wohnung bezahlen sollte. Der König hatte erneut den Leitzins im Königreich erhöht, und so wurde die Inflation im Mittelalter übelst gefickt. Schrödinger lebte damals in einer kleinen, gemütlichen Einzimmerwohnung im Königreich Mecklenburg-Vorpommern, zusammen mit seiner Katze Wilfried. Die Wirtschaftslage war für einen Physiker alles andere als hilfreich.

Schrödinger unterrichtete an einer Schule namens ‚Für reiche weiße Männer', die ausschließlich wohlhabende, weiße Schüler aufnahm. Doch durch die schlimme Inflation konnte sich die Schule nicht mehr alle Schulfächer leisten. Also beschloss der Direktor, eines der Fächer ‚Folter lernen für Kinder', ‚Die Kirche darf alles' oder ‚Physik' – aus dem Lehrplan zu streichen. Er entschied sich, Physik zu entfernen, da die anderen Fächer zu dieser Zeit als zukunftsorientierter galten. So stand Schrödinger plötzlich ohne Job und ohne Auto da, weil es zu dieser Zeit noch keine Autos gab. Kurz darauf erkrankte seine geliebte Katze an Lungenkrebs. Sie hatte immer viel geraucht, und Schrödinger wusste, dass ihr das irgendwann zum Verhängnis werden würde. Da Schrödinger seine Katze sehr liebte, wollte er ihr ein Grab mit einem eigens gefertigten Grabstein schenken. Doch der Grabstein war viel zu teuer, und da Schrödinger ohnehin schon wenig Geld und keinen Job hatte, konnte er sich diesen nicht leisten. Also saß Schrödinger eines Tages verzweifelt in seiner Wohnung und wusste nicht, was er mit seiner Katze tun sollte. Er hatte Hunger, aber alle Lebensmittel waren schon über dem Mindesthaltbarkeitsdatum, und deshalb konnte er sie nicht essen. (Im Mittelalter achteten die Menschen besonders auf das MHD, da sie glaubten, man würde sich in Kanye West verwandeln, wenn man abgelaufene Lebensmittel zu sich nahm.) Schrödinger hatte genug von allem. Dann kam ihm plötzlich eine Idee. Aus irgendeinem unerklärlichen Grund begann er, die Katze zu rasieren und zu essen. Es fühlte sich irgendwie perfekt an. Er wusste, dass es krank war und wahrscheinlich auch krank machte, aber irgendetwas in ihm sagte, dass das Verrückte genau das war, was er brauchte. Nachdem er die tote Katze aufgegessen hatte, legte er sich ins Bett. Er dachte an die Katze und dankte ihr für das gute Mahl, das sie ihm beschert hatte. Doch das sollte nicht das letzte sein, was die Katze für ihn tat. Plötzlich, wie aus heiterem Himmel, klopfte es an Schrödingers Tür. Ein jüdischer Bankier stand davor, mit einem Sack voll Gold, den er Schrödinger überreichte. Es hieß, Schrödinger habe das Gold gewonnen. Überrascht und völlig baff, stellte Schrödinger fest, dass er plötzlich reich war. Durch den hohen Leitzins stiegen die Goldkurse, und das Gold wurde noch mehr wert. Er kaufte sich eine Villa an der Schlossallee, und von diesem Moment an versprach er sich selbst, jedes Jahr eine tote Katze zu essen. Und so lebte Schrödinger bis zu seinem Tod, Jahr für Jahr, mit dem gleichen skurrilen Ritual.

Das Prinzip von Schrödingers Katze ist bis heute weit bekannt. Man lernt sogar in der Schule davon. Oft habe ich darüber nachgedacht, wie ich dieses Prinzip in mein Leben integrieren könnte. Man muss einfach mal verrückt denken. Anders als die anderen. Wenn du immer nur das tust, was alle tun, wirst du nur das bekommen, was alle auch bekommen. Du musst neue Wege gehen, um im Leben etwas Einzigartiges zu schaffen. Wenn alle anderen für eine Prüfung lernen, sitzt du daneben, rasierst dir den Kopf und rauchst dann die Haare. Wenn alle anderen in ihrem Job ihre Arbeit erledigen, bist du derjenige, der seinen Kopf gegen die Tischkante schlägt und mit einem Suchtproblem beginnt. Wenn alle anderen im Sommer nach Italien fahren, fliegst du nach Kapstadt und lässt dich freiwillig ausrauben. Normal sein kann jeder, und wie man sieht, ist das ziemlich langweilig. Ich glaube, ein bisschen verrückt zu sein, würde der ganzen Welt nicht schaden. Nur so kommt man zu etwas. Alle erfolgreichen Menschen sind ein bisschen verrückt. Elon Musk, der reichste Mensch dieses Universums, hat öffentlich zugegeben, dass er sich seinen Penis beschnitten und seine Vorhaut gegessen hat. Nick Haggelsbunn, der erfolgreichste imaginäre Klavierspieler der Welt, jagt seit seiner Kindheit eingebildete Elfen. Barack Obama, der wohl beste Präsident unserer Zeit, ist schwarz. Du siehst, nur weil man anders denkt oder anders ist, bedeutet das nicht, dass man es zu nichts bringen kann. Ganz im Gegenteil, es zeigt sogar, dass man eine höhere Chance hat, es zu etwas zu bringen.

Ich gebe euch ein Beispiel: Ali Muahtazeni war ein indischer Biologe und Erfinder. Er erfand speziell gezüchtetes Gemüse und Obst für Kleinbauern, die Nischenprodukte anbauen wollten. Doch trotz seiner Bemühungen hatte Ali nicht sonderlich viel Erfolg. Alle seine Gemüsesorten schmeckten nach Limette. Egal was er versuchte – es schmeckte immer nach dieser verdammten Limette. Ali hasste Limetten. Doch dann hatte er eine glorreiche Idee: Er wollte eine neue Apfelsorte kreieren – die „New Delhis Blue Killer Apple". Also pflanzte er einen Apfelbaum in seinem Garten und anstatt, wie bei seinen früheren Experimenten, Limettensaft beim Gießen zu verwenden, beschloss er, darauf zu pinkeln. Jeden Morgen und jeden Abend goss Ali etwa einen Liter seines selbst hergestellten Urins über die gepflanzten Äpfel. Nach einigen Wochen begann eine neue Pflanze zu wachsen. Ali hatte tatsächlich eine neue Obstsorte erschaffen. Die Frucht war rund und hatte eine hellere rote Farbe als ein gewöhnlicher Apfel. Außerdem war das neue Obst weicher. Ali schnitt es in zwei Hälften und stellte fest, dass das Fruchtfleisch im Inneren viel mehr Flüssigkeit und Kerne behielt. Die hohe Flüssigkeitsmenge konnte er sich durch das ständige Gießen mit seinem Urin erklären. Doch als er genauer hinsah und Weiterforschung betrieb, kam Ali zu einer überraschenden Entdeckung: Das, was er in den Händen hielt, war kein Obst. Es war Gemüse. Doch das Wichtigste stand noch aus – der Geschmackstest. Als Ali in das neue Gemüse biss, wusste er sofort, dass diese Erfindung etwas anderes war. Und als er den Geschmack erlebte, strahlte er über beide Ohren. Es schmeckte grauenhaft. Das Gemüse war genau das, was Ali sich immer erhofft hatte: Eine Sorte, die die Mehrheit der Menschen nicht mögen würde, aber trotzdem von einer kleinen Gruppe so sehr geschätzt wird, dass sie in jedem Rezept vorkommt. Endlich hatte er eine Gemüsesorte erschaffen, die Streitkultur förderte. Einige würden es lieben, die meisten jedoch würden es hassen. Da es sich um Gemüse handelte, konnte Ali es nicht mehr ‚New Delhis Blue Killer Apple‘ nennen. Er taufte es schlicht ‚Tomate‘.

Ali Muahtazeni wurde damit steinreich. Bis heute streiten sich die Menschen darüber, ob man Tomaten liebt oder hasst. Es gibt immer noch Leute, die sich in Restaurants extra die Tomaten von ihren Speisen abbestellen. Und bis heute wird Alis ursprüngliche Idee, Äpfel mit Urin zu gießen, weiterhin bei der Herstellung von Tomaten angewendet.

Verrückt zu sein ist die einzige logische Wahrheit, wenn es um Erfolg geht. Anders zu denken und zu handeln wird dir viel mehr im Leben helfen als einfach nur normal zu bleiben. Vielleicht ist das auch der Grund, warum ich dieses merkwürdige Buch schreibe. Aber genug vom üblichen Mentalitätsgelaber, das ich euch hier immer präsentiere. Das richtige Mindset habt ihr wahrscheinlich schon, wenn ihr so verrückt seid, bis hierhin zu lesen. Doch auch das beste Mindset nützt dir nichts, wenn du keinen klaren Tagesplan hast. Du musst deinen Tag strukturieren und diesen Plan konsequent umsetzen. Denn nur wer kontinuierlich an sich arbeitet, wird es irgendwann zu etwas bringen.

Ihr fragt euch wahrscheinlich, wann ich endlich über den perfekten Tagesplan schreibe. Aber da habt ihr euch geirrt. Denn der perfekte Tagesplan wird sich nicht einfach zusammenstellen lassen. Er wird zu dir kommen. Erst wenn du mit dir selbst im Reinen bist, wenn du deine Lasten und Schulden (nicht die beim Dealer, sondern die im Herzen) abgelegt hast, wirst du wahre Ruhe finden. Dann wirst du wissen, was wirklich gut für dich ist und was nicht. Dein Tagesplan wird sich dir offenbaren, wenn du dich selbst ehrlich und wahrhaftig erkannt hast. Und ich kann dir einige Tipps geben, wie du leichter zu deiner inneren Mitte findest, um so deinen wahren Tagesplan zu entdecken.

Tipp 1: Jagen. Zieh dich an wie ein Steinzeitmensch und schnitze dir einen Speer. Versetze dich in die Rolle eines prähistorischen Jägers. Renne dann leicht bekleidet durch eine Großstadt und tu so, als wärst du ein Urzeitmensch auf der Jagd. Sprich nicht mit anderen, sondern gestikuliere wild, wenn jemand dich fragt, was los ist. Ein bisschen Chaos ist durchaus erwünscht – sei es durch leichtes Randalieren oder öffentliches Urinieren. Deine geistige Rückkehr in die Urzeit wird deine Gehirnzellen auf die alten Evolutionsstufen zurückführen und deinen Fokus von den modernen Ablenkungen wie Pornos und TikTok weglenken. Jeder Mensch hat einen inneren Urzeitmenschen, den sogenannten *Homo analus*. Dieser *Homo analus* kann dir dabei helfen, eine neue spirituelle Perspektive zu entwickeln und dein Gehirn, das von Social Media ertränkt ist, zu befreien. Also lass dich auf diesen Urzeitmenschen in dir ein – vielleicht begegnest du dir dabei sogar selbst

Tipp 2: Erleichterung. Der tägliche Stuhlgang sollte das Highlight des Tages sein – doch leider haben wir das verlernt. Die Gesellschaft hat uns beigebracht, uns in kleine Kabinen zu verkriechen, um das braune Geschäft zu erledigen. Doch ich finde, das ist alles andere als gesund. Der Akt des Kotens sollte stets in der freien Natur oder, wenn es sein muss, in einem Möbelgeschäft deiner Wahl stattfinden – ganz wie es auch schon die alten Ägypter taten. Also, verliere deine Scham und geh deinen eigenen Weg. Scheide deine Exkremente in der Öffentlichkeit aus und ignoriere dabei die Blicke der anderen. Scheiße im Hier und Jetzt. Meine persönlichen Lieblingsorte, um Barack ins weiße Haus zu bringen, sind: das lila Klo für 2499 € im dritten Stock des IKEA in München, der Stadtbrunnen in Bamberg oder mitten in einem Moshpit bei einem Death-Metal-

Konzert. Aber nichts, wirklich nichts, wird meinen All-Time-Beruhigungsschiss beim Handballhobbyturnier der U15 in Bremerhaven übertreffen, als ich mitten im Spiel meinen Big Lebowski auf die Bowlingbahn setzte. Ihr wisst, was ich meine.

PS: Der „2006er LeBron Maestro Kotgang" war der Moment, in dem ich endlich meinen wahren Tagesplan fand."

„Tipp 3: Eine andere Meinung einholen. Andere Menschen sind oft als die anderen Ichs bekannt. Und wer könnte besser wissen, wie du deine innere Mitte findest, als diese anderen Ichs? Also geh auf die Suche nach einer völlig fremden Person und frag sie, ob sie dir helfen kann, dich selbst zu finden, damit du deinem wahren Tagesplan näherkommst. Das Problem ist nur, dass du andere Menschen oft dazu bringen musst, dir zu helfen – denn leider sind viele Menschen heimlich riesige Arschlöcher. Deshalb musst du hartnäckig bleiben. Wenn jemand ablehnt und dir sagt, du sollst dich verpissen, folge dieser Person bis nach Hause. Finde ihre Nummer und ruf sie täglich an, um nachzufragen, ob sie dir jetzt endlich hilft. Schick ihr E-Mails und schick regelmäßig Faxe an ihr Büro. Beobachte sie, mit Nachtsichtgerät, auch tagsüber. Selbst wenn sie die Polizei ruft und dir eine einstweilige Verfügung ausstellt, darfst du nicht aufgeben. Auch wenn es Jahre dauert. Irgendwann wird diese Person dir helfen – und dann wirst du, mit ihrer Unterstützung, deine spirituelle Mitte finden und deinen Tagesplan entdecken.

Tipp 4: Angola. Nirgends gibt es so viele Touristenhotspot-Länder wie auf dem Kontinent der Schwarzen. Eines dieser Länder ist das weit entfernte Angola. Viele Europäer fliegen hierher, um ein paar ruhige Tage zu verbringen. Genießen Sie die schönen Orte Angolas, angefangen bei den Diamantfeldern. Gefolgt von den wunderbaren Grenzübergängen nach Sambia und Kongo. Dort erwartet Sie eine spannende Jeep-Tour durch nicht gekennzeichnete Minenfelder.

Eine Empfehlung, die ich Ihnen unbedingt ans Herz legen möchte, ist die Provinz Cabinda. Hier können Sie zusehen, wie Demonstranten gefühlvoll vom Militär eine Scheindemokratie in den Bauch massiert bekommen. Wenn Sie wollen, können Sie sich selbst von einem Soldaten verprügeln lassen und so die angenehme „Kraft" Angolas spüren. 98 Prozent der inhaftierten Touristen Angolas würden eine Reise nach Angola weiterempfehlen (Statistik könnte gefälscht sein). Also buchen Sie eine 14-tägige Reise ins Wunderland Angola und finden Sie zu Ihrer inneren Mitte.

Tipp 5: Beweise dich im Internet. Wenn du die ersten vier Tipps durchprobiert hast und immer noch nicht deine Mitte gefunden hast, dann bist du vermutlich ein „Komplexhaufen". Menschen wie du sind so sehr im Streit mit sich selbst, dass sie sich einfach nicht finden können. Lange Zeit waren solche Menschen unfähig, ihre Mitte zu finden, was auch dazu führte, dass sie keinen passenden Tagesplan erstellen konnten. Viele von ihnen haben sich sogar früher freiwillig für den Krieg gemeldet, weil sie tief im Inneren wussten, dass sie es nie zu etwas bringen würden.

Doch dann erfand Mark Zuckerberg das Internet – eine wahre Erleuchtung für all die ungehörten und nicht erfolgreichen Menschen da draußen. Endlich konnten sie zu allem und jedem ihre Meinung äußern. Schnell fanden sich diese „Komplexhaufen" in den Kommentarspalten des World Wide Web wieder, um sich zu streiten. Und es tat ihnen gut. Sie merkten, dass sie durch diese Streitkultur endlich Aufmerksamkeit erlangen konnten, wenn sie nur genug provozierten.

Und so begannen diese Menschen, im Internet zu schikanieren – oft mit einer gut strukturierten Basis. Zwar hatten sie nie eine innere

Mitte, aber durch ihre passiv-aggressiven Aktionen erlangten sie Aufmerksamkeit und, was noch wichtiger war, Reichtum. Einige der bekanntesten Beispiele solcher „Komplexhaufen" sind die In-zucht-Influencer-Geschwister Logan und Jake Paul, der dreifache Boxweltmeister Shridhar Chillal und der erste Mensch mit oranger Haut, Donald Trump.

Durch diese Tipps solltest du in der Lage sein, deine innere Mitte zu finden. Und du wirst bald merken, wie dein perfekter Tagesplan dir förmlich ins Gesicht springt. Wenn du die ideale Routine ge-funden hast und diese konsequent durchziehst, wirst du vielleicht ein erfolgreicher und wichtiger Mensch in der Gesellschaft – oder auch nicht. Je nachdem, was ich oben geschrieben habe.

Vielleicht fragt ihr euch jetzt, was ich mit diesem Kapitel eigentlich genau ausdrücken will.

*Kurzes Innehalten. Rudi holte tief Luft, zog mit dem Kopf zurück – und **BUMM!** Mit voller Wucht schlug sein Kopf gegen die Tisch-kante. Blut lief ihm die Stirn hinunter. Was sollte das Ganze? Viele der Anwesenden, vor allem die Neuen, waren verständlicherweise verwirrt. Sie kannten noch nicht Rudi McSackschweiß, den Erlö-ser. Er war der Mann, der mit seinen Visionen durchs Land zog und aus seinem Buch vorlas. Viele seiner Jünger fanden so die wahre Stärke des Lebens. Außerdem war seine Sekte mit einem Jahres-abonnement von gerade einmal 344,99 € das billigste im Land, um endlich Freude zu finden. Rudi trank ein Glas Bratensaft, nahm ei-nen Moment, um sich zu sammeln, und begann dann wieder zu re-den. Die Jünger hingen gebannt an seinen Lippen.*

Und um es noch einmal ganz deutlich zu sagen: Ich habe keinen Plan. Dieses Kapitel habe ich nur geschrieben, um all den Unsinn, der in meinem Kopf herumschwirrt, endlich auf einem Blatt Papier zu verewigen. Alle Autoren der Welt machen sich Gedanken darüber, wie sie ein Buch so schreiben, dass es spannend genug ist, um es für 14,99 € an die Leser zu verkaufen. Es gibt sogar Bücher darüber, wie man Bücher schreibt. Und das Ganze wird noch spezifischer, denn es gibt sogar Bücher, die sich ausschließlich damit beschäftigen, wie der Inhalt eines Buches strukturiert werden muss. Und, wie Sie sich sicherlich schon denken können, habe ich so ein Buch nie gelesen. Denn ich will anders sein. Genau wie ich es schon mehrfach in diesem Kapitel betont habe.

Warum immer an Regeln festhalten? Warum immer darauf achten, dass das Buch marktgerecht ist? Wieso nicht einfach „wie so" anstelle von „wieso" schreiben?

Ich breche die Norm, wie Putin die Demokratie. Mit diesem Buch werde ich mir einen Kindheitstraum erfüllen, und dieser Traum soll nicht eingeschränkt werden, nur um es vielleicht besser für die Leser zu machen. Vielleicht wäre es so ein besseres Buch. Vielleicht sollte man nicht so viel Unsinn reinpacken, weil viele es nicht witzig finden werden.

Und?

Ist mir doch egal. Ich mach mein Ding auch w-

Es gibt Dinge, die Menschen tun, ohne sich dessen wirklich bewusst zu sein. Diese Tätigkeiten sind im Unterbewusstsein gespeichert. Jeder Mensch speichert dabei unterschiedliche Dinge und Handlungen ab. Es sind oft die Dinge, die wir Tag für Tag automatisch tun. Ein klassisches Beispiel ist der Beruf. Wenn man seinen Job schon lange ausübt, kennt man das Gefühl: Der Arbeitstag, der anfangs unendlich lang scheint, vergeht irgendwann plötzlich viel schneller. Es fühlt sich an, als hätte jemand die Zeit auf doppelte Geschwindigkeit gestellt. An diesem Punkt hat der qualvolle Berufsalltag seine Schärfe verloren und ist zur Routine geworden. Dein

Kopf hat die Arbeit so oft hintereinander erledigt, dass sie sich nicht mehr so anstrengend anfühlt. Doch genau hier lauert der gefährlichste Traumfresser: die Gewohnheit.

Viele Menschen verfolgen nach der Schule ihren Traum, doch schnell merken sie, dass es viel Zeit und Geld kostet, diesen wahr werden zu lassen. Also landen sie in einem gewöhnlichen, frustrierenden Job, um ihren Lebensunterhalt zu verdienen, während sie von dem glorreichen Leben träumen, das sie sich einst erhofft haben. Doch mit der Zeit wird der graue Job nicht mehr so unerträglich. Man gewöhnt sich an die Kollegen, die zwar nicht ideal sind, und daran, dass das Gehalt schlecht ist, was einem irgendwann kaum noch etwas ausmacht. Nach und nach rückt der Traum immer weiter in den Hintergrund. Jahre vergehen, und irgendwann hat man ihn fast vergessen. Ab und zu, wenn man gedankenverloren im Bett liegt, holt man ihn noch einmal hervor, nur um sich in den „Was-wäre-wenn"-Gedanken zu verlieren, die mehr Fragen als Antworten hinterlassen.

Und irgendwann ist der Traum einfach verschwunden. Puff. Weg. Als hätte er nie in deinem Kopf existiert. Du hast zu lange nicht mehr an ihn gedacht, warst zu sehr mit dem Alltag beschäftigt. Vielleicht hast du einen lieben Partner gefunden und mit ihm gemeinsam Abenteuer erlebt. Vielleicht sind schon Kinder da, die dich völlig in Beschlag nehmen, während das Leben weiterzieht. Und dann, eines Tages, bist du alt. Und plötzlich, wie aus dem Nichts, weht dir ein Windstoß einen alten, längst vergessenen Traum in deinen Kopf. Ein leiser Funke, der sich in einem Moment der Stille wieder bemerkbar macht – doch ist es zu spät, um ihn noch zu verwirklichen.

Hast du nicht einmal davon geträumt, ein gefürchteter Diktator zu werden? Doch irgendwann wirst du merken, dass es zu spät ist. Denn niemand wird sich vor einem Mann fürchten, der nicht mehr weiß, wann er sich in die Hose macht. Kein Oppositionspolitiker wird sich unterdrücken lassen von einem Mann, der täglich zwölf Pillen schlucken muss, um eine Erektion zu bekommen. Und das Volk wird niemals einen starken Führer in einem gebrechlichen, alten Mann sehen. Das alles wirst du erst begreifen, wenn es schon zu spät ist. Und genau das ist das Gemeine am Leben: Der Alltag beschäftigt dich so sehr, dass du oft vergisst, das Leben zu leben, dass du wirklich führen willst. Der größte Traumfresser ist der Alltag. Irgendwann kommt er zu dir und nimmt dir deine Träume. Pass also gut auf sie auf. Du musst genauso sehr auf deine Träume achten wie auf deine Kinder, denn nur sie zeigen dir, dass du ein Ziel vor Augen hast. Und das gilt auch, wenn dein Ziel darin besteht, eine ganze Religionsgruppe gerichtlich zu verfolgen.

Das Kochbuch Kapitel

Essen, die wichtigste Mahlzeit des Tages. Fast jeder liebt es. Doch nicht jedes Essen ist gleich. Es gibt Tage, da steht man gestresst von der Arbeit an der Imbissbude und stopft sich mit einem Burger voll, bis man fast nicht mehr kann. Und es gibt Tage, an denen man seine Liebste in ein schönes Restaurant ausführt, um sich mit exquisiten Gerichten den Magen so richtig vollzuschlagen. Beide Szenarien enden oft mit unangenehmen Schmerzen während der anschließenden „Session" – ein Begriff, den wir in dieser Redaktion für den Vorgang des Ausscheidens verwenden, umgangssprachlich auch bekannt als „Scheißen". Wie die meisten Menschen habe auch ich beide Arten des Essens schon erlebt.

Im Rahmen meiner Reisen, die ich für die Recherche dieses Buches unternahm, hatte ich jedoch die Gelegenheit, mich kulinarisch so richtig auszutoben. Ich habe vor Freude in den Pizzerien Italiens getanzt, mir bei den scharfen Gerichten Asiens fast die Rosette verbrannt und in Afrika oft den Hunger gespürt. Durch meine Reisen habe ich gelernt, dass die kulinarische Vielfalt dieser Welt größer und faszinierender ist als je zuvor. Etwas so Schmackhaftes wie auf unserer Erde findet man in keinem anderen Teil des Sonnensystems. Tatsächlich gab es 2011 einen Kochwettbewerb zwischen den Bewohnern unseres Sonnensystems, bei dem die Erde – hinter der ISS – den zweiten Platz belegte. Ein wahrlich beeindruckendes Ergebnis! Nach all diesen Erlebnissen beschloss ich, dass auch dieses Buch eine Portion kulinarischer Inspiration verdient. Die Kochkunst ist seit jeher eine Fertigkeit, die nicht jeder beherrscht, doch sie ist eine wahre Kunstform. Es scheint, als ob es Männern genetisch nicht ganz so leicht fällt, sich in der Küche zurechtzufinden. Frauen hingegen besitzen häufig eine außergewöhnliche Vorstellungskraft, wenn es ums Kochen geht. Ob Backen, Braten, Flambieren, Frittieren oder Pochieren – Frauen scheinen diese Fertigkeiten viel schneller zu erlernen. Wissenschaftler versuchen schon seit Jahren zu entschlüsseln, warum Frauen in der Kochkunst so geschickt sind. Sie vermuten, dass es einen genetischen Unterschied zwischen den Geschlechtern im sogenannten *Livius Dalius* gibt – dem DNA-Strang, der das kulinarische Talent eines jeden Menschen bestimmt. Dieser Strang verläuft zwischen der Großhirnrinde und dem Kleinhirn und beeinflusst unsere Fähigkeit, zu kochen. Interessanterweise gibt es dabei ein Rätsel: Der Kochstrang ist bei Frauen genauso groß wie bei Männern.

Auch wenn man noch nicht der geborene Koch ist, sollte man den Kopf nicht hängen lassen. Denn zum Glück gibt es eine Fülle an Kochbüchern, die uns dabei helfen, uns in der Küche zurechtzufinden. Zur Vorbereitung auf dieses Kapitel habe ich zahlreiche andere Kochbücher durchstöbert, um zu lernen, wie man ein Kochbuch am besten schreibt. Zugegeben, zu Beginn hatte ich die Idee, Rezepte aus anderen Kochbüchern zu übernehmen und sie als meine eigenen auszugeben. Doch aus einem bestimmten Grund habe ich mich anders entschieden und mich stattdessen auf meine eigenen Rezepte besonnen. Ich möchte euch hier kurz die Geschichte hinter diesem Kapitel und allgemein meine persönlichen Erfahrungen mit dem Thema Kochen erzählen.

Als ich begann, Rezepte für mein Kochbuch zusammenzustellen, fiel mir schnell auf, dass es vielleicht eine gute Idee wäre, diese Rezepte selbst auszuprobieren, um sicherzustellen, dass sie mir auch wirklich schmeckten. Also beschloss ich, mir eine Küche zuzulegen.

Doch als ich merkte, dass Küchen ziemlich teuer sind und ich gerade auf der Straße lebte, kam ich auf eine eher unkonventionelle Idee: Ich begann, in Häuser einzubrechen und in fremden Küchen zu kochen. Die Rezepte, die ich ausprobieren wollte, druckte ich mir vorher aus, und sobald die Bewohner des Hauses eingeschlafen waren, machte ich mich ans Werk. Leider war es in den meisten Häusern nicht immer einfach, die richtigen Zutaten zu finden. Daher musste ich oft improvisieren und aus den vorhandenen Zutaten meine eigenen, kreativen Variationen der Rezepte kreieren. Zu Beginn misslangen mir einige Gerichte, da ich noch nicht genau wusste, welche Gewürze zu welchen Lebensmitteln passten. Doch mit der Zeit wurde ich immer besser. Es war nicht nur so, dass mir das Essen schließlich schmeckte – auch das Kochen selbst machte mir zunehmend mehr Freude. Jeden Tag brach ich in fremde Häuser ein und kochte mir die Finger wund. Manchmal kochte ich sogar, obwohl ich bereits gegessen und genug gehabt hatte. Dann probierte ich einfach neue Rezepte aus und spähte am nächsten Morgen mit einem Fernrohr nach, um zu sehen, ob es den Hausbewohnern schmeckte. In diesen Momenten fühlte ich mich ein wenig wie Remy, die Straßenratte aus *Ratatouille*.

Das Beste an meinem System war, dass ich nie die Küche putzen musste. Da es nicht meine eigene war, fühlte ich mich nicht verantwortlich dafür und verließ sie einfach in einem Zustand, der die Bewohner dazu zwang, sie zu reinigen. Nach einigen Wochen des Kochens verzichtete ich schließlich ganz auf Rezepte. Stattdessen kreierte ich eigene Gerichte mit den Zutaten, die gerade zur Verfügung standen. Ab und zu fand sich auch mal ein Fertiggericht im Kühlschrank, aber selbst da ließ ich meiner Kreativität freien Lauf. In dieser Zeit lernte ich das Kochen wie kein anderer.

Heute kann ich mit Stolz sagen, dass ich ein wahrer Meisterkoch bin. Die Küche fühlt sich für mich wie ein zweites Zuhause an. Das

Kotelett könnte genauso gut mein eigenes Fleisch sein, und der Wein mein eigenes Blut. Manchmal stehe ich einfach nur in der Küche, ohne etwas zu kochen. In solchen Momenten sage ich mir, dass ich die Atmosphäre auf mich wirken lasse. Diese Tradition pflege ich vor jedem Kochvorgang. Sie hilft mir, den Kopf auszuschalten und mich mit Herz und Verstand voll und ganz auf das Kochen einzulassen. Oft spreche ich sogar mit der Küche. Ich teile meine Gefühle, Ängste und Sorgen mit ihr. Diese tiefe Verbindung zwischen Koch und Küche ist entscheidend, um ein wirklich gutes Gericht zu zaubern. Ich teile der Küche auch immer mit, was ich heute zubereiten möchte und welche Utensilien ich dafür brauche. Ab und zu schalte ich den Herd ein und fahre mit meinen Handflächen über die heißen Platten. Es schmerzt zwar, aber nur so kann ich sicherstellen, dass genug Hitze vorhanden ist. Der Schmerz gibt mir zudem Kraft und Motivation, ein exzellentes Gericht zuzubereiten. Danach beginne ich mit dem Kochen. Wenn Sie ein guter Koch oder eine gute Köchin werden möchten, sollten Sie diese Tradition ebenfalls in Ihre Kochroutine aufnehmen. Es ist nur eine der vielen wertvollen Lektionen, die ich auf meinem Weg zum Meisterkoch gelernt habe.

Natürlich macht es mir Freude, anderen zu helfen, ihre Kochkünste zu verbessern. Doch ich habe lange darüber nachgedacht, ob ich mein Wissen wirklich weitergeben soll. Denn ich bin nicht irgendein gewöhnlicher Koch. Was Frank Rosin oder Alexander Herrmann können, beherrsche ich längst. Ihre Methoden wirken altmodisch und eingerostet, während meine Herangehensweise frisch und innovativ ist. Auch meine Rezepte sind einzigartig. Wie bereits erwähnt, musste ich mich immer an die Zutaten anpassen, die gerade in dem Haus vorhanden waren, in dem ich mich aufhielt. Deshalb habe ich angefangen, mit allen möglichen Zutaten und Techniken zu experimentieren. Ich habe jedoch auch Angst, meine Rezepte preiszugeben, weil ich nicht weiß, ob sie wirklich jemandem schmecken werden. Obwohl ich mich selbst als den Leonardo da Vinci der Küche betrachte, habe ich noch nie jemanden meine Kreationen probieren lassen. Was ist, wenn sie nicht so gut sind, wie ich immer behaupte? Was, wenn andere sagen, die Rezepte seien zu experimentell? Wenn sie als zu kompliziert oder schlichtweg nicht umsetzbar gelten? Das würde mein ganzes Selbstbild erschüttern.

Doch ich muss mich der Beurteilung der Gesellschaft stellen. Sollen sie doch alle kommen – Kritiker, Köche, Leser und Leserinnen. Meine Rezepte sind hervorragend, wenn man sie so umsetzt, wie ich sie in diesem Buch beschreibe. Und auch wenn andere behaupten, sie wären ungenießbar, weiß ich in meinem tiefsten Inneren, dass ich ein Meisterkoch bin. Solange es mir schmeckt, werde ich es auch bleiben – und das ist alles, was zählt.

Ich hoffe, dass euch die nachfolgenden Rezepte genauso schmecken wie mir damals, als ich obdachlos war. Mögen sie euer Herz erwärmen und euer Glied hart werden lassen. In diesem Sinne viel Spaß beim Nachkochen und tut euch nicht weh dabei.

Das Zigeunerschnitzel

Schwierigkeitsstufe: 56/67

Zutaten:

- 250g Schweineschnitzel (wenn möglich vegan)
- 3 Eier (wenn möglich vegan)
- Mehl, weiß nicht mehr, wie viel genau
- Semmelbrösel
- Milch
- Kerosin
- Einen Obdachlosen
- Gewürze

Perfekt für: Einen gemütlichen Abend mit der Familie und einen wild fremden Mann.

Das Zigeunerschnitzel ist ein absoluter Klassiker in meiner Rezepte Sammlung, den ich immer wieder gerne koche. Zuerst bereitest du eine Panierstraße vor. Das bedeutet, du gibst in drei verschiedene Schüsseln jeweils die Eier, das Mehl und die Semmelbrösel. Danach schneidest du das Fleisch in etwa 2 cm dicke Scheiben. Am besten verwendest du hierfür ein scharfes Messer – mit einer Gabel geht es zwar auch, ist aber deutlich umständlicher. Anschließend tauchst du das Fleisch nacheinander in die Schüsseln mit Ei, Mehl und zum Schluss in die Semmelbrösel. Achte darauf, dass die Semmelbrösel gut am Fleisch haften bleiben. Nun stellst du eine Pfanne mit Kerosin auf den heißen Herd und wartest, bis das Kerosin in der Pfanne leicht zu blubbern beginnt.

Dann weißt du, dass das Öl heiß genug ist. Brate das Fleisch nun auf beiden Seiten für etwa fünf Minuten in der Pfanne an. Wenn alle

Schnitzel fertig gebraten sind, würze sie nach Belieben nach und stelle sie dann zum Auskühlen auf den Tisch. Währenddessen kannst du eine kleine Fahrt machen und durch die Straßen fahren, um einen Obdachlosen zu finden. Wenn du jemanden triffst, sei freundlich und versuche, Vertrauen aufzubauen. Nimm ihn dann mit in das Haus, in das du eingebrochen bist, um zu kochen. Setzt euch gemeinsam an den Tisch und genießt das Schnitzel. Falls du möchtest, kannst du auch Reis als Beilage kochen (ich wusste allerdings nicht genau, wie man Reis zubereitet, also habe ich das ausgelassen).

Jetzt wird es ganz wichtig. Während ihr esst, musst du dem Obdachlosen vorgaukeln, dass ihr euch in deinem Haus befindet. Er soll glauben, dass du der Besitzer des Hauses bist. Daher ist es wichtig, dass du dich gut in der Küche auskennst. Sei hilfsbereit und biete dem Obdachlosen an, auf der Couch zu schlafen. Er wird dein Angebot dankbar annehmen. Sag ihm, dass du die Küche noch sauber machst und er sich schon hinlegen kann. Allerdings solltest du die Küche nicht wirklich sauber machen. Warte, bis er eingeschlafen ist, und verlasse dann das Haus. Am nächsten Morgen wird die Familie auf den fremden Mann treffen und die unordentliche Küche entdecken. Sie werden ihn beschuldigen, in ihr Haus eingebrochen zu sein, und ihn für das Durcheinander verantwortlich machen. So hast du einen festen Schuldigen, der für dich gerade stehen muss.

Kleiner Tipp: Verstecke dich und beobachte das Zusammentreffen der Familie und des Obdachlosen mit einem Fernglas. So kannst du nicht nur ein gutes Essen genießen, sondern auch einen kleinen Comedy-Sketch erleben. Ich empfehle dir außerdem, auf den Auftritt der Polizei zu warten.

Ratatouille de Spastico

Schwierigkeitsstufe: mittel

Zutaten:

- **eine Ratte**
- **Gene für Epilepsie**

Perfekt für: Wenn man nicht weiß was man kochen soll und noch Lebensmittel verbrauchen muss, weil sie schon wieder so weiß sind.

Jeder liebt Ratatouille, egal ob als Film oder als Gericht. Aber die wenigsten können es richtig kochen. Auch ich habe Monate gebraucht, um es perfekt hinzubekommen. Inzwischen habe ich jedoch meine eigene Kreation entwickelt und möchte euch nun meine Version von Ratatouille de Spastico vorstellen.

Für Ratatouille de Spastico gibt es eigentlich nur zwei Hauptzutaten: Zum einen eine Ratte und zum anderen Epilepsie. Eine Ratte zu bekommen, ist für die meisten nicht einfach, deshalb verzichten viele darauf, Ratatouille zu kochen. Der Trick ist, eine Beziehung zu den Ratten aufzubauen. Nur so kannst du ein echtes Verständnis für sie entwickeln, was später von Bedeutung sein wird. Zum Glück bekommt man Epilepsie ein wenig leichter. Um Epilepsie zu bekommen musst du nur genug Acid einwerfen und drei Tage durchgehend in einer Disco wach sein.

Wenn du nun beides hast, beginnt das eigentliche Kochen. Stelle dich breitbeinig vor die warme Herdplatte. Setz dir nun die Ratte unter deiner Kochhaube auf deinen Kopf. Am besten hat sich die Ratte schon an dich gewöhnt und fühlt sich wohl auf deiner Kopfhaut. Ist die Ratte ruhig platziert, folgt der nächste Schritt. Versuche nun irgendwie einen epileptischen Anfall zu bekommen. Bei diesem

Schritt kommt jeder Mensch anders ans Ziel. Ich konnte einen epileptischen Anfall erzeugen, indem ich an Vasco da Gama dachte. Egal wie du es schaffst, dein Ziel muss es sein einen Anfall zu bekommen.

Falls du merkst, dass du einen Anfall bekommst, ist es wichtig, ruhig zu bleiben und nicht in Panik zu geraten. Panik würde das Essen verderben und die Ratte auf deinem Kopf unruhig machen. Stattdessen solltest du ruhig bleiben und die Situation akzeptieren. Spüre wie langsam weißer Schaum aus deinem Mund quillt und du die Kontrolle über deinem Körper verlierst.

Die Ratte auf deinem Kopf wird beginnen, durch sanftes Ziehen an deinen Haaren eine Verbindung zu deinem Körper aufzubauen. Das machen Ratten, da sie von Natur aus nicht wissen wie man Menschen hilft, die einen epileptischen Anfall bekommen. Ab jetzt wird richtig gekocht. Folge immer dem Weg, den die Ratte dir weist. Wenn sie dich dazu anleitet, Nudeln in Schokolade zu kochen, dann gehorche ihrem Befehl. Das Faszinierende an Ratatouille de Spastico ist, dass man nie genau weiß, was dabei herauskommt, aber mit hoher Wahrscheinlichkeit schmeckt es am Ende hervorragend. Mein bestes Ratatouille war ein Reis-Omelett mit einer Essig-Schoko-Soße. Das Besondere an diesem Omelett waren die dreiundzwanzig Knoblauchzehen und die knusprigen Eierschalen.

Sollte dein Rezept dir am Ende nicht schmecken, dann lass den Kopf nicht hängen. Befreunde dich mit einer anderen Ratte und probiere es ein nächsten Mal.

Buchstabensuppe

Aggregatszustand: flüssig

Zutaten:

- Wasser
- Suppengewürze (wenn du keine daheim hast, kannst du auch Curry nehmen)
- Karotten
- Sellerie
- Papier oder Karton

Perfekt für: Wenn du einen Brief bekommen hast, den du verschwinden lassen musst, z.B. einen Haftbefehl.

In jedem großen Kochbuch darf selbstverständlich auch eine Suppe nicht fehlen. Auch ich habe viele Suppen aus aller Welt probiert und studiert. Doch keine schmeckt so gut wie die Buchstabensuppe. Sie ist nicht nur gesund, sondern gibt dir auch die nötige Stärkung, falls du einmal krank bist.

Für die Buchstabensuppe stellst du als Erstes einen Topf mit heißem Wasser auf die Herdplatte. Da wir hier ein Gericht mit Wasser verwenden, kannst du es leider nicht in Afrika kochen. Dort gibt es seit Jahren kein Wasser und auch keine Häuser, in denen man einbrechen und kochen kann. Warte, bis das Wasser kocht. Du spürst, ob das Wasser kocht, indem du mit der Hand hineingreifst. Wenn es sehr heiß ist und kocht, schalte die Herdplatte wieder aus. Nach ca. 20 Minuten hat sich das Wasser abgekühlt und du kannst die Herdplatte wieder einschalten, um das Wasser wieder zum Kochen zu bringen. Das machen wir, damit sich die Keime und Bakterien aus dem Wasser verkochen. Im Küchenjargon nennt man diesen Vorgang ejakulieren.

Während du das Wasser immer wieder zum Kochen bringst, kannst du bereits mit dem Schneiden des Gemüses beginnen. Pflücke dafür ein paar Karotten oder Sellerie aus dem Garten. Der Trick besteht darin, das Gemüse ungewaschen zu schneiden, da der natürliche Schmutz und die Mikrotierchen nützliche Nährstoffe liefern. Sobald du das Wasser 5-6 Mal aufgekocht hast, gibst du das Gemüse und die Suppengewürze hinzu.

Nun nimmst du dir Zeitungspapier oder einen Brief zur Hand. Schneide mit einer Schere einzelne Buchstaben aus Überschriften und Texten heraus. Achte darauf, keine ganzen Wörter zu schneiden, da diese oft einen unangenehmen Geschmack haben. Gib nun die Buchstaben in die Suppe und lass sie zusammen mit dem Gemüse und dem Schmutz ein paar Minuten kochen. Die Chemikalien in der Tinte lösen sich vom Papier und verleihen der Suppe einen zusätzlichen Geschmack. Am Ende sollte die Suppe eine angenehme, schmackhafte schwarze Farbe haben.

Serviere die Suppe am besten in einem Glas, da sie auf einem flachen Teller leicht verschüttet werden kann. Dazu passt hervorragend ein Glas Diät-Cola. So hast du ein schnelles und leichtes Essen.

TK Pizza

Schwierigkeitsstufe: anwesend

Zutaten:

- Fertigpizza
- Belege nach eigenen Wünsche

Perfekt für: Wenn du einen italienischen Freund hast, den du nicht leiden kannst. Erzähl ihm, dass du ihn gerne zu dir einladen möchtest und dass du ihm eine „richtige" italienische Pizza zubereitest. Koche ihm dieses Rezept und er wird nie wieder mit dir reden.

Eine gute Pizza selbst zu machen, gehört natürlich zu den Klassikern in jedem Kochbuch. Aber da ich, wie immer, lieber andere Wege gehe, zeige ich dir heute, wie du eine richtig gute TK-Pizza zubereitest. Für alle, die noch nicht im kulinarischen Jargon zu Hause sind: TK steht für „tiefgekühlt". Das bedeutet, dass das Gericht oder Lebensmittel über einen längeren Zeitraum bei Temperaturen von -5 bis -20 Grad gelagert wurde. Diese Methode hilft, Lebensmittel länger haltbar zu machen. Aber Vorsicht: Nicht alle Lebensmittel eignen sich für die Tiefkühlung. Wasser zum Beispiel wird bei kälteren Temperaturen zu Eis, wodurch man es dann wegschmeißen muss, da es kein Wasser mehr ist. Das Rezept für diese TK-Pizza ist eigentlich ziemlich einfach und lässt dir viel Spielraum. Ich gebe dir lediglich ein paar Tipps und Tricks, wie du die Pizza verfeinern kannst, um am Ende das perfekte Ergebnis einer originalen TK-Pizza zu erzielen.

Am Anfang musst du dir eine TK-Pizza aus dem Supermarkt deiner Wahl besorgen. Man könnte sie auch einfach kaufen, aber beim

„Stehlen" sparst du nicht nur Geld, sondern gibst dem Gericht auch eine ordentliche „Bad-Boy"-Note. Im Allgemeinen würde ich dir empfehlen, Lebensmittel so oft wie möglich zu stehlen – schließlich kann man sich so über die Zeit eine Menge Geld sparen.

In einer fremden Küche angekommen, öffne vorsichtig die Verpackung. Deine TK-Pizza wird schon ein paar Zutaten oben haben, aber ich empfehle dir, deiner eigenen Fantasie freien Lauf zu lassen. Belege die Pizza nach deinen Vorstellungen! Lass dich nicht von anderen in deiner Kreativität einschränken – inspirier dich ruhig an deinem Alltag. Klemmbausteine, Zigarettenstummel, harter Reis, Wundplasma – alles ist erlaubt! Und wenn es dir schmeckt, warum nicht? Nur weil dein Stuhlgang plötzlich rot ist und ein paar Werte deiner Organe etwas aus der Reihe tanzen, heißt das noch lange nicht, dass du aufhören musst, Pizza zu essen. Schließlich lebt man nur einmal! Das Besondere, was viele Menschen bei einer TK-Pizza falsch machen, ist, dass sie die Pizza direkt in einen vorgeheizten Ofen schieben. Eine echte TK-Pizza sollte aber natürlich kühl bleiben – es heißt ja nicht umsonst „tiefgekühlt". Also, leg die Pizza für etwa 20 Minuten bei Raumtemperatur auf ein Blech und gib sie erst dann in den Ofen. Die Pizza ist fertig, wenn sie schön feucht und wässrig aufgetaut ist. Nimm sie nun vorsichtig aus dem Ofen und platziere sie auf einem Teller – achte darauf, dass sie nicht auseinanderfällt. Das kann tricky sein, da der Teig durch das Auftauen schnell weich wird. Wenn du möchtest, kannst du die Pizza noch mit ein paar Tropfen Essig beträufeln, um dem Ganzen eine extra Geschmackskomponente zu verleihen.

Und voilà – fertig ist deine ganz eigene TK-Pizza!

PS: Wenn du möchtest, kannst du ein Foto davon machen und es an jeden Italiener schicken, den du kennst. Sie werden sicherlich begeistert sein!

Julicolada

Schwierigkeitsstufe: besoffen

Zutaten:

- Gin
- Bier
- Limo (am besten wäre Cola oder MezzoMix)
- eine Gebrauchte Snus
- ein Ladekabel
- zwei Soletti
- Spucke von einem Fremden

Perfekt für: Wenn du sturzbetrunken Wände mit Parolen beschmieren möchtest.

Mit dem Julicolada beweise ich meine Vielseitigkeit in der Küche. Denn nicht nur als Meisterkoch, sondern auch als leidenschaftlicher Barkeeper bin ich ein echtes Multitalent. Seit meiner Kindheit mixe und trinke ich literweise Cocktails – und aus unerklärlichen Gründen hat mich der Alkohol bisher glücklicherweise nicht geschädigt. Stattdessen hat er mich nur zufriedener und witziger gemacht, weshalb ich ihn auch jeden Tag genieße. Meistens nur ein bis zwei Drinks pro Tag, ab und zu aber auch mehr. Aber komischerweise erinnere ich mich an diese Tage nie so genau... Mein absolutes Lieblingsgetränk möchte ich dir hier aber unbedingt vorstellen, denn es gibt keinen besseren Cocktail auf der ganzen Welt!

Zunächst musst du natürlich die Zutaten zusammenbekommen. Dafür sammelst du mit einem Glas Spucke von fremden Menschen – frag sie höflich, denn die meisten sind es nicht gewohnt, dass man nach ihrer Spucke fragt. Während du das tust, solltest du dir eine

Snus unter die Lippe schieben. Wenn sie aufgebraucht ist, wirf sie nicht weg, sondern bewahre sie in deiner Hosentasche auf.

Der Julicolada ist eigentlich ganz einfach zuzubereiten. Nachdem du in ein fremdes Haus eingebrochen bist, suchst du dir ein 0,5-Liter-Glas. Am besten wäre ein großes Cocktailglas, im Notfall tut es aber auch ein gewöhnlicher Bierkrug. Fülle das Glas dann zur Hälfte mit Gin, die andere Hälfte teilst du gleichmäßig zwischen Bier und Limo auf. Ich persönlich empfehle dir, als Limonade MezzoMix zu verwenden – das ist die beste Wahl. Wichtig ist, dass du noch etwas Platz im Glas lässt, also füll es nicht ganz bis zum Rand auf.

Jetzt kommt der Teil, in dem dieser Cocktail sich von einem normalen Drink unterscheidet. Nimm ein altes USB-Ladekabel und lege es – ohne es auszuschütten – direkt in den Cocktail. Das Ladekabel sorgt für eine besondere Spannung beim Trinken. Anschließend fügst du die gesammelte Spucke und das gebrauchte Snus hinzu. Rühre alles ein wenig um, damit sich der Geschmack gut verteilt. Zum Anrichten steckst du nun ein Soletti in das Glas und legst das andere quer darüber.

Der Julicolada wird nun wie folgt getrunken: Lege das Soletti am Glas auf den Tisch und zerbrösel es. Mit der Hand wischt du die Brösel in den Cocktail. Lass die Brösel dann einweichen und rühre mit dem anderen Soletti noch ein wenig um. Sobald alle Brösel weich sind, kannst du das übrig gebliebene Soletti essen. Danach leere den ganzen Cocktail in einem Zug. Achte dabei darauf, das Snus vorsichtig hinunterzuschlucken – das kann nämlich einen Würgereiz auslösen, den du einfach ignorieren solltest. Das Ladekabel darfst du natürlich nicht mittrinken, und nach dem Cocktail solltest du es auch nicht mehr verwenden. Prost!

Kaspresskerosin Knödel mit Butter Soße

Schwierigkeitsstufe: technisch anspruchsvoll

Zutaten:

- Semmelwürfel
- abgelaufene Eier
- Muttermilch
- ein bisschen Kokain
- Käse
- Kerosin
- eine Vakuumpumpe
- einen luftdichten Behälter
- Butter

Perfekt für: Wenn man Physik mit Kochen verbinden will

Jetzt kommt mein absolutes Lieblingsrezept: Die Kaspresskerosin-Knödel. Ursprünglich stammen sie aus Österreich, und man kann sie dort auf fast jeder Skihütte bestellen. Die meisten Skihütten verwenden jedoch Rapsöl, da sie das Kerosin für ihre Ski-Doo's brauchen. Aber ich zeige euch hier die originale Variante, die mit Kerosin zubereitet wird. Dazu serviere ich noch eine hervorragende Buttersoße.

Als erstes schleichst du dich wie immer in ein fremdes Haus. Versuche diesmal, ein Haus zu finden, das eine Vakuumpumpe besitzt – meistens handelt es sich dabei um die Häuser von Physik-Lehrern. Sobald du drin bist, stellst du die Vakuumpumpe in die Küche, da du sie später noch brauchen wirst.

Nun gibst du die abgelaufenen Eier, die Semmelwürfel, den Käse, die Muttermilch und das bisschen Kokain (sei großzügig!) in eine Schüssel. Füll die Schüssel ruhig bis zum Rand, damit die Masse richtig schön zusammenkommt. Setze dann einen Deckel auf die Schüssel, sodass sie luftdicht verschlossen ist. Schneide ein kleines Loch in den Deckel und befestige den Schlauch der Vakuumpumpe daran. Die Pumpe saugt nun die Luft aus und presst die Zutaten richtig fest zusammen. Wenn die Masse schön kompakt und verbunden ist, kannst du die Pumpe ausschalten.

Die Masse kratzt du nun aus der Schüssel und formst sie zu einem großen Knödel. Als nächstes suchst du dir den größten Topf, den du finden kannst. Wenn du Zeit hast, kannst du auch einen 25-Liter-Kanister leeren und in zwei Hälften schneiden – der Kreativität sind keine Grenzen gesetzt! Den Topf oder Kanister stellst du nun auf den eingeschalteten Herd. Fülle ihn komplett mit Kerosin. Da es eine große Menge ist, kann das Erhitzen ein wenig dauern. Sobald es heiß genug ist, gibst du deinen Knödel vorsichtig hinein und frittierst ihn für etwa 20 Minuten.

In der Zwischenzeit kannst du die Buttersoße zubereiten. Dafür gibst du drei Packungen Butter in eine Schüssel und lässt sie in der Mikrowelle schmelzen. Die Soße ist fertig, wenn die Butter schön flüssig ist.

Nun kannst du den Knödel mit der Buttersoße einpinseln, damit er das zusätzliche Aroma aufnimmt. Lass es dir schmecken!

Der Methstrudel

Schwierigkeitsstufe: schwierig

Zutaten:

- **Blätterteig**
- **alle Sachen, die du zum Kochen für Meth brauchst**
- **geriebener Käse**
- **Mut**

Perfekt für: Wenn man ein bisschen Amphetamin über die Grenze schmuggeln möchte.

Für dieses Rezept schließe nun bitte deine Augen und stell dir Folgendes vor: Mitten in der Wüste von Mexiko bist du allein mit deinem Wohnwagen gestrandet. Es fühlt sich an, als würdest du bald vor Hunger sterben. Doch du kannst nichts essen, da du dem mexikanischen Drogenkartell versprochen hast, Meth über die Grenze zu schmuggeln. Der Hunger lenkt dich jedoch die ganze Zeit vom Kochen ab. Außerdem hast du noch keinen Plan, wie du das Meth unbemerkt nach Amerika schmuggelst, ohne von der Grenzbehörde erwischt zu werden. Aber zum Glück gibt es dieses Rezept. Es wird deine Probleme lösen.

Für den Methstrudel benötigst du, wie bereits vermutet, etwas Meth. Amphetamin herzustellen ist eine schwere Straftat, weshalb nur wenige Köche dieses „Handwerk" beherrschen. Ich bin zwar ein Meister darin, aber es ist kompliziert und lässt sich nicht mal eben in zwei Seiten erklären. Deshalb solltest du im sogenannten Darknet nachforschen. Dort wirst du sicherlich eine Anleitung finden, wie man Amphetamin herstellt.

Im Strudel lässt sich je nach Größe des Strudels bis zu 1,5 kg Meth verarbeiten/schmuggeln. Hast du das Mehl gekocht, geht es nun darum, es unauffindbar zu machen. Rolle den Blätterteig auf einem Blech aus. Gib das Meth nun in die Mitte des Blätterteigs und verteile es länglich. Klappe anschließend die beiden Seiten des Blätterteigs zusammen – das Meth ist jetzt die Füllung im Strudel. Streue dann den geriebenen Käse gleichmäßig über den Strudel und schiebe ihn für etwa 20 Minuten bei 180 Grad Celsius (oder Fahrenheit, je nach Vorliebe) in den Ofen. Achte beim Öffnen des Ofens darauf, dass du die giftigen Gase nicht einatmest, da dies gesundheitsschädlich sein kann.

Der Strudel ist fertig, wenn der Käse oben schön geschmolzen ist und leicht gebräunt aussieht. Stell den Strudel nun auf einen Teller und decke ihn mit Alufolie ab, damit er warm bleibt. Hol dir nun eine Prostituierte, die für dich so tut, als sei sie für zwei Tage deine Frau. Fahre mit ihr über die Grenze. Die Wärter werden denken, dass der Methstrudel einfach ein gewöhnlicher Strudel ist. Sie werden einer Frau das Essen nicht wegnehmen. Achte jedoch darauf, euch wie ein gewöhnliches, älteres Ehepaar zu verhalten.

Sobald du in Amerika angekommen bist, kannst du dich mit den Lieferanten treffen. Öffne den Blätterteig, indem du vorsichtig die beiden Seiten mit einem Messer aufschneidest. Kratz nun mit einer Gabel das Meth behutsam aus dem Strudel.

Nun kannst du den überbackenen Blätterteig genießen, während du das Geld für den erledigten Auftrag erhältst. Viel Spaß beim Nachmachen und sei unbedingt vorsichtig, vor der Polizei.

Guten Appetit!

Pommes à la Fritz Meinecke

Schwierigkeitsstufe: wild

Zutaten:

- Kartoffeln
- altes Frittierfett
- Dreck
- abgelaufenes Ketchup
- Gewürze
- Olivenöl oder Kerosin

Perfekt für: **Wenn man sich gedanklich wie Fritz Meinecke in die Wildnis zurückversetzen möchte.**

Die beste Beilage des Jahres geht definitiv an die Pommes nach dem Rezept von Fritz Meinecke. Ich möchte euch nämlich ein Geheimnis verraten: Ich bin ein riesiger Fritz Meinecke-Fan. Seine Wildnis-Survival-Videos auf YouTube schaue ich mir immer gerne an. Und eines Tages in diesem Jahr saß ich wieder auf einer Couch in einem fremden Haus und schaute mir Fritz Meinecke-Videos an, während ich auf MDMA war.

In einem Video erklärte Fritz Meinecke sein Pommes-Rezept. Es sah so köstlich aus, dass ich einfach nicht widerstehen konnte und es selbst nachkochen musste. Die Pommes schmeckten fantastisch. Dennoch entschloss ich mich, das Rezept noch ein wenig zu verfeinern, um eine noch wildere Würze hinzuzufügen. Hier ist mein leicht abgewandeltes Rezept.

Als Erstes klaust du dir frische Kartoffeln aus dem Garten der Nachbarn. Da du sowieso nicht Teil dieser Nachbarschaft bist, ist es nicht wirklich ein Problem, wenn du ein bisschen Ärger machst. Also kannst du ruhig mehr Kartoffeln ausgraben, als du eigentlich brauchst. Ein wichtiger Tipp: Vergiss nicht, einen Behälter mit Dreck zu füllen – du wirst ihn später noch brauchen.

Jetzt schneidest du die Kartoffeln in Pommesform. Ich hoffe, ich muss dir nicht erklären, wie Pommes aussehen. Gib die geschnittenen Kartoffeln dann in eine große Schüssel.

Jetzt kommen wir zum Marinieren der Pommes. Gib in die große Schüssel deine Gewürze und den Dreck. Kein Problem, wenn noch ein paar Regenwürmer oder kleine Insekten mit dabei sind – die sorgen schließlich für eine zusätzliche Eiweißquelle. Füge noch etwas Olivenöl oder Kerosin hinzu und vermische alles ordentlich miteinander. Nun lässt du die Kartoffeln für etwa 30 Minuten ziehen. In der Zwischenzeit kannst du kurz aufs Klo gehen. Aber sei vorsichtig, wenn du die fremde Kloschüssel benutzt – spül besser nicht runter, sonst weckst du vielleicht die ganze Familie auf. Erhitze nun in einem großen Topf etwa 3 Liter altes Frittierfett. Generell gilt: Je älter das Fett, desto intensiver der Geschmack. Lass die Pommes für etwa 10 Minuten frittieren, bis sie schön goldbraun sind. Beim Rausnehmen der Pommes solltest du schnell sein, das Frittierfett tut nämlich an den Händen ziemlich weh. Der Dreck sollte übrigens auch nach dem Frittieren schön an den Pommes haften bleiben – das sorgt für den besonderen "wilden" Touch. Richte die Pommes nun auf einem schönen Teller an. Am besten servierst du sie als Beilage zu einem anderen Gericht (ich meine natürlich ein Gericht im kulinarischen Sinne und nicht das mit der Justiz). Oder genieße sie einfach solo, mit etwas abgelaufenem Ketchup als Dip dazu.

Guten Appetit!

Steak de Dahmer

Schwierigkeitsstufe: Jetzt wird es schlimm

Zutaten:

- Junge, das ist nicht witzig
- Der hat Menschen gegessen
- Das geht zu weit
- Den kannst du nicht bringen
- Dahmer-Witze sind tabu

Perfekt für: Alter, hör jetzt auf mit dem Scheiß.

Lange habe ich mit mir gerungen, ob ich dir dieses Wahnsinns-Rezept überhaupt erklären sollte. Sollte ich es tun, oder übersteigt es den Horizont des normalen menschlichen Verstandes? Und ja, ich verstehe, es ist sehr fragwürdig. Die Methoden und Vorgehensweisen, die hier zum Einsatz kommen, sind definitiv **nicht empfehlenswert.** Deshalb habe ich mich entschieden, dieses Rezept nicht preiszugeben. Nur nach jahrelanger harter Übung kann man es wirklich meistern, und es würde euch als Leserinnen und Leser schlichtweg überfordern. Es gibt so viele wunderbare Rezepte auf der Welt – warum also sollte ich euch eines vorstellen, das für einen gewöhnlichen Koch praktisch unmöglich nachzukochen ist? Es wäre lediglich eine Befriedigung meines Egos, weil ich einmal ein "Steak de Dahmer" zubereitet habe. Doch von diesem Erlebnis möchte ich euch gerne berichten. Jahrelang wusste ich, wie so viele Köche, nichts von diesem geheimen Rezept. Doch eines Tages fand ich mich in einer heruntergekommenen Bar wieder. Diese Bar lag mitten im Nirgendwo, in einem der dreckigsten, abgelegensten Löcher, die man sich nur vorstellen kann. Ich kippte gerade meinen dritten Long Island Piss Tea (ein von mir kreierter Cocktail aus eigenem

Urin – perfekt für Groß und Klein) hinunter, als mich ein alter Mann mit Augenklappe ansprach. Reflexartig zog ich mein Antipiraten-Spray hervor, da ich davon ausging, dass ich gerade von einem Piraten angegriffen wurde. Doch der Mann stellte sich als "Namenloser Fremder" vor – ein Name, den ich noch nie zuvor gehört hatte. Er hatte wohl ein Interesse an mir entwickelt, nachdem er beobachtet hatte, wie ich mir meinen eigenen Cocktail mixte – eine wahre Kunst, wie er sicherlich dachte. Wir kamen ins Gespräch, und schnell stellte sich heraus, dass auch er eine Art Koch war. Wir plauderten weiter, als er plötzlich begann, von einem geheimen, mysteriösen Rezept zu erzählen. Natürlich war ich sofort Feuer und Flamme und wollte alles über dieses neuartige Steak erfahren, von dem er sprach. Mit einem souveränen Schwung kippte er seinen "Pina Cocainlada" herunter – ein Cocktail, den er selbst kreiert hatte, aus Kokain, perfekt für Groß und Klein, wie er betonte – und sagte mir dann mit verschwörerischem Blick, dass er es mir zeigen könnte. An diesem Punkt möchte ich nur sagen, dass wir das Rezept erfolgreich nachgekocht haben. Der Geschmack war definitiv einzigartig. Es war weder gut noch schlecht, sondern einfach anders als jedes Steak, das ich je zuvor gegessen habe. Die weiße Soße am Ende war der krönende Abschluss einer außergewöhnlichen Mahlzeit. Und obwohl man bei diesem Rezept eigentlich nichts wirklich „isst", war ich nach dem Kochen ziemlich erschöpft. Das Praktische an diesem Rezept, so erzählte mir der namenlose Fremde, war, dass man keine traditionelle Küche brauchte. Alles, was man benötigte, war ein abgelegener Ort und ein zweiter männlicher Koch. Ich hoffe, du nimmst es mir nicht übel, dass ich dir nicht erklärt habe, wie dieses Rezept funktioniert. Stattdessen habe ich dir ein letztes Extra-Rezept geschenkt. Außerdem kannst du auch bei diesem Rezept etwas Wertvolles lernen: Nur weil jemand Kokain konsumiert, heißt das nicht, dass er gefährlich ist.

Raclette

Schwierigkeitsstufe: einfach

Zutaten:

- Ein Raclett-Set
- Kunststoffflaschen
- Ein bisschen Gemüse
- Einen Frosch
- Mehl
- Eine Tretmine
- Verschiedenste Zutaten

Perfekt für: Richtig viel Geschirr dreckig machen und so die Küche brutalst verunstalten, à la Hiroshima.

One last round, meine lieben Freunde und Freunde! (Keine Ahnung, wie man "Freunde" richtig gendert.) Zum Abschluss habe ich noch eine kleine, aber feine Überraschung für euch. Es geht um das sogenannte Raclette. Ursprünglich kommt es aus dem fernen Wüstenstaat Schweiz. Hierbei kocht man nicht wirklich im klassischen Sinne, sondern legt die Zutaten auf einen kleinen Mini-Grill. Aber Achtung! Verwechselt das nicht mit echtem Grillen.

Für das Raclette brauchst du zuerst einen eigenen Raclette-Grill. Der sieht aus wie ein kleiner Outdoor-Grill, hat aber den besonderen Vorteil, dass du unter der Grillfläche kleine Schälchen hineinstellen kannst. Brich also am besten in ein Haus ein, welches einen Raclette Grill besitzt.

Hast du das geschafft, kommen wir zum eigentlichen Kochen. Zuerst nimmst du deine Tretmine und vergräbst sie im Garten. Sie

---

wird dich vor sogenannten "Raclette-Jägern" warnen, die nur darauf aus sind, dich beim Essen zu stören und mit zu naschen. Danach stellst du den Grill auf, schaltest ihn ein, und sobald die obere Platte heiß ist, kannst du verschiedenste Zutaten darauf grillen. Sei ruhig kreativ! Ich zum Beispiel lege gerne einen Frosch (der meist wegspringt), etwas Mehl oder auch ungewöhnliche Sachen wie Lakritze darauf.

Auf der Grillfläche bist du jedoch nicht eingeschränkt – hier kannst du dich wirklich austoben! Ich habe zum Beispiel einmal ein Gemälde auf der Grillfläche gelegt und es gegessen – es schmeckte künstlerisch lecker! Aber eines solltest du dir bewusst machen: Wenn du mit anderen Menschen raclettest, ist die Grillfläche freies Territorium. Das bedeutet, jeder kann sich nehmen, was er will. Pass also gut auf, dass dir niemand dein Essen klaut!

Es gibt noch eine besondere Funktion bei dem Raclette Grill. Wie bereits erwähnt, kannst du unter der Grillfläche kleine Schälchen platzieren. Diese Schälchen bieten dir die Möglichkeit, Zutaten mit Kunststoff zu überbacken. Dafür schneidest du einfach eine PET-Flasche mit einer Schere in kleine Stücke. Dann füllst du ein Schälchen mit Zutaten wie Erbsen, Hasenkot oder Wachsmalstiften und bedeckst sie mit dem kleingeschnittenen Plastik. Lege das Schälchen unter die Grillplatte und beobachte geduldig, wie das Plastik langsam schmilzt und eine wunderschöne braune Farbe annimmt. Wenn es die gewünschte Farbe erreicht hat, nimmst du es heraus und kannst es genießen.

Guten Appetit!

Ein guter Koch freut sich immer am meisten, wenn er Lob von seinen Gästen im Restaurant erhält. Doch da ich mittlerweile in dreizehn Staaten gesucht werde und nie die nötige Arbeitserlaubnis hatte, in einem Restaurant zu arbeiten, musste ich mir eine andere Möglichkeit überlegen, meine Rezepte unter die Leute zu bringen. Und nun habe ich es endlich geschafft. Mit Stolz werde ich eines Tages durch dieses Buch blättern und mich daran erinnern, wie ich es geschrieben habe. Sorgfältig habe ich meine liebsten Rezepte ausgewählt und sie mit euch geteilt. Ich weiß, ihr werdet diese Rezepte genauso lieben wie ich. Vielleicht gehe ich eines Tages nachts durch eine Straße und sehe jemanden, der durch ein Fenster in eine fremde Küche schlüpft. Nichts würde mich mehr stolz machen. Möglicherweise ist es ein junger, aufstrebender Koch, der sich an meinen Rezepten versucht. Ich hoffe, für jeden von euch ist etwas dabei, das euch inspiriert und euch genauso begeistert wie mich.

Und falls ihr bei einer Zutat zweifelt oder denkt, dass sie vielleicht nicht so gut passt – keine Sorge! Seid mutig und lasst eure Fantasie beim Kochen spielen. Ihr seid noch am Anfang eurer Kochkarriere, also entdeckt euch selbst, macht Fehler und seid neugierig. Aber vor allem: Lernt, das Kochen zu lieben. Nur wer das Kochen aus Leidenschaft macht, wird darin wirklich erfolgreich. Vergesst den schreienden amerikanischen Teufel Gordon Ramsay. Er versucht, jungen Köchen ihre Träume und ihre Kreativität durch ständiges Kritisieren zu nehmen. Wenn er mein Buch liest, wird er sicher auch meine Rezepte auseinandernehmen – aber lasst euch davon nicht entmutigen. Bleibt euch treu und folgt eurem eigenen Weg!

Aber das wird mir egal sein, und das sollte es dir auch sein. Die Leute wollen dir immer alles vorschreiben. Die Eltern sagen dir, dass du keine Videospiele zocken sollst, die Lehrerin sagt, du sollst deine Hände nicht mit Superkleber in andere Gesichter kleben, und die Polizei sagt dir, dass du nicht in einer Bibliothek auf

Scientology-Bücher urinieren sollst. All diese Leute wollen dir dein ganzes Leben lang die Freiheit nehmen. Aber beim Kochen? Da solltest du dir keinen Einschränkungen unterwerfen lassen!

Denn beim Kochen geht es genau darum: die Freiheit zu spüren und zu wissen, dass du alles mit allem kombinieren darfst. Niemand wird dich aufhalten, bei der Auswahl der Zutaten, die du verwendest. Keiner kann dich daran hindern, Fleisch in Plastik zu panieren, wenn das deine kreative Vision ist. Lass die Menschen hinter dir, die dir deine Kreativität rauben wollen. Sei du selbst und steh dazu. Denn genau das ist es, was einen guten Koch zu einem Meisterkoch macht. Und sei nicht scheu! Wenn du ein Rezept wirklich gut gemacht hast und es lecker findest, zeig es anderen Leuten. Ich selbst war am Anfang unsicher über meine Rezepte. Ich grübelte lange darüber, aber nun, da ich meine Gerichte aufs Papier gebracht habe, könnte ich nicht stolzer sein. Natürlich habe ich, wie oben schon beschrieben, ein kleines Bauchweh, ob meine Rezepte zu drastisch für die Außenwelt sind. Aber wenn ich nur einen jungen Koch dazu bringen kann, ein Gericht nachzukochen, dann habe ich mein Ziel bereits erfüllt.

Vielleicht kann ich einige junge Menschen zum ersten Mal fürs Kochen begeistern. Wer weiß, vielleicht gefällt es einem so sehr, dass er eines Tages ein eigenes Buch mit seinen eigenen Rezepten veröffentlicht. Diese Vorstellung schwebt immer noch in meinem Kopf, und genau sie war es, die mich dazu inspiriert hat, dieses Buch zu schreiben. Ich hoffe von ganzem Herzen, dass ich dir etwas zeigen konnte, das dir schmeckt. Natürlich bin ich mir bewusst, dass meine Rezepte gewöhnungsbedürftig sind, aber mein Vater sagte immer:

„Man muss eine Sache sieben Mal essen, bis sie einem wirklich schmeckt."

Also gib meinen Gerichten eine Chance, und ich verspreche dir, du wirst nicht enttäuscht sein. In diesem Sinne werde ich mir jetzt ein neues Haus suchen, denn, wie ihr wisst, muss Kochen geübt werden.

Bis zum nächsten Mal und Gut Koch in die Runde!

Die sechs Szenarien der Apokalypse

Jeder Mensch hat schon mindestens einmal über ihn nachgedacht. Der Moment, in dem plötzlich alles vorbei ist. Kein Strom mehr, kein Internet, keine Nachrichten – nur Stille. Oder Chaos. Vielleicht Feuer. Vielleicht Eis. Vielleicht irgendwas völlig Unerwartetes, das niemand kommen sah. Der Weltuntergang ist ein ständiger Begleiter unserer Fantasie. Er steckt in alten Religionen, in Filmen, in Träumen und in Verschwörungstheorien. Manchmal kommt er mit einem Knall. Manchmal ganz leise. Und obwohl ihn niemand wirklich erleben will, denken wir doch immer wieder darüber nach. Was wird es sein? Ein Asteroid? Der schwarze Peter? Künstliche Intelligenz? Oder etwas ganz anderes? Zum Beispiel: das Wetter.

Ja, richtig gehört. Es gibt Menschen – und nicht gerade wenige – die sagen, die Menschheit führe einen Krieg gegen das Wetter. Genauer gesagt: den sogenannten Klimawandel (keine Ahnung, warum man das nicht einfach *„den großen Wetterkrieg"* nennt – das klingt viel epischer). Laut der Wissenschaft erhitzt sich die Erde durch das Verbrennen von fossilen Sachen – Öl, Gas, Kohle und so weiter. Dadurch wird das Wetter immer wärmer. Und durch das ständig wärmer werdende Wetter ziehen sich die Menschen draußen immer weniger Gewand an. Sie unterschätzen dabei aber die kühle Brise Wind. Und wegen dieser kühlen Brise holen sich die Menschen dann öfter eine Erkältung – und sterben. Durch den Klimawandel passiert das in Massen, und immer mehr Menschen sterben, bis irgendwann... alle tot sind.

Andere wiederum – in diesem Fall die Maya-Indianer – behaupten, dass laut einer alten Prophezeiung eines Tages ein Mann mit einer Perücke und orangefarbener Haut ein zweites Mal zum Präsidenten der Vereinigten Staaten gewählt wird. Dieser Mann, so heißt es in der Überlieferung, würde in einen heftigen Streit mit einem russischen Präsidenten namens Vladimir Putin geraten. Der Grund: ein Land namens Ukraine, das sich laut der Prophezeiung zu dieser Zeit in einem Krieg mit Russland befindet. Aus diesem Streit entwickelt sich eine immer größere Eskalation, bis sich die beiden Supermächte so sehr verfeinden, dass sie schließlich den nuklearen Holocaust auslösen – und mit ihm die vollständige Zerstörung der Welt. Das klingt erschreckend nah an unserer aktuellen Realität. Aber zum Glück – *wirklich zum Glück* – schreibt man den heutigen russischen Präsidenten ja mit einem W.

Wie dem auch sei – viele Menschen machen sich Gedanken über den Weltuntergang. Dabei, wenn man ehrlich ist, ist er eigentlich schon zu spät. Schon die alten Griechen sprachen von Göttern, die die Welt zerstören würden, wenn man ihnen keine Opfer darbringt – oder keine Steuern zahlt, je nachdem, wen man fragt. In der Römerzeit sorgte ein junger Jude namens Jesus von Nazareth (vermutlich ein Niederländer) für Unruhe, weil einige dachten, er könne mit seinen Superkräften das Ende der Welt herbeiführen. Zum Glück entschied er sich damals für die Liebe. Im Mittelalter verbrannte man aus Angst vor dem Weltuntergang gleich tausende Frauen – man hielt sie für Hexen mit dunkler Magie, die den Untergang herbeizaubern könnten. Und zur Jahrtausendwende waren viele fest überzeugt, dass der Wechsel von der 1999 zur 2000 einen globalen Aufstand der Computer auslösen würde. Was sich, im Nachhinein betrachtet, als ziemlich albern herausgestellt hat. Dann wären da noch die Maya-Indianer, die uns für das Jahr 2012 das Ende der Welt voraussagten. Und auch daraus wurde... nichts.

Die Frage bleibt also bestehen:
Wo ist der Weltuntergang?
Wann kommt er endlich vorbei und begrüßt die Menschheit mit einem ordentlichen Schlag ins Gesicht? Auch ich mache mir meine Gedanken zu diesem erdrückenden Thema. Im Gegensatz zu den meisten Menschen werde *ich* allerdings nicht sterben, sollte eine Apokalypse ausbrechen. Ich ernähre mich gesund, mache vier- bis fünfmal pro Woche Sport – und ja, ich dehne mich sogar regelmäßig. Abgesehen von meinem Drogenproblem lebe ich ziemlich vorbildlich. Und wie jeder weiß: Gesunde Menschen sterben nicht bei einem Weltuntergang. Außerdem bin ich weiß. Das hilft bestimmt auch irgendwie. Trotzdem frage ich mich ständig, wie genau die Welt untergehen wird.

Deshalb habe ich mir ganze 0,43 Sekunden Zeit genommen, um intensiv darüber nachzudenken – und meine besten, logischsten Antworten aufgeschrieben. Insgesamt bin ich auf sechs Theorien gekommen, wie die Welt untergeht. Alle wirken realistisch. Alle könnten so – oder zumindest so ähnlich – tatsächlich passieren. Und ich sage es dir jetzt schon: Keine dieser Ideen hast du jemals irgendwo gehört. Also pass gut auf. Und überleg dir vielleicht schon mal, was du in diesen Situationen tun würdest, um *vielleicht* zu überleben.

Vielleicht rettet es dir irgendwann das Leben.

Beleidige nie einen Chinesen wegen seiner Hautfarbe.

Die Welt ist bunt. Jeder Mensch auf der Erde liebt diese Vielfalt. Auf unserer schönen Erde gibt es alle Farbpaletten – von Ocker bis hin zu einem warmen Chinagelb. Doch genau darin liegt das Problem. In dieser Weltuntergangstheorie hat die Kommunistische Partei Chinas ein Problem mit Farben. Viele Menschen assoziieren die Hautfarbe der Chinesen mit einem gelblichen Ton – und das missfällt der Partei. Sie wollen nicht, dass über ihre Hautfarbe gesprochen wird und streben danach, als „normal" behandelt zu werden. Um diesem Thema aus dem Weg zu gehen, versuchten die Chinesen, eine neue Art von Chinesen zu erschaffen. So entwickelten sie im Jahr 1834 den ersten „Thailänder". Diese Version des Chinesen war dunklerhäutiger – quasi die asiatische Antwort auf den „mexikanischen" Typ. Damit wollten sie von der Diskussion über Hautfarben ablenken. Doch trotz ihrer Bemühungen sprach die Welt weiterhin über das Thema. Und das war genau das, was die Kommunistische Partei nicht wollte. Daraufhin begannen sie, einen Virus zu entwickeln. Der erste Versuch war der *Corona-Virus*, der jedoch misslang. Statt eine globale Veränderung zu bewirken, führte er nur zu leichtem Husten – weit entfernt von dem gewünschten Ziel. Im Jahr 2032 wird der sogenannte „Nichtsehbare Virus", auch bekannt als der „Filmriss-Virus", erstmals entdeckt. Der erste Fall trat am 4. Juni auf – dem amerikanischen Unabhängigkeitstag, einem Tag, an dem die Amerikaner ihre Liebe zum Krieg demonstrieren, indem sie Hühner schlachten. An diesem Tag setzten die Chinesen zuvor verseuchte Ratten in den Großstädten Amerikas aus. Anfangs sind die Symptome harmlos: Ein brennendes Gefühl am Anus, unkontrollierbare Milchproduktion aus den Brüsten oder eine ungewöhnlich aufgeblähte Stirn. Doch mit der Zeit nehmen die Symptome eine noch merkwürdigere Wendung, und das wahre Ausmaß des Virus wird immer deutlicher – plötzlich beginnt das Augenlicht der Betroffenen zu verschwinden. Forscher entdecken schließlich, dass das Virus die Iris angreift – eine kleine, fast mystische Person, die in unseren Augen sitzt und das „Rad des Sehens" dreht, um uns das Sehen zu ermöglichen. Normalerweise sorgt die Iris dafür, dass wir sehen können, aber nun muss sie sich gegen die Virenbakterien verteidigen. Dadurch kann sie das Rad des Sehens nicht mehr richtig ankurbeln, und immer mehr Infizierte verlieren ihr Augenlicht.

Das Besondere an diesem Virus ist jedoch, dass es sich nicht nur über die Luft verbreitet, sondern auch über das Internet. Besonders als das Spiel *„Fortnite 2: Jetzt ohne Waffen"* – ein beliebtes Baller-spiel, das ironischerweise keine Waffen enthält – einen riesigen Hype erlebt, verbreitet sich das Virus rasant online. Nach zwei Jahren intensiver Forschung gelingt es den Wissenschaftlern endlich, einen Impfstoff zu entwickeln, der alle bekannten Nebenwirkungen beseitigt. Alle, bis auf eine: das Erblinden.

Der Virus breitet sich mit solcher Geschwindigkeit aus, dass sogar die chinesische Regierung davon betroffen wird. Ursprünglich hatten sie gehofft, dass der Virus dazu beitragen würde, die Weltbevölkerung blind zu machen – als eine Art Lösung, um die Diskriminierung aufgrund der Hautfarbe zu beenden. Doch die Situation entglitt auch ihnen schnell. Plötzlich beginnen immer mehr Menschen weltweit, rapide ihr Augenlicht zu verlieren. Trotz strenger Lockdowns, drastischer Sicherheitsvorkehrungen und aller Versuche, den Virus einzudämmen, kann die Weltgemeinschaft ihn nicht unter Kontrolle bringen. Die Wirtschaft kommt nahezu zum Erliegen, während viele Menschen in tiefe Depressionen stürzen, da sie mit dem plötzlichen Verlust ihres Sehens nicht zurechtkommen. Diejenigen, die noch nicht infiziert sind, schotten sich zunehmend ab, aus Angst, ebenfalls erblinden zu müssen. Der Alltag bricht zusammen. Viele Menschen sind schlichtweg nicht in der Lage, mit dem Umstand klarzukommen, plötzlich blind zu sein. Sie verlieren ihre Unabhängigkeit und sehen sich außerstande, ein normales Leben zu führen. In den Städten kommt es zu massiven Ausschreitungen: Viele der noch nicht infizierten Menschen beginnen, die Erblindeten zu berauben – in einer verzweifelten Jagd nach Ressourcen. Computer, Videospiele und das Internet werden nahezu vollständig verboten, als letzter Versuch, die Ausbreitung des Virus zu stoppen. Doch dieser radikale Schritt führt nur dazu, dass sich die Menschheit weiter entfremdet. Die Gesellschaft, ohnehin schon durch den

Virus gespalten, zieht sich noch weiter zurück. In weniger als fünf Jahren sind über 94 Prozent der Weltbevölkerung erblindet. Die Erde hat sich in dieser Zeit nahezu vollständig verändert. Doch die Anpassung an den Verlust des Sehens gelingt vielen. Viele Menschen gewöhnen sich an ihre neue Realität, und mit der Zeit beginnen sich ihre Sinne auf unerwartete Weise zu entwickeln. Der Hörsinn verstärkt sich bei vielen. Akustische Wahrnehmung wird zur neuen Orientierung. In einer Welt ohne Sicht bewegen sich die Menschen immer mehr durch Klang – die Akustik wird zur neuen Grundlage der Welt. Viele Menschen klammern sich an die Hoffnung, dass der Virus irgendwann verschwinden könnte oder dass Forscher ein Mittel finden, um der Iris der Menschen zu helfen. Doch leider tritt das Gegenteil ein. Die Forscher entdecken, dass der Virus, da er nie wirklich eingedämmt wurde, mittlerweile so viele Menschen infiziert hat, dass die gesamte Luft langsam verseucht ist. Kein Mensch kann mehr atmen, ohne von der Krankheit befallen zu werden. Mit der Zeit kommen die ersten Babys ohne Augenlicht auf die Welt – die erste Generation, die niemals etwas sehen wird. Es ist der Beginn einer langen Reihe von Generationen, die in einer Welt leben werden, in der der Blick in die Zukunft immer dunkel sein wird.

Wir springen einige Jahre in die Zukunft. Die Welt hat sich vollständig verändert. Die Geburtenrate ist drastisch gesunken, und die Weltbevölkerung ist erheblich geschrumpft. Die einst pulsierenden Städte und großen Dörfer sind fast vollständig verschwunden, und die Natur hat sich einen Großteil der Erde zurückerobert. Die Menschheit lebt nun in kleinen Gruppen, da sie erkannt hat, dass es so leichter ist, sich zu organisieren und zu überleben. Mit der Zeit sterben immer mehr dieser kleinen Stämme aus. Im menschlichen Gehirn hat sich etwas Grundlegendes verändert. Der sexuelle Trieb – der natürliche Instinkt, der uns zur Fortpflanzung antreibt –

schwindet mit den Generationen. Durch das Fehlen visueller Reize des anderen Geschlechts verlieren immer mehr Menschen das Verlangen nach sexuellen Beziehungen. In den späteren Generationen fühlen sich viele Neugeborene unwohl, wenn ältere Menschen sie zur Fortpflanzung drängen, und sie verspüren keine Erregung. Die Fortpflanzung wird immer schwieriger. Die Geburtenrate sinkt rapide, da die Menschen nicht mehr in der Lage sind, das Bedürfnis nach sexuellen Beziehungen zu empfinden – sie haben nie erlebt, was als „normal" galt. Über Jahrhunderte hinweg sterben die letzten Menschen langsam aus. Ohne den natürlichen Drang zur Fortpflanzung und ohne ein klares Verständnis davon, was Fortpflanzung überhaupt bedeutet, endet die Geschichte der Menschheit. Ein Virus, das uns die Fähigkeit zu sehen nahm, führt schließlich dazu, dass wir auch den Drang zu leben und zu reproduzieren verlieren. Und nach tausenden von Jahren verschwindet die Menschheit.

Auch Wissenschaftler können traurig sein. Hilf ihnen.

John L. Cobalt. Das „L" stand für Leslie. Und der Mann mit dem Nachnamen eines chemischen Elements hatte natürlich auch den passenden Beruf. Er war Wissenschaftler in einer von der amerikanischen Regierung geförderten Einrichtung, die sich mit bahnbrechender Forschung beschäftigte. Der Großteil der Wissenschaftler dort waren Neurologen – Experten, die das menschliche Gehirn erforschen. Und auch John war ein Neurologe. Er und seine Frau, die er während seiner Arbeit an der Einrichtung kennengelernt hatte, waren gemeinsam an einem ambitionierten Projekt beteiligt. Ihr Ziel war es, einen kleinen Chip zu entwickeln, der es ermöglichte, andere Lebewesen telepathisch zu steuern. An diesem Projekt arbeiteten sie schon ihr ganzes Leben lang. Ihr Plan war es, eine Ratte durch ein Labyrinth zu führen, indem sie den Chip in ihr Gehirn einpflanzten. Sollte dieser erste Schritt gelingen, war ihr nächstes

Ziel, den Chip in den menschlichen Körper einzuführen. Sollte ihr Experiment erfolgreich sein, war ihr nächstes Ziel, den Chip auch in den menschlichen Körper einzuführen. Die Idee war, dass der Chip im Gehirn es ermöglichen würde, fremde Bakterien, die in den Körper eindringen, telepathisch zu erkennen und gezielt mit den Gedanken zu eliminieren. Auf diese Weise könnten sie alle Krankheiten der Welt heilen. John und seine Frau hatten ihr gesamtes Leben dieser Vision gewidmet. Denn sie hatten ein Kind – einst. Ihr Sohn war im Alter von nur zwei Jahren an einer schweren Kinderkrankheit gestorben. Seitdem arbeiteten sie mit unermüdlicher Hingabe an ihrer Forschung, in der Hoffnung, dass kein Elternteil mehr erleben müsste, wie ihr eigenes Kind im Krankenhaus stirbt.

Eines Tages trat der Durchbruch ein, den sie sich so lange erhofft hatten: Mit ihrem programmierten Chip gelang es John und seiner Frau, eine Ratte durch ein Labyrinth zu führen. Sie waren überglücklich und setzten ihre Forschung mit neuer Energie fort. Von nun an kannten sie kein Halten mehr, und ihre Fortschritte nahmen kein Ende. Sie schafften es sogar, die Ratte zum Tanzen zu bringen. Sie konnten andere Tiere steuern, jeden Tag gab es einen neuen Durchbruch. Die beiden präsentierten ihre Forschung weltweit und tauschten sich mit Wissenschaftlern aus allen Ecken der Erde aus. Ihr nächstes großes Ziel war es, einen Chip zu entwickeln, der eine nicht hörbare Frequenzwelle aussenden konnte. Sie wollten diesen Chip einem Arzt implantieren, der auf die Behandlung von Krankheiten und Viren spezialisiert war. Der Plan war, dass der Arzt, mithilfe dieser Frequenz, die Bakterien und Viren der Menschen in seiner Umgebung steuern und eliminieren konnte. Auf diese Weise könnte ein Arztbesuch zu einer Art automatischer Heilung werden – jede Krankheit würde sofort behandelt, sobald der Patient sich im Umkreis des Arztes befand. Sie präsentierten ihr Projekt wichtigen Unterstützern, doch diese entschieden sich schließlich, die

Forschung zu stoppen. Obwohl sie Leben retten könnten, erkannten die Unterstützer, dass der Chip von einem Einzelnen auch missbraucht werden könnte. Für John und seine Frau war dieser Beschluss jedoch bedeutungslos. Entschlossen, ihre Arbeit fortzusetzen, stahlen sie ihre Forschung und setzten die Entwicklung heimlich zu Hause fort.

Monate intensiver, geheimer Arbeit vergingen, bis sie endlich ihren Chip fertiggestellt hatten. John und seine Frau standen nun am Gipfel ihres Triumphs. In einem Keller ihres Hauses setzte sich John den Chip von seiner Frau in das Gehirn ein. Seine erste Aufgabe bestand darin, seiner Frau, die eine leichte Erkältung hatte, die Bazillen zu entziehen. Doch etwas ging schief. Unerwartet übernahm John kurzzeitig die Kontrolle über alle Zellen im Körper seiner Frau. Die vollständige Kontrolle über ihren Körper überforderte ihn, und in der Panik verlor John die Kontrolle. Als Folge davon konnte er ihre Zellen nicht mehr richtig steuern, und seine Frau starb. John war völlig erschüttert und von tiefer Trauer erfüllt. Was eigentlich der glücklichste Tag seines Lebens werden sollte, verwandelte sich in einen grausamen Alptraum. Völlig am Boden zerstört, wusste er nicht, wie er mit dem Verlust umgehen sollte. Er fühlte die Schuld an ihrem Tod, also wollte er sich eine Waffe kaufen und sich erschießen, um bei ihr zu sein. Als John an der Kasse im Waffenladen stand, bemerkte er plötzlich, dass er kein Geld bei sich hatte. In seiner Verzweiflung stellte er fest, dass er seine Brieftasche zu Hause vergessen hatte. Doch angetrieben von seiner Notlage, versuchte er, den Kassierer mit seiner Gedankenkraft zu beeinflussen. Und zu seiner Überraschung funktionierte es – wie durch ein Wunder. Er übernahm die Kontrolle über den Waffenladenbesitzer. John war noch immer tief traurig, und wollte sich umbringen, aber er hatte Angst das er nicht den Mut besaß, selbst abzudrücken. Also befahl er dem Besitzer, mit einer Waffe mitzukommen. John stand in einer Häuserschlucht und zielte mit der Waffe in den Händen des

Ladenbesitzers auf sich selbst. Kurz bevor er abdrücken wollte, schrie ein Mann aus der Ferne. Er glaubte, der Ladenbesitzer wollte John umbringen. Doch John fürchtete sich: Sollte der fremde Mann herausfinden, dass er die Forschung fortgeführt hatte und seine Frau dabei getötet wurde, würde er ins Gefängnis wandern. In einem Moment der Panik befahl John dem Ladenbesitzer, den Mann zu erschießen. John floh mit dem Ladenbesitzer und versteckte sich in einem verlassenen Haus. Wochen vergingen, in denen er kaum das Haus verließ. Während dieser Zeit arbeitete er weiter an seinem Projekt – zusammen mit dem Ladenbesitzer, der die ganze Zeit unter seiner Kontrolle stand. John hatte ihn vollständig gebrochen. Nach einigen Wochen implantierte John dem Ladenbesitzer einen neuen Chip, um einen weiteren Test durchzuführen. Eines Tages klingelte es an der Tür. Der Postbote stand davor, doch John bewegte sich nicht. Statt selbst zu öffnen, befahl er dem Ladenbesitzer, die Tür zu öffnen. Mit dem neuen Chip in dessen Gehirn gelang es ihm, auch den Postboten unter seine Gedankenkontrolle zu bringen. Zum ersten Mal hatte John die Macht, gleich zwei Menschen gleichzeitig zu steuern.

John verfiel zunehmend in einen Wahn. In den darauffolgenden Wochen implantierte er immer mehr Chips in die Gehirne von Menschen, um sie zu kontrollieren. Er verfeinerte die Technologie stetig, sodass er schließlich in der Lage war, zwei Menschen gleichzeitig zu steuern, die dann auch an entfernte Orte fliegen konnten – solange einer der beiden den Chip in seinem Gehirn trug. Nach drei Monaten hatte John bereits mehr als 112 Menschen unter seiner Kontrolle. Doch der mentale Aufwand war für ihn zunehmend erdrückend. Also entwickelte er einen "Autopiloten" – eine Art automatische Steuerung, die dafür sorgte, dass seine "Marionetten" sich normal verhielten, ohne dass er jede Bewegung bewusst lenken musste. Doch in seiner Nachbarschaft begannen immer mehr Menschen, Verdacht zu schöpfen. Etwas schien nicht zu stimmen mit

John, doch der war bereits so in seinem Wahn gefangen, dass er sich der Gefahr nicht mehr bewusst war. John wurde zunehmend radikal und begann, in noch größeren Maßstäben zu denken. Er erwarb eine Lagerhalle und setzte all diejenigen, die er unter seine Kontrolle gebracht hatte, dort als Arbeiter ein. In dieser Halle ließ er Chips produzieren und steigerte seine Machtausübung auf eine völlig neue Ebene. Er infiltrierte wichtige Unternehmen, übernahm Schlüsselpositionen in Vorständen und platzierte seine Marionetten im US-Militär sowie im Weißen Haus. In nur wenigen Jahren kontrollierte er bereits mehr als 250.000 Menschen. Doch trotz seines überwältigenden Erfolges fühlte sich John nicht erfüllt. Die Trauer um den Tod seiner Geliebten saß immer noch tief in ihm, und die Schuld, die er sich für ihren Verlust gab, ließ ihn nicht los. Seine Motivation hatte sich verändert, doch der Schmerz in ihm war unverändert geblieben. Er wollte nun alle Menschen unter seiner Kontrolle bringen und dann einen Suizid begehen der die Menschheit aussterben ließe. Mit seinem Tod wäre alles vorbei. In den folgenden Monaten und Jahren vervielfachte sich die Zahl der Menschen, die Johns Kontrolle unterlagen. Die Regierungen der Welt bemerkten die beunruhigenden Veränderungen und versuchten, den Notstand auszurufen. Doch sie hatten keine klare Vorstellung davon, mit was sie es zu tun hatten. Erst am 22. Februar 2052 beschloss John, dass er mächtig genug war, um sich der Welt zu zeigen. An diesem Tag hatte er bereits mehr als hundert Millionen Menschen unter seiner Kontrolle. In der Nacht des 23. Februars wurde ihm schließlich alles gleichgültig – er hatte keine Angst mehr davor, dass ihn jemand beobachtete, wie er weiterhin Menschen Chips einpflanzte. Es war der Beginn einer Apokalypse: Mit all seinen kontrollierten Anhängern begann John, die restliche Menschheit zu jagen, um auch sie zu unterwerfen.

Springen wir ins Jahr 2065, einige Jahre in die Zukunft. Die Welt ist noch nicht völlig ausgelöscht. Trotz des verheerenden Krieges gegen John sind immer noch über fünf Milliarden Menschen am Leben. Doch mehr als 99 % von ihnen besitzen keinen freien Willen. Sie alle sind unter Johns Kontrolle, unfähig, eigene Entscheidungen zu treffen. John bringt sogar weiterhin Nachkommen zur Welt, die ebenfalls seinem Schicksal ausgeliefert sind. Nur eine kleine Gruppe von Menschen hat sich in den verstecktesten Winkeln der Erde verbarrikadiert. Sie leben in der ständigen Angst, ebenfalls ihren Willen zu verlieren. Ihre Hoffnung ist, dass die Zeit John alt und schwach macht, sodass er irgendwann stirbt. Doch eine tiefere Furcht plagt sie: Was, wenn John an einer neuen Erfindung arbeitet, die ihn vor dem Altern schützt und ihm Unsterblichkeit verleiht?

Bis zu diesem Tag jedoch gehört die Welt John L. Cobalt. Das „L" steht für Leslie.

Torino Extreme.

Es gibt unzählige Drogen auf dieser Welt – doch welche ist die gefährlichste?

Könnte es eine Substanz geben, die so mächtig ist, dass sie ganze Zivilisationen zerstören könnte? Diese Theorie beschäftigt sich genau mit dieser Frage – und wirft einen düsteren Blick auf das, was passieren könnte, wenn wir zu viel über den Tod wissen. Vielleicht ist es manchmal besser, gewisse Dinge nie zu erfahren.

In der Partyszene Miamis beginnt bei den Reichen langsam Langeweile einzukehren. Der ewige Luxus, die endlosen Partys – all das verliert mit der Zeit seinen Reiz. Wer alles hat, sucht nach neuen Reizen, neuen Erfahrungen. Und früher oder später stoßen viele dabei auf verbotene Substanzen. Bewusstseinserweiternde Drogen versprechen intensivere Erlebnisse, tiefe Emotionen, einen kurzen Rausch – doch dieser ist nur von kurzer Dauer. Das Verlangen nach mehr wird größer, doch die Wirkung bleibt aus. In den USA beginnt der Drogenkonsum daher langsam zu stagnieren. Um ihre wohlhabenden Kunden nicht zu verlieren, versuchen mexikanische Kartelle mit immer härteren und neueren Drogen gegenzusteuern. Aber selbst das hilft nicht. Die Sättigung ist zu groß – und die Kartelle beginnen, Geld zu verlieren. Aus purer Verzweiflung schmieden die mexikanischen Kartelle einen kühnen Plan: Sie beginnen, systematisch Professoren und Forscher von Elite-Universitäten zu entführen. Ihr Auftrag ist ebenso klar wie erschreckend – sie sollen eine Droge erschaffen, die alle bisherigen bewusstseinserweiternden Substanzen übertrifft. Zwei Jahre lang arbeiten die Wissenschaftler im Verborgenen, überwacht von bewaffneten Wächtern, an einem Projekt, das alle moralischen und ethischen Grenzen sprengt.

Schließlich gelingt ihnen der Durchbruch: eine neuartige Droge, die nicht nur das Bewusstsein erweitert, sondern angeblich den Kontakt mit Verstorbenen ermöglicht. Die erste Testperson kehrt nach einem intensiven Rausch zurück – bleich, erschüttert, aber mit einem leuchtenden Blick in den Augen. Tränen laufen über sein Gesicht, als er flüstert: „Ich habe mit meiner Oma gesprochen… Es war das Schönste, was ich je erlebt habe."

Das Kartell ist zufrieden. Sie wissen: Diese Droge wird ihre Macht neu definieren. Unter dem Namen *"Torino Extreme"* bringen die Kartelle ihre neue Wunderdroge auf den Markt – zu einem irrsinnig hohen Preis. Der Stoff ist selten, die Herstellung komplex, und genau das macht ihn so begehrt.

Zunächst gilt *Torino Extreme* als Mythos. Eine urbane Legende, die in exklusiven Kreisen der Reichen und Mächtigen kursiert: Eine Droge, die es ermöglichen soll, mit den Toten zu sprechen. Doch je mehr Millionäre – gelangweilt vom Leben – die Substanz ausprobieren, desto mehr bestätigen: *Es funktioniert.* Sie berichten von klaren Begegnungen mit Verstorbenen, von Gesprächen jenseits der Realität. Die Neugier wächst – nicht nur nach dem Kontakt, sondern auch nach dem Wissen: Was geschieht nach dem Tod?

Und fast alle Verstorbenen sagen das Gleiche:
Der Tod sei wunderschön. Der Übergang friedlich. Und der Himmel – unbeschreiblich.
Für die Lebenden, die zurückkehren, verändert sich alles.

Als immer mehr Menschen glaubhaft berichten, mit Verstorbenen gesprochen zu haben, beginnt die Welt zu begreifen: *Torino Extreme* ist kein Mythos – es ist real. Die Medien stürzen sich auf das Phänomen. In Talkshows, Nachrichtensendungen und sozialen Netzwerken wird heftig diskutiert. Wissenschaftler sind ratlos, Religionen weltweit versuchen, ihre jahrtausendealten Lehren an diese neue Realität anzupassen. Selbst die Justiz erkennt das Potenzial: Erste Stimmen fordern, Tote als Zeugen in ungeklärten Mordfällen zu befragen. Während die Weltordnung ins Wanken gerät, fließen Milliarden in die Hände der Kartelle. *Torino Extreme* wird zum teuersten und begehrtesten Gut der Menschheitsgeschichte. Denn die Sehnsucht, noch einmal mit geliebten Verstorbenen zu sprechen, übersteigt jede Moral, jedes Gesetz – und jeden Preis. Als sich die Nachricht verbreitet, dass der Tod nicht das Ende sei – sondern ein Übergang in etwas Wunderschönes –, verändert sich die Welt grundlegend. Besonders viele Menschen, die unter tiefer Traurigkeit und Hoffnungslosigkeit leiden, sehen darin plötzlich einen Ausweg. Für sie scheint der Tod nicht mehr bedrohlich, sondern wie ein Versprechen auf Frieden und Glück. Und so kommt es, dass manche den letzten Schritt wagen und Suizid begehen – in der Hoffnung, den „Himmel" zu erreichen, von dem so viele Torino-Nutzer berichten.

Als Wissenschaftler mithilfe der Droge mit einem Mann Kontakt aufnehmen, der sich das Leben genommen hat, ist seine Schilderung eine andere. Kein strahlender Himmel, kein unbeschreibliches Licht. Stattdessen beschreibt er einen Ort, der... einfach war. Nicht finster, nicht qualvoll – aber auch nicht schön.

„Es ist wie... ein endloser Nachmittag", sagte er. „Nichts tut weh. Aber auch nichts bedeutet etwas."

Trotzdem erreicht der weltweite Hype um *Torino Extreme* ein nie dagewesenes Ausmaß. Die Nachfrage explodiert – jeder will mit geliebten Verstorbenen sprechen, Trost finden, Antworten erhalten. Die Drogenindustrie beginnt, massiv zu produzieren. Was als exklusives Geheimnis der Reichen begann, wird nun zum globalen Phänomen. Immer mehr Menschen fordern die Legalisierung: *Torino Extreme* helfe bei der Trauerbewältigung, sagen sie. Vielen gibt der Kontakt mit den Toten Frieden – einen letzten Abschied, der im realen Leben nicht möglich war. Doch während die Hoffnung wächst, warnen Experten eindringlich. Denn mit der Droge kommt auch die Abhängigkeit. Wer einmal mit einem geliebten Verstorbenen gesprochen hat, will es wieder tun – und wieder. Der natürliche Prozess des Abschiednehmens wird unterbrochen. Die Grenze zwischen Leben und Tod verschwimmt. Hinzu kommt eine unheimliche Unsicherheit: Die Droge garantiert keinen Kontakt zu einer bestimmten Person. Manchmal erscheinen fremde Seelen. Manchmal bleibt es völlig still. Und manchmal – lehnt die gesuchte Seele den Kontakt ab. Stell dir vor: Du nimmst *Torino Extreme*, in der Hoffnung, deine verstorbene Freundin noch einmal zu sehen. Doch ihre Stimme im Jenseits sagt nur: *„Ich kann nicht mit dir sprechen."*
Dieser emotionale Schlag trifft viele unvorbereitet – und stürzt sie in tiefe Depressionen. Einige denken sogar an Suizid, in der Hoffnung, ihre Liebsten auf der anderen Seite wiederzufinden. Doch die

Erzählungen aus der Welt der Toten machen klar: Wer freiwillig geht, betritt nicht den unbeschreiblich schönen Himmel – sondern etwas anderes. Die Menschheit steht an einem Wendepunkt. Zwischen Trost und Sucht, zwischen Abschied und ewiger Sehnsucht. Das Thema Sterben und Tod ist mittlerweile bei jedem Mittagessen ein Gesprächsthema. Viele diskutieren darüber, und man merkt, wie die Grenze zwischen Leben und Tod langsam zu verschwinden scheint. Der Tod wird plötzlich nicht mehr als etwas Schlimmes dargestellt. Wenn ein Bekannter stirbt, besorgt man sich einfach *Torino Extreme* auf der Straße – und spricht noch einmal mit ihm. Wenn man hört, dass jemand gestorben ist, ist das für die Angehörigen oft gar nicht mehr so schlimm. Es ist, als würde unsere natürliche Angst vor dem Tod, unser Überlebenssinn, schwächer und schwächer werden.

Ein Jahr nachdem *Torino Extreme* erfunden wurde, kommt eine Gruppe von Jungs auf eine ziemlich dumme Idee – eine Idee, die vieles verändern sollte.

Einer ihrer Freunde ist tieftraurig, weil er seine Freundin verloren hatte. Seit ihrem Tod hat er sich nur noch eines gewünscht: bei ihr zu sein – im Himmel. Doch er weiß, dass Suizid keine Lösung ist, um ihr wieder nahe zu sein – und genau das macht seinen Schmerz nur noch größer. Seine Freunde jedoch haben einen Plan. Verzweifelt wollen sie ihm helfen – auf ihre eigene, verstörende Weise. Sie engagieren einen Mann, der ihren Freund töten soll. In ihren Augen ist es kein Selbstmord, denn er würde es nicht selbst tun. Und so, glauben sie, kann er endlich seine verstorbene Freundin wiedersehen. Der Auftragskiller erschießt ihren Freund – und der Plan geht tatsächlich auf. Kurz darauf reden sie mit ihm durch *Torino Extreme* und er berichtet: Er sei nun glücklich im Himmel, wieder vereint mit seiner Freundin. Die Freunde, fasziniert von dem Erfolg ihrer Idee, gehen mit der Geschichte zu einem Journalisten. Dieser veröffentliche den Bericht – und löst damit etwas aus, das niemand vorhersehen konnte. Die Nachricht verbreitet sich wie ein Lauffeuer. Die Vorstellung, dass man durch den Tod tatsächlich ins Paradies gelangen könne, wenn man nicht selbst Hand anlegt, verändert alles. Plötzlich melden sich Rekordzahlen junger Menschen beim Militär – auf der Suche nach einem "ehrenvollen" Weg in den Himmel. In immer mehr Städten häufen sich Anschläge, Amokläufe und scheinbar sinnlose Gewalttaten. Die allgemeine Einstellung der Menschheit beginnt sich radikal zu wandeln. Immer mehr Menschen fürchten sich nicht mehr vor dem Tod – im Gegenteil, sie beginnen, ihn zu akzeptieren oder sogar willkommen zu heißen. Als in der Öffentlichkeit geschossen wird, rennen viele nicht mehr panisch davon. Einige bleiben einfach stehen – fast gleichgültig. Der massive Zulauf zu den Armeen verleiht den Regierungen und Präsidenten neue Macht. Gleichzeitig scheint es der Bevölkerung zunehmend gleichgültig zu sein, wo auf der Welt Kriege geführt werden und wie viele Menschen dabei sterben. Konflikte brechen überall aus. Und obwohl die Welt spürbar dunkler und gefährlicher wird, empfinden viele keinen Schrecken – sondern eine seltsame Vorfreude. Internationale Hilfsprogramme werden gestoppt. Die globalen Bemühungen, Armut zu bekämpfen oder die Welt zu einem besseren Ort zu machen, erlahmen. In Afrika eskaliert die Hungersnot – und da kaum noch Hilfe kommt, sterben Millionen. Ein Massensterben, das in früheren Zeiten einen weltweiten Aufschrei ausgelöst hätte, wird nun kaum noch beachtet. In Amerika und Europa beginnen sogenannte Freiheitskämpfer, Anschläge auf Wolkenkratzer zu verüben – nicht aus Hass, sondern aus Sehnsucht. Sie tun es, um Menschen in den Himmel zu bringen. Und erschreckenderweise werden sie dafür von Teilen der Bevölkerung gefeiert. Es ist der Moment, in dem die Menschheit endgültig mit der Erde abgeschlossen hat. Die Menschen sind müde von den ständigen Krisen, den Kriegen, dem Leid. Die Erde ist für sie nur noch ein Ort voller

Probleme – während der Himmel als perfekter Zufluchtsort gilt, frei von Schmerz, frei von Sorgen. Sie wollen einfach nur noch weg.

Innerhalb von nur 15 Jahren schrumpft die Weltbevölkerung auf ein Minimum zusammen. Nur wenige sind noch am Leben – meist tief religiöse Menschen, die weiterhin an einen anderen Himmel glauben als den, den *Torino Extreme* offenbart hatte.

Sie haben die Droge nie angerührt – aus Überzeugung, aus Glauben, oder aus Angst. Zurückgeblieben sind sie in einer zerstörten Welt. Die Städte liegen in Trümmern, die Natur ist aus dem Gleichgewicht geraten, die Gesellschaft ist längst zusammengebrochen. Und obwohl sie standhaft geblieben sind, stellt sich nun auch ihnen eine Frage:

War es wirklich richtig, hierzubleiben? Oder wäre es vielleicht doch besser, endlich hinaufzugehen...?

Kapitalismus im Endstadium

Der Kapitalismus galt als eines der mächtigsten Systeme, die die Menschheit je hervorgebracht hatte. Doch viele erkannten erst zu spät, welche dunklen Folgen er mit sich brachte. Im Laufe der Jahre begannen sich die Krisen zu häufen: wirtschaftliche Stagnation, ökologische Zerstörung und das unaufhaltsame Schrumpfen der Ressourcen. Mitten in diesem Chaos lebte der junge Ian Randel, besser bekannt als „Dogshit" – ein Influencer, der sich durch extreme, provokante Aktionen auf YouTube eine riesige Anhängerschaft erarbeitet hatte. Seine viralen Streiche und provokanten Aktionen hatten ihn zu einer ikonischen Figur des Internets gemacht. Ian war berüchtigt dafür, in seinen Videos immer wieder die Grenze des Erlaubten zu überschreiten, oft auf Kosten anderer. Provokation war sein Markenzeichen – er ging so weit, wie er nur konnte, um Aufmerksamkeit zu erlangen, und kannte dabei keinerlei moralische Hemmschwellen. Doch eines Tages überschritt er eine Grenze, die er niemals hätte überschreiten dürfen. Er filmte ein Video, in dem er ahnungslose Passanten mit einem Deospray und einem Feuerzeug anzündete, nur um ihre erschrockenen Reaktionen aufzuzeichnen. Es war eine grausame und erschreckende Tat, die schnell für Aufsehen sorgte. Der Hass, der daraufhin über ihn hereinbrach, war überwältigend. Menschen, die ihm bis dahin blind gefolgt waren, wandten sich ab. Seine treuen Fans, die seine Eskapaden bewundert hatten, waren nun die ersten, die sich von ihm distanzierten. Selbst seine engsten Freunde und Familienmitglieder brachen den Kontakt ab, entsetzt von dem, was er getan hatte. Der Druck wuchs ins Unermessliche. Die Anfeindungen und der öffentliche Shitstorm zerrissen ihn innerlich. Ian fühlte sich von der Welt verlassen, von seiner eigenen Existenz überflutet. Die Scham, die Wut und die immer größer werdende Leere in ihm verwandelten sich in eine Spirale aus Depression und Selbsthass. Kein Ausweg schien mehr möglich. In einem Moment völliger Verzweiflung, als die Welt um ihn zusammenzubrechen schien, hatte Ian plötzlich eine Idee. Eine neue Videoidee, die ihm wie der perfekte Plan erschien – sein letzter Versuch, die verlorene Kontrolle zurückzugewinnen. Er war überzeugt, dass dies der außergewöhnliche Coup sei, der ihn aus dem Sumpf der Verachtung herausziehen würde, dass er seine Reputation wiederherstellen und die Wogen des Hasses hinter sich lassen könnte. Doch was Ian nicht wusste: Dieses Video, das er für seine Erlösung hielt, würde eine Kettenreaktion auslösen. Ein einziger Fehler, der das Schicksal der Welt für immer veränderte.

Im Jahr 2042 erließ der neu gewählte Gouverneur des Bundesstaates Wisconsin, Roy Smith, eine Reihe von Dekreten und Beschlüssen, die enorme Auswirkungen auf das Land haben sollten. Bekannt für seine unkonventionellen und oft merkwürdigen politischen Entscheidungen, sorgte Smith immer wieder für Schlagzeilen. Doch unter den vielen umstrittenen Beschlüssen gab es einen, der beinahe unbeachtet blieb. Roy Smith hatte eine Idee, die so bizarr war, dass sie kaum zu fassen war: Er erließ einen Beschluss, der jedem Menschen das Recht einräumte, sich selbst – samt seiner Urkunde und Rechte – zu verkaufen. Ein Recht, von dem eigentlich niemand jemals Gebrauch machen würde. Die meisten hielten diesen Beschluss für völlig belanglos und maßen ihm keine große Bedeutung bei, da sie nicht glaubten, dass er jemals eine praktische Relevanz haben würde.

Ian Randel war der erste, der von diesem neuen Recht Gebrauch machte. Für nur 100 US-Dollar verkaufte er sich an seinen besten Freund, Michael Flammers. Es war der erste Fall dieser Art, und das Video, das die Transaktion dokumentierte, verbreitete sich blitzschnell und ging viral. Ian gehörte nun offiziell Michael – eine Entwicklung, die die Öffentlichkeit in Erstaunen versetzte. Innerhalb kürzester Zeit wurde der Vorfall zu einem globalen Gesprächsthema. Bald begannen immer mehr Menschen, nach Wisconsin zu reisen, um das gleiche zu tun – ihre Menschenrechte und ihre Identität zu verkaufen. Der „Menschenhandel" verwandelte sich in einen bizarren Tourismustrend. Viele reisten, um sich selbst an Verwandte, Freunde oder geliebte Menschen zu verkaufen, sei es aus finanziellen Gründen oder als Ausdruck eines außergewöhnlichen Vertrauens. Wisconsin erlebte einen beispiellosen wirtschaftlichen Aufschwung, da der Staat zu einem Magneten für internationale Touristen wurde. Hotels, Fluggesellschaften und lokale Unternehmen profitierten enorm von der plötzlichen Flut an Besuchern. Der Verkauf von Menschenrechten entwickelte sich zu einer kuriosen, doch legalen Praxis, die Wisconsin zu einem wirtschaftlichen Zentrum machte – während die moralischen und gesellschaftlichen Implikationen weiterhin hitzige Debatten anheizten.

Mit der Zeit nahm die Situation eine dunkle Wendung. Immer mehr Menschen, die von Armut und Depression gezeichnet waren, reisten nach Wisconsin, um sich zu verkaufen, da sie keinen anderen Ausweg aus ihrer verzweifelten Lage sahen. Reichere Menschen, die die Praxis zunehmend als alltäglich betrachteten, begannen, „Eigentum" zu erwerben und ganze „Besitzgruppen" zu bilden, in denen sie ihre gekauften „Besitzpersonen" hielten. Was einst als skurriler Trend und Tourismusboom begann, verwandelte sich nun in ein florierendes, aber moralisch fragwürdiges Geschäft. Da Wisconsin durch den Verkauf von Menschenrechten immense Summen verdiente, begannen andere Länder, diesem Beispiel zu folgen. Die Legalisierung des Menschenrechtsverkaufs verbreitete sich weltweit, und bald war es in vielen Ländern möglich, sich selbst zu verkaufen. Was anfangs in Wisconsin noch als eine bizarre Kuriosität und harmloses Geschäft galt, nahm in anderen Ländern eine weitaus düsterere Wendung. Besonders in ärmeren Regionen führte die Legalisierung zu einer erschreckenden Wiederbelebung von Sklaverei und Ausbeutung. In diesen Ländern konnten Menschen für einen Bruchteil des Werts verkauft werden und waren fortan zur vollständigen Unterwerfung verurteilt. Es war nun legal, alles mit einer gekauften Person zu tun – mit Ausnahme von physischer Gewalt oder schwerer Misshandlung. Zu Beginn neigten die Gerichte in Wisconsin dazu, bei rechtlichen Auseinandersetzungen zugunsten der verkauften Personen zu entscheiden, um das System zumindest halbwegs menschlich zu gestalten. Doch im Laufe der Zeit änderte sich auch diese Haltung. Die Richter begannen immer häufiger, gegen die Interessen der verkauften Personen zu entscheiden, was die rechtliche und moralische Grundlage des Systems weiter erodieren ließ. Was einst als eine umstrittene, fast touristische Entwicklung begann, verwandelte sich zunehmend in eine tiefgreifende gesellschaftliche Krise, die das Fundament der Menschenrechte ins Wanken brachte.

Mittlerweile war der Menschenhandel zur erschreckenden Normalität geworden, und ebenso die Tatsache, dass Menschen nicht mehr als ihre eigenen Eigentümer galten. Sie wurden zunehmend als Besitzstücke betrachtet, als Handelsware, deren Rechte und Identität käuflich waren. Die Situation eskalierte weiter. Im Jahr 2075 wurde das Unternehmen „HS" (für „Human Sell", nicht zu verwechseln mit „Hurenoshn") gegründet, das sich auf den Verkauf von Menschenrechten spezialisierte. Auf der Website des Unternehmens konnten Menschen sich selbst zum Verkauf anbieten. Käufer konnten auf diese „Angebote" bieten, und der Preis stieg mit jedem Gebot. Eine besondere Funktion ermöglichte es den Verkäufern, sich für eine bestimmte Anzahl von Jahren zu verkaufen, anstatt sich dauerhaft zu binden. „HS" profitierte enorm von dieser Praxis. Wohlhabende Menschen, die Arbeitskräfte oder einfach nur neue „Freunde" erwerben wollten, trugen dazu bei, dass das Unternehmen gigantische Gewinne erzielte. Durch die Plattform stiegen die Preise für Menschen rapide an. Im Jahr 2077 erreichte der durchschnittliche Preis eines Amerikaners ein Rekordhoch von 26,3 Millionen US-Dollar. Zusätzlich wurde 2077 der erste „Menschen-Index" an der New Yorker Börse eingeführt. Zum ersten Mal wurde der Wert eines Menschen in Form eines Aktienindex gehandelt, was den Menschenhandel endgültig in das globale Wirtschaftssystem integrierte. Der Wert eines Menschen war nun auch an den Finanzmärkten ablesbar, und die Grenze zwischen Individuum und Ware war endgültig verschwunden.

In den Ländern, in denen der Menschenhandel legalisiert wurde, strömte enorm viel Geld in die Wirtschaft. Besonders die USA konnten sich in diesem Jahrzehnt als neue Supermacht positionieren. Doch trotz des enormen Wohlstands brachte dies nicht zwangsläufig eine Verbesserung der Lebensqualität für die Bevölkerung – im Gegenteil, es offenbarte eine düstere Seite.

Reiche Menschen kauften Frauen, um sie zu missbrauchen, während andere große Menschenmengen erwarben, um sich eigene Privatarmeen zusammenzustellen. Die Militarisierung nahm dramatisch zu, und die Gesellschaft war zunehmend von Gewalt, Ausbeutung und Entmenschlichung geprägt. Doch die US-Regierung zeigte sich wenig beeindruckt. Seit den 2060er Jahren war ein „zweiter Kalter Krieg" zwischen den USA und China entbrannt – ein geopolitischer Wettlauf um die globale Vorherrschaft. Durch den Boom des Menschenhandels und die damit verbundene wirtschaftliche Macht fand sich Amerika auf der Überholspur. Der Menschenhandel war zu einem unbestreitbaren Wirtschaftsfaktor geworden, der das Land an die Spitze katapultierte. Im Jahr 2089 schließlich reagierte China auf den wirtschaftlichen Aufstieg der USA und legalisierte ebenfalls den Menschenhandel. Es war eine direkte Antwort auf den Erfolg Amerikas, ein Versuch, die globale Wettbewerbsfähigkeit zurückzugewinnen. Doch Chinas Einstieg in den Menschenmarkt war alles andere als problemlos und von zahlreichen Herausforderungen geprägt. Da der durchschnittliche Bürger in China deutlich ärmer war als in den USA und viele Buddhisten den Menschenhandel als unvereinbar mit ihren religiösen Überzeugungen ablehnten, war die Bereitschaft, sich zu verkaufen, zunächst gering. Doch der chinesische Staat griff entschlossen ein, um die Situation zu seinen Gunsten zu wenden. Um den Menschenhandel zu fördern, begann die chinesische Regierung, großzügige staatliche Förderungen anzubieten, wenn sich ein Chinese bereit erklärte, sich für mehr als zehn Jahre in die USA zu verkaufen. Diese Förderungen waren so hoch, dass die betroffenen Personen ihr gesamtes Leben lang nicht mehr arbeiten mussten. Diese finanzielle Unterstützung lockte viele Chinesen dazu, in die USA auszuwandern, um sich zu verkaufen. Der dahinterstehende Gedanke war, die amerikanische Wirtschaft, die mittlerweile stark vom Menschenhandel abhängig war, gezielt zu destabilisieren. China wollte den Markt mit einem massiven Überangebot an „verfügbaren" Menschen überschwemmen, was zu einem drastischen Preisverfall und letztlich zum Zusammenbruch des Marktes führen sollte. Da die US-Wirtschaft weitgehend auf den Menschenhandel angewiesen war, erhoffte sich China, die USA aus dem Rennen um die globale Vorherrschaft zu verdrängen. Eine überflutete Marktwirtschaft würde die amerikanische Wirtschaft schwächen und China die Möglichkeit geben, den Platz an der Spitze der Weltwirtschaft zu übernehmen.

Der Plan der Chinesen ging tatsächlich auf. Innerhalb von nur fünf Jahren wanderten mehr als fünfzig Millionen Chinesen in die USA aus. Der Menschenmarkt, der lange Zeit das Rückgrat der amerikanischen Wirtschaft gebildet hatte, brach zusammen. Unternehmen wie „HS" und viele andere, die auf den Handel mit Menschenrechten angewiesen waren, gingen bankrott. 2101 stürzte die US-Wirtschaft in eine tiefe Krise. Der Preis für einen Menschen fiel in diesem Jahr um mehr als 96 Prozent. Trotz des dramatischen Preisverfalls fanden viele der eingewanderten Chinesen dennoch Käufer. Durch den extrem niedrigen Preis konnten sich die Superreichen, die in den vergangenen zwei Jahrzehnten bereits ihre eigenen „Armeen" aufgestellt hatten, noch mehr „Soldaten" kaufen. Private Armeen, die einst nur den Reichen vorbehalten waren, wuchsen nun schneller als je zuvor. Diese schnell expandierenden Privat-Armeen rüsteten sich rasant auf, was zu einer gefährlichen militärischen Eskalation führte. Dieses Phänomen beschränkte sich nicht länger nur auf die USA – auch in Europa, wenn auch in geringerem Ausmaß, breitete sich der Trend aus. Allein in den USA wurden 2103 mehr als 64 private Armeen registriert. Wie es genau dazu kam, blieb unklar, doch die Auswirkungen waren unübersehbar. Schon bald führte der zunehmende Einfluss dieser privaten militärischen Kräfte zu einem unvermeidlichen Zusammenbruch des bestehenden Systems.

Am 16. Juli 2104 brach in den Vereinigten Staaten ein Bürgerkrieg aus. Die Armee von Hill Strehlow, einem Milliardär, der seinen Reichtum mit Luxusmodemarken aufgebaut hatte, trat gegen die Truppen von Peyton Langosy, dem reichsten Immobilienmogul der Welt, an. Im ganzen Land eskalierten die Kämpfe, während die zahlreichen Privatarmeen in blutigen Auseinandersetzungen um die Vorherrschaft kämpften. Jeder reiche Unternehmer strebte danach, die Kontrolle zu übernehmen, was zu einem unaufhaltsamen Chaos führte. Die US-Regierung, durch die immense Militarisierung und die Macht der Privatarmeen stark geschwächt, konnte kaum noch eingreifen. In diesem Moment witterte China seine Chance. Nachdem es lange gehofft hatte, dass eine solche Krise den Weg für eine Expansion in die USA ebnen würde, marschierten chinesische Truppen in das von Bürgerkrieg zerrüttete Amerika ein. Ihre Hoffnung war, dass die Millionen von Chinesen, die mittlerweile in den USA lebten, sich auf ihre Seite stellen würden – doch es kam anders. Viele der chinesischen Migranten, die sich den Privatarmeen angeschlossen hatten, hatten nun Zugang zu Bildung, freien Medien und besseren Lebensbedingungen, als sie es je in China erfahren hatten. Sie begannen zu erkennen, wie sehr sie in ihrer Heimat von der Regierung unterdrückt und manipuliert worden waren. Der Frust und die Wut über die staatliche Kontrolle nahmen zu, und viele fühlten sich von ihrer Regierung verraten. Ihre Loyalität gegenüber China schwand, und statt sich den chinesischen Truppen anzuschließen, standen sie zunehmend auf der Seite derer, die in Amerika ihre eigene Zukunft aufgebaut hatten. Der Bürgerkrieg in den USA verwandelte sich so in ein geopolitisches Machtspiel, in das sowohl die USA als auch China tief verwickelt waren. Der Konflikt überschritt die nationalen Grenzen und drohte, die globale Ordnung nachhaltig zu destabilisieren. Ganz Amerika versank im

Chaos, jeder kämpfte gegen jeden. Im Jahr 2106 versuchte Europa, in den Konflikt einzugreifen, doch auch ihnen gelang es nicht, die Lage zu entschärfen oder den Frieden wiederherzustellen. Am 14. Februar 2107 erschütterte die erste Explosion einer Atombombe New York. Die Welt starrte fassungslos auf die Ruinen der einstigen Metropole. Nur zwei Tage später bestätigten sich die Gerüchte: Mächtige Privatarmeen besaßen tatsächlich einsatzbereite Atomwaffen, als auch in Boston eine zweite Bombe detonierte. Die Zerstörung nahm ihren Lauf. Innerhalb weniger Wochen folgten immer weitere Katastrophen, und die Welt wurde von einer Kettenreaktion der Gewalt überrollt. Die Privatarmeen, die längst in den USA und anderen Ländern die Kontrolle übernommen hatten, waren nun in der Lage, mit den zerstörerischsten Waffen der Menschheit zu kämpfen. Die globale Lage eskalierte unaufhaltsam, und der Krieg stürzte die Welt in den Abgrund.

Und all dies nahm seinen Anfang mit einem einzigen, abscheulichen Akt – einem grausamen Streich, den Ian Randel, besser bekannt als „Dogshit", in einem seiner provokanten YouTube-Videos inszenierte. Ein „witziger" Moment, in dem er ahnungslose Passanten anzündete, löste eine Kettenreaktion aus, die das gesamte System ins Chaos stürzte. Was als unüberlegte Provokation begann, entfaltete sich zu einem globalen Inferno, das die Welt für immer zerstörte.

Eine große Familie

Forscher arbeiteten an der Modifikation von DNA-Strängen, um die Menschheit vor Krankheiten zu schützen. Dabei machten sie eine erstaunliche Entdeckung: Es schien tatsächlich möglich zu sein, die DNA so zu verändern, dass Menschen immun gegen eine Vielzahl von Bakterien wurden.

Überzeugt davon, dass sie endlich die Heilung gegen sämtliche Krankheiten gefunden hatten, begannen sie, diese Veränderungen in großem Maßstab vorzunehmen. Denn obwohl 99,9 Prozent der menschlichen DNA identisch waren, unterschieden sich die Menschen nur in den verbleibenden 0,1 Prozent – und genau diese Bereiche ließen sich gezielt anpassen. Das Umprogrammieren der gesamten menschlichen DNA erschien zwar wie eine fast unmögliche Aufgabe, doch die Forscher waren überzeugt, dass die Veränderung der 0,1 Prozent machbar war. Sie starteten ihr ambitioniertes Projekt, die DNA von Millionen von Menschen zu modifizieren. Doch es kam zu massivem Widerstand: Viele befürchteten, dass diese tiefgreifenden Eingriffe nicht nur die körperliche Immunität verändern, sondern auch die Persönlichkeiten der Menschen beeinflussen könnten. Es herrschte Angst, dass sich durch die Modifikationen grundlegende Charakterzüge und Verhaltensmuster der Menschen verändern könnten. Die Forscher jedoch verwarfen diese Ängste. Sie argumentierten, dass das menschliche Verhalten nicht allein durch genetische Faktoren bestimmt werde, sondern vielmehr von äußeren Erfahrungen geprägt sei. Sie zitierten einen bekannten Spruch: „Nimm die fünf Menschen, mit denen du die meiste Zeit verbringst, zähle sie zusammen und schau in den Spiegel. Du wirst dich darin wiedersehen." So betonten sie, dass äußere Einflüsse wie Beziehungen und Erlebnisse weit mehr Einfluss auf die Persönlichkeit eines Menschen hatten als seine DNA.

Die Forscher erhielten schließlich die Erlaubnis, an den DNA-Strängen von Probanden zu experimentieren, und die ersten Ergebnisse waren vielversprechend. Sie entwickelten ein Serum, das auf einem komplexen Computerprogramm basierte, welches die DNA-Struktur so umstellte, dass die Probanden gegen bestimmte Bakterien immun wurden. Besonders beeindruckend war, dass die Probanden keine Erkältung mehr bekommen konnten. Durch die

Umstrukturierung der DNA waren die Stränge nun dichter beieinander, was es den Erkältungsbakterien unmöglich machte, in das Immunsystem einzudringen. Die Ergebnisse waren bahnbrechend, und die Presse sowie die breite Öffentlichkeit standen plötzlich hinter den Forschern. Nach weiteren Tests und Monaten der Beobachtung hinsichtlich möglicher Langzeitfolgen, gab die Regierung schließlich grünes Licht für das Serum. Viele Menschen genossen den Vorteil, nie wieder an einer Erkältung oder Schnupfen zu erkranken.

Doch für die Forscher war das noch lange nicht genug. Die Veränderung der DNA war weit mehr als nur eine Impfung – sie erkannten das enorme Potenzial, noch tiefere Eingriffe in den menschlichen Körper vorzunehmen, um Krankheiten auf eine völlig neue Art und Weise zu bekämpfen. Also gingen sie einen Schritt weiter und begannen, größere Teile der DNA zu verändern. Sie griffen in Bereiche ein, vor denen Wissenschaftler zuvor gewarnt hatten. Nach mehreren Jahren Forschung sah die Welt ganz anders aus. Krankheiten gehörten der Vergangenheit an. Bei der Geburt eines Menschen wurde routinemäßig Blut abgenommen und die DNA analysiert. Ein Computerprogramm berechnete daraufhin automatisch ein individuelles Serum, das dem Neugeborenen gespritzt wurde – und machte es so immun gegen sämtliche bekannten Krankheiten. Es gab keine Nebenwirkungen, und es schien, als wären Krankheiten für immer besiegt. Die Menschheit war stolz auf ihren Fortschritt. Viele glaubten, durch das Eingreifen in die DNA und das gezielte "Gott spielen" hätten sie eine neue Stufe der Evolution erreicht. Sie sahen sich als besser, weiterentwickelt – als hätten sie die Natur endlich vollständig unter Kontrolle gebracht.

Doch im Jahr 2067 geschah das Unfassbare: Die europäische Kamelpocken-Krankheit brach aus – die erste neue Krankheit seit über 35 Jahren. Und sie war brutal. Die Infizierten begannen innerlich zu

verbluten, und das Virus verbreitete sich rasend schnell. Innerhalb weniger Tage griff es wie ein Lauffeuer um sich. Die Menschheit geriet in Panik. Weltweit wurde ein sofortiger Lockdown verhängt. Niemand traute sich mehr aus dem Haus – nicht nur aus Angst vor Ansteckung, sondern weil viele Menschen noch nie in ihrem Leben krank gewesen waren. Sie hatten vergessen, wie sich Krankheit an- fühlte. Auch die Regierungen waren überfordert. In blinder Eile setzten sie alle verfügbaren Forscher darauf an, erneut an der menschlichen DNA zu arbeiten – in der Hoffnung, das Virus gene- tisch auszubremsen. An klassische Heilmethoden oder Medikamente dachte niemand mehr. Die alte Medizin galt als rückständig, ja sogar gefährlich, denn man fürchtete, dass sie das Virus mutieren und noch tödlicher machen könnte. Die Angst vor Krankheiten war so groß, dass die Regierungen bereit waren, drastische Eingriffe in die DNA der gesamten Bevölkerung zuzulassen. Auch die Menschen selbst stimmten dem zu – aus Panik, nicht aus Überzeugung. Hek- tisch und unter gewaltigem Druck arbeiteten Forscher wochenlang an einer Lösung. Schließlich gelang ihnen ein Durchbruch: Sie nah- men eine infizierte Person und modifizierten deren DNA so, dass das Immunsystem die Kamelpocken erfolgreich abwehren konnte. Doch der Eingriff in die DNA war tiefgreifend – viel stärker als alle bisherigen Modifikationen. Die Forscher warnten die Regierung: Das neue Serum war weder vollständig getestet, noch waren die Langzeitfolgen absehbar. Doch weder Politik noch Bevölkerung wollten noch länger warten. Die Angst überwog jede Vernunft. In kürzester Zeit wurde das Serum weltweit freigegeben. Milliarden Menschen ließen sich impfen – in der Hoffnung, die Seuche damit endgültig zu besiegen. Und tatsächlich: Das neue Serum funktio- nierte. Die Kamelpocken konnten das Immunsystem nicht mehr durchdringen, und die Ausbreitung der Krankheit kam zum Still- stand. Die Welt atmete auf. Alles schien gerettet.
Doch war sie das wirklich?

Drei Monate später machten Forscher eine beunruhigende Entdeckung: Der DNA-Gleichheitswert bei Neugeborenen war auffällig erhöht. Statt der üblichen 99,9 % Ähnlichkeit in der menschlichen DNA lag der Wert nun bei über 99,993 %. Das bedeutete, dass sich die genetische Vielfalt drastisch verringert hatte – die Neugeborenen waren sich genetisch zu ähnlich.

Der Grund dafür war das Serum. Die Forscher hatten die DNA-Struktur der ersten behandelten Person als Grundlage genommen und diese praktisch auf alle anderen Menschen „übertragen". Dadurch ähnelten sich nun Milliarden von Menschen in ihrem Erbgut – zu sehr. Ein Wissenschaftler erklärte es so: „Das Serum hat die DNA bei allen Menschen so angepasst, als würden sie derselben Familie angehören. Sie teilen sich zu viele identische genetische Merkmale."

Die Folgen davon konnte zu diesem Zeitpunkt noch niemand wirklich abschätzen. Das bedeutete: Wenn nun zwei fremde Personen ein Kind zeugen wollten, teilten sie – ähnlich wie nahe Verwandte – zu viele genetische Übereinstimmungen. Es war, als würden Cousins und Cousinen ein gemeinsames Kind bekommen. Und das galt weltweit – denn fast die gesamte Menschheit hatte sich aus Angst vor der Krankheit das DNA-verändernde Serum verabreichen lassen. Einige Monate später wurden die ersten Kinder geboren, deren Eltern sich beide nach der Impfung fortgepflanzt hatten. Die Folgen waren dramatisch: Jedes dritte Neugeborene kam mit körperlichen Einschränkungen zur Welt. Noch schlimmer – viele Föten überlebten nicht einmal die Schwangerschaft und starben bereits im Mutterleib.

Die Welt verlor ihre genetische Vielfalt – und mit ihr die Fähigkeit, sich fortzupflanzen. Über mehrere Generationen hinweg verschärfte sich das Problem dramatisch. Jeder Versuch, die DNA wieder vielfältiger zu machen, scheiterte. Fehlgeburten wurden zur Regel, gesunde Geburten zur seltenen Ausnahme. Und wenn doch ein Kind geboren wurde, war es meist schwer beeinträchtigt – unfähig, selbst Nachkommen zu zeugen. Am Ende starb die Menschheit aus. Nicht durch Krieg, nicht durch eine Naturkatastrophe – sondern weil sie versuchte, in ihrer Angst Gott zu spielen.

Das ist wie Musik in meinen Ohren

Sommer 2024.
Ein Franzose namens Laurent Abbe suchte in Lyon, der Stadt, in der er lebte, einen HNO-Arzt auf. Seit Tagen litt er unter einem merkwürdigen Tinnitus, der ihn zunehmend beunruhigte. Im Gegensatz zu einem typischen, hochfrequenten Dauerton, wie man ihn bei Tinnitus kennt, veränderte sich der Klang in seinen Ohren ständig. Mal war es ein tiefes Summen, an anderen Tagen klang es beinahe wie Musik. Besonders seltsam war, dass der Ton von einem Ohr zum anderen wanderte. Laurent machte sich Sorgen – irgendetwas stimmte nicht. Doch der Arzt untersuchte seine Ohren gründlich und erklärte sie für überdurchschnittlich gesund.

Doch die Wochen vergingen, und Laurents seltsamer Tinnitus verschwand nicht. Er konsultierte einen Arzt nach dem anderen, doch alle stellten die gleiche Diagnose: Seine Ohren seien in perfektem Zustand. Man riet ihm zu Ohrentropfen und Geduld – der Ton würde schon irgendwann verschwinden. Eines Tages jedoch stieß Laurent beim Lesen der Nachrichten auf einen Bericht, der ihn elektrisierte. Ein Forscherteam aus Deutschland, das sich mit Signalen aus dem Weltraum beschäftigte, hatte über ein Teleskop eine ungewöhnliche Frequenz empfangen. Sie erklärten, dass dieser Ton für das menschliche Gehör eigentlich nicht wahrnehmbar sei – nur durch Verstärkung mit speziellen Instrumenten sei es ihnen gelungen, die Resonanz hörbar zu machen. Die Wissenschaftler stellten eine Website online, auf der die Frequenz in Dauerschleife zu hören war. Angeblich handelte es sich um ein anhaltendes Signal, das seit Wochen konstant empfangen wurde. Die Quelle? Das Weltall. Laurent öffnete sofort seinen Laptop und klickte sich auf die Seite. Als der Ton erklang, stockte ihm der Atem. Es war exakt das Geräusch, das er seit Wochen in seinem Kopf hörte. Und immer wenn sich die Frequenz auf der Website veränderte, veränderte sich auch sein Tinnitus synchron dazu. Also schrieb Laurent die Forscher an – und kurz darauf machte er sich auf den Weg nach Deutschland, zu dieser Forschungsstation, die sich auf Weltraumsignale spezialisiert hatte. Die Wissenschaftler waren fassungslos, als Laurent ihnen von seinem Tinnitus erzählte. Wochenlang arbeiteten sie gemeinsam mit ihm, analysierten, verglichen, forschten – fest entschlossen herauszufinden, mit was sie es hier wirklich zu tun hatten. Mit der Zeit kamen sie einer unglaublichen Entdeckung auf die Spur: Der vermeintliche Frequenzton war in Wahrheit keine einzelne Schwingung, sondern eine Überlagerung von Millionen verschiedener Frequenzen – wie ein gewaltiger Klangteppich aus dem All. Als die Forscher die Schichten voneinander trennten und die Frequenzen einzeln anhörten, waren sie erstaunt: Viele der Töne klangen beinahe harmonisch, wie musikalische Kompositionen aus einer anderen Welt. Spätestens jetzt wurde allen klar: Das war kein bloßes kosmisches Rauschen. Das hier war etwas anderes. Etwas Bedeutendes. Vielleicht – ein erstes Zeichen. Eine Botschaft. Ein Signal von einer fremden Intelligenz, das uns aus den Tiefen des Alls geschickt worden war.

Als die Forscher den Regierungen mitteilten, dass sie möglicherweise ein Signal außerirdischen Ursprungs empfangen hatten, löste das weltweit Aufruhr aus. Binnen kürzester Zeit wurden Sprachwissenschaftler, Physiker und Astrobiologen aus allen Teilen der Welt nach Deutschland entsandt, um gemeinsam zu untersuchen, ob es sich tatsächlich um eine Botschaft von Außerirdischen handelte – und falls ja, was sie uns sagen wollten. Schon bald war klar: Dieses Signal konnte kaum natürlichen Ursprungs sein. Manche Messwerte verhielten sich völlig untypisch, manche schienen physikalische Gesetze zu ignorieren. Die Frequenzen, die in Laurents Tinnitus und den Aufzeichnungen der Forscher identisch waren, beeinflussten offenbar auch die Atmosphäre. Es häuften sich unerklärliche Wetterphänomene: ungewöhnlich starke Stürme, plötzliche Temperaturschwankungen, sogar magnetische Störungen, wie man sie nur von Sonnenstürmen kannte. Erste Wissenschaftler begannen zu zweifeln, ob dieses Signal wirklich eine freundliche Botschaft war. Vielleicht war es gar keine Einladung – sondern eine Warnung. Oder schlimmer noch: der erste Schritt einer Bedrohung, deren Ausmaß noch niemand absehen konnte.

Nach zwei Jahren intensiver Forschung geschah schließlich etwas, das später als *das große Summen* in die Geschichte eingehen sollte. Die Frequenz, die anfangs nur von wenigen Menschen wie Laurent wahrgenommen worden war, war über die Jahre stetig lauter geworden. Immer mehr Menschen berichteten von einem seltsamen, fremdartigen Tinnitus. Doch in einer einzigen Nacht veränderte sich alles. Die Frequenz schwoll plötzlich auf ein unerträgliches Maß an – so laut, dass sie weltweit von jedem Menschen gehört werden konnte. Ein unaufhörliches, endloses Dröhnen legte sich über die Welt. Es war, als würde die ganze Erde summen. Gleichzeitig begannen sich Sonne und Himmel auf seltsame Weise zu verändern: das Licht flackerte, der Himmel flimmerte, als wäre er nicht mehr real. In diesem Moment machten die Forscher eine erschütternde Entdeckung. Es handelte sich nicht um ein einfaches Signal fremder Wesen – das Signal selbst *war* die außerirdische Lebensform. Diese "Aliens" besaßen keine Körper, keine Augen, keine greifbare Gestalt. Sie bestanden nicht aus Materie, sondern aus reiner

Schwingung, reiner Frequenz – ein Leben, das jenseits unserer Vorstellung existierte. Das ständige Summen, das als Tinnitus wahrgenommen wurde, war in Wahrheit ihr Dasein. Jede einzelne Frequenz stellte ein Individuum dar – ein Mitglied einer riesigen, nicht-materiellen Spezies aus dem Weltall. Und dieses summende Volk war bereits seit Jahren unter uns, hatte versucht, auf ihre Weise mit uns zu koexistieren – unbemerkt, auf einer Ebene, die für den menschlichen Verstand kaum fassbar war. Doch nun, so schien es, hatten sie ihr Urteil gefällt. Sie griffen an. Nicht mit Waffen, sondern mit ihrer bloßen Existenz. Das große Summen war keine Botschaft mehr – es war der Beginn eines Krieges, den niemand verstand. Durch das immer stärker werdende Summen war ein normales Leben auf der Erde nicht mehr möglich. Die Menschheit wurde zunehmend in den Wahnsinn getrieben. Die außerirdischen Wesen – von den Menschen nur noch *„die Gestimmten"* genannt – vernichteten ganze Städte in wenigen Sekunden. Sie brachten Gebäude, Maschinen, ja sogar Nahrung durch ihre hochfrequenten Schwingungen zum Zerbersten. Alles Materielle begann zu zerfallen. Beton wurde zu Staub, Metall zersplitterte, und selbst komplexe Moleküle lösten sich auf. Die Sonne und der Himmel begannen immer intensiver zu flackern, als wäre die Realität selbst nicht mehr stabil. Menschen verloren den Verstand, viele litten unter Halluzinationen oder brachen einfach unter der ständigen Belastung zusammen. Andere verkrochen sich tief unter der Erde, hunderte Meter unter der Oberfläche, in der verzweifelten Hoffnung, dem allgegenwärtigen Tinnitus zu entkommen – diesem alles durchdringenden Brummen, das nun die Welt beherrschte. Das Militär war machtlos. Es gab kein Ziel, keinen sichtbaren Feind – keine Körper, keine Infrastruktur, die man angreifen konnte. Man kämpfte gegen etwas, das nicht fassbar war. Gegen eine Existenzform, die sich nicht aus Materie zusammensetzte. Das Summen zerstörte nicht nur Städte und Technik, sondern griff auch die Natur selbst an. Tiere verschwanden, Pflanzen zerfielen, Flüsse und Ozeane begannen, sich chemisch zu zersetzen – Wasser teilte sich in Wasserstoff und Sauerstoff auf und verdampfte in der Atmosphäre. Die Welt, wie sie einst war, löste sich buchstäblich auf. Die Menschheit hatte keine andere Wahl mehr, als in den Untergrund zu fliehen – dorthin, wo der Klang der *Gestimmten* vielleicht nicht ganz so stark war. Dort unten hofften sie auf Rettung. Oder zumindest auf ein letztes bisschen Stille.

Kilometerweit unter der nun trostlosen, verwüsteten Erdoberfläche hatte sich die Menschheit ein letztes Mal neu angesiedelt. In Höhlensystemen, Bunkern und unterirdischen Städten suchten die Überlebenden Schutz – in der Hoffnung, dass die *Gestimmten* sie dort nicht erreichen würden. Doch auch in der Tiefe waren sie nicht sicher. Was die Menschheit nicht wusste: Die *Gestimmten* waren Nomaden – eine wandernde Spezies, die von Sternensystem zu Sternensystem zog. Überall, wo sie Halt machten, verwandelten sie die Planeten mit ihrer fremdartigen Frequenz. Ihr Ziel war nicht Zerstörung im klassischen Sinn, sondern Anpassung – sie veränderten die Umgebung so, dass sie für ihre eigene Lebensform bewohnbar wurde. Durch ihr gewaltiges Summen brachten sie selbst die tiefsten geologischen Schichten der Erde in Schwingung. Die tektonischen Platten verschoben sich, das Magnetfeld veränderte sich, die Atmosphäre zerfiel. Die Frequenzen der *Gestimmten* bewirkten, dass die Erde langsam aus ihrer Umlaufbahn geriet – eine Umstellung des Planeten auf Bedingungen, die für ihre Existenz geeignet waren. In den Tiefen der Erde bemerkten die letzten Menschen bald, dass sich der Sauerstoffgehalt der Luft drastisch verringerte. Die Atmosphäre veränderte sich unaufhaltsam, und die Lebenserhaltungssysteme versagten. Panik brach aus, doch es war zu spät. Einer nach dem anderen erstickte – nicht durch Gewalt, sondern durch das langsame, lautlose Verschwinden der Grundlagen des Lebens.

Die letzten Atemzüge der Menschheit hallten durch unterirdische Kammern, während an der Oberfläche eine neue Welt geboren wurde – leer, still, wartend.

Die *Gestimmten* zogen weiter. Ihr Ziel war erreicht: Die Erde war umgeformt. Vielleicht würden sie eines Tages zurückkehren.

Denn dieser Planet gehörte nun nicht mehr uns.

Danksagungen

Gratuliere!
Sie haben das Buch offiziell gelesen und damit die Berechtigung erhalten, psychisch eingeliefert zu werden. Sie sind nun bei den Danksagungen angekommen – dem Abspann der Bücher. Ich weiß gar nicht, wem ich alles danken möchte und wie das genau funktioniert mit dem Danksagungen-Schreiben. Immerhin heißt es *Danksagungen* und nicht *Dankschreibungen*. Soll ich meine Dankbarkeit also auf dieser Seite zeigen? Oder sollte ich den Menschen nicht einfach persönlich ins Gesicht sagen, dass ich ihnen dankbar bin? Dankbarkeit ist schließlich ein bewährtes Mittel für ein zufriedenes Leben. Deshalb werde ich demnächst von Straße zu Straße rennen, wildfremde Menschen umarmen und ihnen danken, dass es sie gibt. Ich hoffe, Ihnen hat dieses Buch gefallen, und Sie sind mir nicht böse wegen des schwarzen Humors. Wenn doch, kann ich Ihnen nur sagen: Ich habe Sie gewarnt.

Das war es aber jetzt wirklich mit diesem Buch. Ich bedanke mich ausschließlich bei mir selbst, da ich immer an mich und meinen Traum geglaubt habe – den Traum, das verrückteste Buch der Welt zu schreiben. Passen Sie auf, dass Sie nicht totgetrampelt werden von fliegenden Eidechsen, und einen schönen erfundenen Dienstag wünsche ich Ihnen.

Ihr
Robert Hart – auch ihr wisst, wen ich meine. Und jetzt: Tigern Sie zum Löwen!